BLANCHE DE BONNEVAL

**DEZOITO
ETNIAS
À DERIVA**

© Copyright 2023 Blanche de Bonneval

Produção e Coordenação Editorial: Ofício das Palavras
Capa e Diagramação: Mariana Fazzeri

www.oficiodaspalavras.com.br

Dados Internacionais de Catalogação na Publicação (CIP)
(eDOC BRASIL, Belo Horizonte / MG)

Bonneval, Blanche de.

B717d
Dezoito etnias à deriva / Blanche de Bonneval.
São José dos Campos, SP: Ofício das Palavras, 2023.

352 p.: 16 x 23 cm
ISBN 978-65-86892-84-0
1. Madagascar - Descrições e viagens. 2. Crônicas brasileiras. I. Título.
CDD B869.3

DEDICATÓRIA

Dedico este livro à minha saudosa mãe de coração, Marie Henriette Frotier de Bagneux (aliás, tia Bia de Salgneux no livro) que durante 20 anos sempre me apoiou, defendeu e incentivou em todos os momentos de sucesso e desafio.

Como os malgaxes que falam de seus antepassados com imagens, para mim, ela é como a brisa que sopra na montanha, posso não vê-la, mas sinto continuamente a sua presença.

1. A palavra não se confia nem à grama que pode queimar, nem à madeira que pode apodrecer, nem à terra que é muda e acaba nos sepultando. Confiada aos herdeiros, ela é eterna.

2. Aquele que só tem um desejo é como a cabaça que nunca poderá esperar mais do que água.

3. Uma estrela púrpura. Evolui na profundidade do céu. Que flor de sangue desabrochou na pradaria da noite.

4. Eu sou o arroz e você é a água: eles estão sempre juntos nos campos. Eles não se separam na aldeia; mas cada vez que eles se encontram, é um novo amor entre eles.

5. Se o rei reina, é por meio do seu povo. Se o rio canta, é graças às pedras. Se a galinha é gorda, é graças às penas. Os troncos das palmeiras são os pés da água. Os ventos são os pés do fogo. A amada é a raiz da vida.

6. Não seja como a montanha e o nevoeiro. Quando se encontram é como se nunca mais fossem se separar. Quando se separam, é como se nunca mais fossem se rever.

7. A voz da tempestade se eleva no Monte dos Imortais. No País das Crianças floresce a orquídea. Começam os choros da Jovem Rola. Começam as risadas de quem não teme o Retorno. Mas para o amor, que justiça seja feita.

Poesia popular malgaxe hain-teny

AVISO AOS LEITORES

Queria dar aos leitores o seguinte aviso: optei por não revelar os nomes dos meus familiares, colegas, empregador ou instituições com que trabalhei. Aliás, nem revelo o meu próprio nome… Depois de notar que ficava mais fácil abordar certos assuntos pessoais, ainda sensíveis, como Beatriz de Val d'Or Permite uma certa distância, um certo desapego. Mas assino o livro com meu verdadeiro nome: ele é filho meu e tenho orgulho dele. Fui criticada por alguns amigos que achavam que eu tinha de escrever uma biografia com os nomes verdadeiros dos atores e instituições, doesse a quem doesse. Mas me mantive firme na minha posição. Por quê?

Porque o essencial do livro sou eu e a minha vida em Antananarivo. Outras pessoas e instituições que ali mencionei lá estão para dar uma ideia do meio em que vivia no trabalho e na vida pessoal. São para mim os meus cenários, um pouco como no teatro, indicam onde a peça está ambientada e vão mudando conforme o desenvolvimento do tema. Mas se tem a sua importância, é a peça e seu enredo que são essenciais no livro.

Trato por esta razão com tranquilidade dos aspectos positivos e negativos que vivi tanto no meu trabalho no sistema das Nações Unidas quanto nas minhas relações com as embaixadas existentes. Sei que meu comportamento era considerado irreverente e rebelde — e às vezes, reconheço que era mesmo — mas nunca me abalei em demasia com as críticas. Sempre fiz o melhor que pude, confiei na minha intuição e tenho muito orgulho de nunca me ter deixado influenciar quando estava convencida de que minhas escolhas eram corretas.

PREFÁCIO

A AUTORA É DONA DE UMA ERUDIÇÃO e memória invejáveis, tal qual uma verdadeira contadora de histórias. E é. Uma contadora de histórias nata, só que uma contadora de suas próprias histórias, com sensibilidade, beleza nas palavras e o dom de nos fazer ver tudo o que narra. As cenas dos contos são impressionantemente lindas, bem delineadas, com linguagem elegante, encadeada e cativante.

A autora nos leva a um passeio por 18 etnias do mundo malgaxe e seus arredores, repletos de curiosidades e encantos, para quem puder enxergar. Uma mestra na arte de observar, anotar e narrar o que vivenciou. Narra mais em forma de "lenda", uma vez que tenha sido ela mesma protagonista ou testemunha dos fatos. Vale lembrar que o ato de narrar, apesar de ser condição do humano, está claramente vinculado à tradição da grande mãe África (onde a autora trabalhou, por anos), para a qual, devemos ser honestos com as nossas palavras e, aquele que mente, segundo Amadou Hampatè Bâ (1976), comete uma lepra moral.

O livro apresenta um país — Madagascar — geograficamente tão distante e ao mesmo tempo, por meio do comportamento dos personagens, tão perto de nós. Um mundo que nos encanta, nos ensina e nos coloca no tempo e no lugar de humano, não importando de qual país (Brasil, França ou Madagascar) sejamos. E neste sentido, o Dr Jung tinha razão, o mundo é mesmo uma ervilha por onde os arquétipos transitam livres independentemente das terras e dos mares que nos separam.

As histórias deste compêndio de contos, também vão deixando em nós ensinamentos maravilhosos, que se bem cuidados, levaremos para a vida inteira. Cada história contém muito alimento e elementos para uma reflexão sobre os relacionamentos humanos e sobre a vida de maneira nutritiva e envolvente. São ensinamentos poéticos dos nossos ancestrais, como uma das poesias: "A palavra não se confia nem à grama que pode queimar, nem à madeira que pode apodrecer, nem à terra que é muda e acaba nos sepultando. Confiada aos herdeiros, ela é eterna". Ah! O dom da palavra que vem de geração para geração, salvaguardando segredos que valem um tesouro sem igual!

O livro discorre sobre um país de sociedades complexas e relações intensas e delicadas, com eventos imprevisíveis que visitam o ar a todo instante. As histórias são profundas e pertencem a povos eternos.

Em cada narrativa encontramos uma trama interessante, por vezes hilária e bem-humorada. Mostra uma cultura intrincada, sofisticada de difícil compreensão para quem não é asiático, como diz a própria autora. Cada conto ricamente apresentado com finos detalhes e deliciosas receitas, vai mostrando a necessidade de ter coragem para agir de alguma forma com a própria visão, como você, leitor, vai perceber ao longo do texto. O que se torna evidente, é que, a transformação do reino depende de cada um.

Blanche de Bonneval traz uma possibilidade de encontro

com o que é do humano, nos sentimos unos com os demais, pois nos enxergamos em vários dos personagens.

Considero este livro como um legado precioso sobre as relações humanas e sobre a difícil arte de amar e ser amado, sobre isso, leitor, você saberá ao tomar contato com a obra genial que Blanche nos oferece. Boa leitura!

Profa. Dra Alessandra Giordano

Profa. Universitária – Psicanalista Junguiana, Arteterapeuta, Contadora de Histórias

Capítulo 1
Curso em Nova Iorque e o novo posto   21

Capítulo 2
A escala parisiense   35

Capítulo 3
Viagem para os confins do mundo   45

Capítulo 4
Primeiras descobertas   55

Capítulo 5
Criatividade malgaxe   65

Capítulo 6
Primeiros passos em Antananarivo   75

Capítulo 7
Primeiras impressões   87

Capítulo 8
Viagem relâmpago à Paris   95

Capítulo 9
Um colega inesperado   103

Capítulo 10
Presentes e festa   115

Capítulo 11
Um companheiro de trilha   125

Capítulo 12
A REUNIÃO DE FORNECEDORES   *135*

Capítulo 13
UM COMPORTAMENTO IMPRUDENTE   *143*

Capítulo 14
O BARBEIRO DE SEVILHA   *153*

Capítulo 15
AZAR CONTAGIOSO   *165*

Capítulo 16
ENCONTRO MARCANTE   *173*

Capítulo 17
O GRÃO-MESTRE SAI DE CENA   *181*

Capítulo 18
UM ACONTECIMENTO INFELIZ   *191*

Capítulo 19
CARRO E JANTAR DE HONRA   *199*

Capítulo 20
VIAGEM AO PARAÍSO   *209*

Capítulo 21
APOSTAS   *217*

Capítulo 22
QUESTÕES DE SAÚDE   *227*

Capítulo 23
O CONVITE   233

Capítulo 24
VIAGEM À FRANÇA   241

Capítulo 25
A SEPARAÇÃO DE ERIN   253

Capítulo 26
LAGO TRITRIVA E PARQUE DE RANOMAFANA   263

Capítulo 27
O PAÍS *MAHAFALY*   275

Capítulo 28
AS EXCURSÕES NA REGIÃO   287

Capítulo 29
A VIRAÇÃO DOS MORTOS (*FAMADIHANA*)   299

Capítulo 30
A ALAMEDA DOS BAOBÁS   309

Capítulo 31
PLANO DA SEDE   319

Capítulo 32
DESESPERO DE LALAÏNA   331

Capítulo 33
ÚLTIMO PREPARATIVOS E VIAGEM   343

Capítulo 1
CURSO EM NOVA IORQUE E NOVO POSTO

Depois de servir dois anos em Angola, como profissional estagiária financiada pela França, eu estava em Nova Iorque para seguir um curso de administração junto de 30 participantes com experiências diferentes. No término do curso, devíamos servir dois turnos como encarregados de administração. Depois poderíamos voltar à seção de programa ou ir para qualquer outro departamento do PNSQV (Programa das Nações Solidárias para a Qualidade de Vida), na sede em que quiséssemos trabalhar em um nível superior ao que ocupávamos anteriormente. E eu, como muitos colegas, me tornaria a partir deste momento, funcionária do PNSQV, meu sonho.

Estava feliz com o fim do curso, o grupo era muito heterogêneo, havia fortes egos e a matéria era muito árida. Além de ser período integral, o excesso de trabalho em equipe e a exigência de resultados em um lapso de tempo muito curto deixara todos exaustos. E agora, nos perguntávamos para onde seríamos enviados e o suspense era um estresse adicional. Tínhamos sido avisados que antes de assumirmos o posto de encarregado de administração, passaríamos por um estágio inicial de três meses sob a orientação de um supervisor para adquirirmos experiência.

Apesar do estresse e da tensão permanentes, que vigoravam no curso, havia pessoas de quem eu gostara muito por seu comportamento maduro e tranquilo. Uma dessas pessoas era Alain Levasseur, francês inteligente e Tomotoshi Tomioka, japonês que me tinha impressionado com sua calma e objetividade.

Em vista do clima pesado do curso, eu queria espairecer um pouco e sair de Nova Iorque para ver com o que se pareciam os seus arredores. Fui me informar com a amiga Annette, que após algumas consultas com a colega de ascendência indígena Chuva-na-Montanha, me indicou *Bear Mountain*.

Era uma área de colinas florestadas com muitas grutas, cortadas por trilhas e clareiras onde se encontravam estruturas de pedra construídas pelos nativos norte-americanos, que antigamente vinham rezar, fazer cerimônias e buscar visões. Segundo Chuva, era um local mágico e muito bonito e havia muitas reservas de animais. Ela também avisou que *Bear Mountain* ficava a três horas de barco de Nova Iorque, à montante do rio Hudson e o embarcadouro na 12ª avenida com a 42ª, de onde saíam as embarcações a partir das 7h e regressavam a Nova Iorque por volta das 16h.

Fui assim cedinho. O barco já estava esperando seus passageiros no cais. Era um navio de porte médio, branco, com três tripulantes. O tempo estava lindo, com temperatura agradável, sol e céu azul.

Depois de algum tempo, o barco entrou em uma zona pouco povoada, com muita floresta. Mas não era uma floresta densa, intrincada, com diferentes andares como a brasileira ou a angolana. Era mais rala, mais organizada, muito bela também. Castores, passarinhos diferentes e alces curiosos apareciam e desapareciam nas margens do rio adentrando a mata e os passageiros iam descendo nas paradas que os interessavam até que chegou a minha vez de desembarcar.

>>>>>>>>>>

Fui a única, naquela manhã, a descer em *Bear Mountain*. Guardas florestais avisaram-me que a área era segura, bem indicada e não corria o risco de me perder.

Precisava seguir o trilho, que subia as barrancas do rio, até chegar às colinas suaves florestadas com muitas rochas, carvalhos vermelhos, bordôs, faias, vidoeiros e cerejeiras negras. Se fosse para a direita, iria visitar os locais cerimoniais milenares indígenas e as grutas com pinturas rupestres.

Se preferisse visitar primeiro o lago com cachoeiras e fontes, precisava ir à esquerda, veria os locais de desova de muitos peixes e os ninhos de aves que vinham se reproduzir como gansos do Canadá, perus e patos selvagens. Também veria cervos de rabo branco, águias, raposas, guaxinins e marmotas. Por último, avisaram-me que precisava tomar cuidado para não cair, porque tinha chovido bastante de madrugada e os trilhos estavam escorregadios.

Estava interessada essencialmente pelos lugares cerimoniais indígenas, chegando no topo da barranca, virei à direita e embrenhei-me na mata. Estava andando no meio de touceiras de flores selvagens e ervas altas, onde diferentes insetos cantavam, com toda a potência dos pulmões, a sua alegria de curtir um belo dia de outono após a chuva vivificadora. Continuei respirando o cheiro maravilhoso de mato e de terra molhados até que me deparei com uma clareira onde se encontrava um conjunto imponente de locais, que tinham sido de culto. As estruturas eram diferentes, havia aquelas em que pedras formavam plataformas circulares com um centro vazio. E outras em três terraços de pedra.

Comecei entrando nas grutas adjacentes iluminadas, havia representações de animais como ursos, águias, perus e cervos pintados com diferentes cores. O movimento era tão perfeito que parecia que os bichos iam, a qualquer momento, se desprender das paredes, animados por vida própria e sair dali galopando e voando. Comecei a sentir uma leve vertigem, mas não dei importância, devia ter subido a barranca rápido demais e como estava muito sedentária (com o curso), o fôlego estava curto.

Passei um bom tempo visitando as grutas e andando na floresta, enchendo os pulmões de ar puro e comungando com a natureza. Dirigi-me em seguida, com grande reverência, para as estruturas circulares onde queria passar mais tempo.

Fui me sentar em uma pedra e tirei de minha mochila uma bolsinha de couro onde havia tabaco. Assim como Chuva tinha me ensinado, peguei um punhado e joguei-o sobre o chão coberto de capim ralo e folhas, ofertando-o à Mãe-Terra. Segundo ela, o tabaco é considerado uma das plantas mais sagradas do xamanismo. Quando é utilizado espiritualmente traz purificação, transformação de energias negativas em positivas e serve de mensageiro. Agradeci o prazer que sentia em estar ali, em paz.

Notei que a vertigem estava aumentando, havia um zumbido nos meus ouvidos e me sentia cada vez mais calma e relaxada. Farejei o ar como um animal e fechei os olhos, concentrando-me no que sentia.

E de repente, senti-me partir... Não sabia bem para onde. Tive a impressão de que um portal estava se abrindo, me convidando a acessar outras dimensões e sensações. O vento, de repente, começou a soprar mais forte e a farfalhar nas folhagens. Meus olhos percebiam agora detalhes da floresta que nunca teria reparado em um outro contexto; podia, por exemplo, enxergar lá em cima entre os galhos, teias de aranha, cujos fios estavam cobertos de pingos de água, nos quais se refletiam as cores do arco-íris. Pareciam pequenas bolas decorativas multicoloridas, enfeitando a floresta para as celebrações do Natal e Ano Novo.

>>>>>>>>

Em seguida, meu espírito saiu do meu corpo e alçou voo sobre a mata e a água. Comecei a ouvir as rezas daqueles que tinham orado ali por tantos anos, assim como o crepitar do fogo. Senti o cheiro da madeira ardendo nas fogueiras, o da fumaça do tabaco, consumido nos cachimbos ritualísticos e torci para ter uma visão.

Aos poucos fui comungando na consciência coletiva de milhares de nativos que deviam ter se sentado ali, antes de mim, por séculos e séculos. Fui levada para outros universos enquanto ouvia os cantos, tambores e cada vez mais envolvida pela fé e a espiritualidade das pessoas que ali se tinham reunido e dançado. Perdi completamente a noção de tempo e de espaço, quando voltei a mim não tinha ideia de quanto tempo ficara sentada sobre as pedras, vivenciando minha visão. Devo ter ficado um bom tempo, pois a tarde estava avançada.

Foi então que vi sair sem pressa da floresta um índio velho: tinha cabelos longos, escuros que chegavam nos ombros, apareciam raros cabelos brancos e usava uma pena vermelha invertida presa na cabeleira. Seu rosto pintado de preto e de branco e um morcego desenhado na testa. Vestido com uma roupa de couro bege, bem gasta, com franjas nas laterais.

Quando me viu, parou, me olhou com tranquilidade e apontou para o Leste, como se quisesse me indicar alguma coisa. E de repente ouvi a sua voz na minha cabeça convidando-me a estudar os ensinamentos daquela direção. No céu, notei uma águia, que gritava muito, planando na luz amarela da tarde.

O ancião sorriu, seguiu por uns instantes o voo da ave, apontou para ela e voltou a me encarar. E telepaticamente avisou-me que era importante eu também aprender lições daquele animal soberbo e da direção Leste em que voava. Em seguida, com meio sorriso, desviou o olhar de mim, passou na minha frente e desapareceu na mata.

Quando olhei para o relógio, já estava quase na hora de voltar para o embarcadouro. Só foi então que percebi que ficara diversas horas ali e nem me dera conta.

Quando passei pelos guardas florestais, perguntei-lhes se ainda havia índios que viviam em *Bear Mountain* e eles deram risada: não, as populações indígenas tinham deixado a região muitos anos atrás e moravam agora em uma reserva bem longe. Agradeci e afastei-me. Mas, então, se não havia mais índios no local, quem era aquele ancião que vira? Será que viera fazer algum ritual escondido dos guardas florestais? Eu não tinha imaginado coisas, vira mesmo aquele ancião...

Perguntei à Chuva qual era o significado da direção do Leste na sua cultura nativa. Ela começou a rir, um pouco sem graça. É complicado explicar-lhe em poucas palavras o que significa o Leste na nossa cultura. Mas saiba que a iluminação vinda do Leste pode significar que chegou a hora de curar velhas feridas ou pensamentos negativos, para que a claridade entre na sua vida. Marca um tempo de novas liberdades que acontecem quando se limpa a lama dos olhos e se começa a enxergar com os olhos da águia. Talvez a maior recomendação seja identificar que pensamentos a limitam, usar a coragem para curar a limitação e levantar voo.

Você falou da águia, continuei, cismada. Mas qual é a relação entre a direção Leste e a águia. E que lição devemos aprender dela?

Chuva sorriu, na nossa cultura, a águia vive na direção Leste, assim como o coiote vive no Sul, o urso no Oeste e o bisão no Norte. O meu avô paterno sempre dizia que a águia é o símbolo do espírito. Ela é sempre um aviso de iniciação ou de uma jornada espiritual. Pode-se dizer, creio eu, que representa uma grande mudança na sua vida. Notei que, de repente, Chuva parecia estar desconfortável em ter-me contado tantas coisas referentes à sua cultura. Agradeci muito pelas explicações e me retirei.

»»»»»»»»

Enquanto voltava para o apartamento,
pensava no que Chuva me dissera. Mudanças na
minha vida? Sim. Sem dúvida. Já tinham acontecido
muitas mudanças e outras ainda maiores
iam acontecer.

Nos próximos dias, fui vista muitas vezes na biblioteca das Nações Solidárias quando não estava no curso. Queria pesquisar sobre a águia. Talvez tivesse outras coisas para aprender. O velho índio tinha chamado a minha atenção sobre duas coisas: a direção Leste e a águia. Chuva já tinha me dado uma explicação resumida da direção Leste, estava agora interessada em saber por que ele me mostrara aquela ave que planava majestosamente no céu em *Bear Mountain*. Descobri que a ave tinha efetivamente vários ensinamentos a me dar. Em primeiro lugar, tem uma forma especial de enfrentar as tempestades, procura alçar o seu voo até chegar em alturas acima das tempestades para enfrentá-las, assim pode continuar tranquilamente sua jornada. Também voa em linha reta com um rumo e uma direção e sabe voar na dependência do vento, isto é, não bate as asas para voar, apenas plana e poupa esforço. Por último, a águia é uma ave que não aceita viver em cativeiro.

Isso já representava muitas lições para mim e deveria aplicá-las na minha própria vida. Depois da experiência pela qual passara em *Bear Mountain* e de ler a descrição da águia, muitas perguntas vinham à minha cabeça.

Por exemplo, por que teimava em estar sempre às turras com minha mãe e enfrentá-la? Eu não entendia muito bem a razão disso. Não seria mais simples evitar conflitos, planando acima da zona de tempestade assim como fazia a águia, agora que era independente financeiramente? Poderia muito bem concordar com minha mãe sobre todos os assuntos polêmicos para evitar brigas e seguir eventualmente outro curso de ação mais condizente com meu sistema de crenças.

E por falar em rumo, objetivos e direção para as ações, nunca tinha me preocupado antes com o assunto. Só agora começava a entender a sua importância para progredir na carreira — e na minha própria vida — de maneira mais fácil e prazerosa. Até então, sempre me tinha deixado levar pela intuição e o usual deslumbramento, mas nunca tinha procurado alcançar um propósito maior do que ter bons resultados no trabalho. Se ainda tinha muitas lições a aprender da águia, identificava, pelo menos um ponto que já tinha em comum com aquela ave majestosa, tanto a águia quanto eu não conseguíamos viver bem em cativeiro. Eu já me desvencilhara da tutela da mãe e era agora independente dos pais. Mesmo assim, precisava progredir muito para me comportar de maneira mais madura e compassiva com a família.

Continuei lendo sobre o assunto até cair sobre um texto — de autor desconhecido — sobre a regeneração da águia, que li e reli várias vezes. Rezava o texto, que aos 40 anos, a águia está com as unhas compridas e flexíveis e não consegue mais agarrar as presas das quais se alimenta. O bico alongado e pontiagudo curva-se, apontando contra o peito. As asas estão envelhecidas e pesadas em função da grossura das penas e voar já é muito difícil.

Então, a águia só tem duas alternativas, morrer ou enfrentar um dolorido processo de renovação que irá durar 150 dias. Este processo consiste em voar para o alto de uma montanha e recolher-se em um ninho próximo a um paredão, de onde não necessite voar. Ela começa a bater o bico na parede até arrancá-lo. Depois, espera nascer um novo bico com o qual irá arrancar as unhas. Quando as novas unhas começam a nascer, ela arranca as velhas penas. E só após cinco meses, sai para o famoso voo de renovação e para viver então mais trinta anos. Não sei até hoje se a história é verdadeira, mas transmite vários ensinamentos: na vida humana também, pode chegar o momento em que temos de nos resguardar por algum tempo e começar um processo de renovação.

》》》》》》》》

Para que continuemos a voar um voo de
vitória, devemos nos desprender de lembranças,
costumes e outras tradições que nos causaram dor.
Somente livres do peso do passado, poderemos
aproveitar o resultado valioso que a
renovação nos traz.

Impressionada com a última frase do texto, copiei a interpretação da regeneração da águia em um papel, que coloquei em um dos meus livros prediletos desde menina, que sempre tinha comigo — *O Pequeno Príncipe,* de Antoine de Saint Éxupéry — para sempre tê-lo à mão quando quisesse reler e refletir.

》》》》》》》》

O episódio de Bear Mountain e as lições da
águia me tinham distraído da espera angustiante
anterior à notificação de para onde
seríamos enviados.

Todos os meus colegas foram aos poucos informados de seus novos destinos e deixaram Nova Iorque rumo a seus postos temporários, menos eu. O tempo passava e nada de me dizerem alguma coisa. Um dia fui conversar com a Annette.

Relaxa mulher, disse-me ela, há boas razões sobre o que está acontecendo. No seu caso, tem um desentendimento interno, pois algumas pessoas do ERA (Escritório Regional para

África) querem enviá-la, sem os três meses de treinamento, para assumir diretamente as funções de encarregada de administração em Madagascar. Mas outras, do lado da divisão do pessoal, alegam que precisariam mandar um administrador mais experiente.

Na verdade, o escritório de Madagascar é muito complexo, tem particularidades que podem confundir gente inexperiente. E isso sem contar que, no momento, o país está à beira de uma guerra civil e tem surtos de grande violência até na própria capital, Antananarivo. Farei um briefing mais detalhado antes de você ser enviada para lá.

Creio que até o final desta semana, o ERA e a divisão do pessoal chegarão a um consenso. Terá de qualquer maneira, uma semana para se preparar.

Enquanto esperava, fui me informar sobre o país. Madagascar fazia parte de uma terra chamada Gondwana, que há cerca de 240 milhões de anos deslocou-se para formar os cinco continentes atuais. Dizem que parte destes continentes, depois da separação, voltaram a se unir para formar o Madagascar atual. É a origem "multicontinental", aliada ao seu isolamento, que explica a grande diversidade de suas paisagens e a particularidade de suas fauna e flora. Também é ali que se encontram tipos físicos muito diversos pela presença de populações indonésias, malaias, árabes, chinesas, indianas, negras, inglesas e francesas.

Tinham me informado que existia uma sociedade dividida em castas e linhagens, um pouco como na Índia. Também havia outra particularidade interessante em Madagascar, que é o grande respeito que os malgaxes têm pelos mortos, ou melhor dizendo, os ancestrais. Para eles, são entidades vivas que não vemos. Por isso, sempre se referem a eles no presente. Como me dizia muito bem um colaborador, os finados são como uma pitada de sal em um copo d'água: podemos não os ver, mas sentimos continuamente a sua presença...

Minha partida foi atrasada a pedido de Enzo Perella (representante residente italiano que seria o meu chefe em Madagascar e estava de passagem por Nova Iorque). Quando o conheci, fiquei desapontada, era um homem louro, baixo e gordo, de cerca de 55 anos com muitos princípios e boas intenções, mas limitado, sem classe, cultura ou sutileza. Como bom napolitano, era estourado, gesticulava e falava muito e alto. Atrás da sua gentileza para comigo, senti um homem autoritário e que tinha uma altíssima opinião a seu respeito, infelizmente uma característica de muitos altos funcionários do sistema das Nações Solidárias.

Enquanto o escutava, não podia deixar de me perguntar, com certa ansiedade, como ia ser o seu relacionamento com a contraparte malgaxe. Alguns dias antes de conhecê-lo, eu contatara a missão permanente de Madagascar junto às Nações Solidárias e ficara muito impressionada com os seus representantes. A maioria deles era morena clara, cabelos escorridos e feições orientais. Todos eles haviam feito *grandes écoles* francesas, falavam um francês impecável, eram requintadíssimos, mesmo se formais, e escorregadios como enguias. O contraste entre Enzo Perella e eles era impressionante e não favorecia o meu futuro chefe.

Annette minimizou os meus temores, o adjunto, o dinamarquês Henrik Toyberg, era um profissional novo, dinâmico e competente. Talvez conseguisse compensar os pontos fracos do novo representante residente e restabelecer uma boa relação de trabalho com o governo.

》》》》》》》

E logo chegou o dia em que pegaria o avião
para ir à França, onde ficaria uma semana para passar
as férias de fim de ano com tia Bia e Martim. Só seria
no começo do ano novo que embarcaria
para Madagascar.

No dia da minha viagem, fui logo de manhãzinha me sentar no banco de pedra da entrada do meu prédio em Tudor City, com a mala aos meus pés, esperando o táxi para o aeroporto. Sentia dor de barriga e estava desconfortável, como sempre ficava em dia de viagem. O banco era frio e minhas costas começaram a doer. Levantei e comecei a andar pelo saguão. Sentia-me tremendamente insegura e tinha a impressão de que todos os conhecimentos que adquirira no curso estavam se embaralhando na minha cabeça.

E de repente o táxi chegou. O motorista, um jovem bem-humorado, me cumprimentou com um largo sorriso: bom dia, como vai a senhora? Lindo dia para viajar, não é mesmo? Disse enquanto abria a porta para eu entrar.

Concordei distraída. Pensei na tia Bia, que ia ver brevemente, e entrei no carro feliz com a perspectiva.

Capítulo 2

A ESCALA PARISIENSE

Durante a viagem de Nova Iorque para Paris, tive todo o tempo de que precisava para pensar no meu novo posto. A sede do Programa das Nações Solidárias para a Qualidade de Vida, PNSQV — nunca falava claramente o que se passava na realidade.

Annette, uma das secretárias do ERA — o Escritório Regional para África — foi quem me deu as informações mais precisas: o que parecia estar muito claro é que Madagascar estava sofrendo uma convulsão social após a outra e até a própria representação do PNSQV tivera problemas. A casa do representante residente fora assaltada, mas não se sabia se fora por acaso ou se tinha sido encomendado. A sede estava inclinada a acreditar na segunda hipótese; afinal, se bandidos atacavam uma residência, era mais do que estranho não terem levado nada, mas espancado o dono da casa e estuprado a sua esposa.

As relações de minha organização com o governo estavam no seu nível mais baixo depois do ataque e o PNSQV julgara preferível remover o representante às pressas do país para garantir sua segurança e para analisar melhor a situação. Mas eu era otimista. Países difíceis não me assustavam e havia poucos no mundo, no momento, que podiam oferecer condições mais desfavoráveis de trabalho do que Angola, o meu posto anterior. Então, Madagascar só poderia ser melhor. Quando cheguei ao apartamento dos meus pais na Rue de l´Université, telefonei para Martim, o ex-namorado com quem mantinha uma, assim chamada, amizade colorida. Ele propôs nos encontrarmos no Quartier Latin à noite, se não estivesse muito cansada. Poderíamos depois passar a noite no meu apartamento, o que aceitei, encantada.

》》》》》》》》

Quando nos encontramos, fiquei muito contente, ele parecia mais saudável, mais descansado e, também, mais feliz. Fez-me mil perguntas sobre o curso de administração em Nova Iorque e me avisou que tinha pesquisado um pouco a respeito de Madagascar.

Além das informações que já conhecia, informou-me de que se tratava de um dos países mais pobres e mais isolados do mundo. O objetivo principal de suas elites, muito cultas e sofisticadas, parecia ser exclusivamente a manutenção de seus privilégios. A maior parte da população vivia na miséria apesar do país ter muitas riquezas em minerais, pedras preciosas, semipreciosas e madeira, essencialmente.

O povo malgaxe parece ser único no seu gênero, perdido nos confins do mundo no Hemisfério Sul, frente a Moçambique do qual é separado por um canal estreito na encruzilhada do oriente com a África.

Ah, e por falar na África, coisa importante, lembrou-me Martim. Parece que os malgaxes não gostam de ser considerados africanos, mesmo estando muito próximos do continente. Alegam que sua origem e cultura são outras. Pelo que entendi, trata-se de um país-ilha e lá existem 18 etnias com culturas específicas.

Entre elas, existe um grupo dominante, que é o *merina* (cujo nome significa habitantes das altas terras e representa cerca de 26% do total da população) que descende, aparentemente, de migrantes originários do sudeste asiático, principalmente da Ilha de Borneo, que hoje em dia se divide entre a Malásia, a Indonésia e o Brunei.

Os *merina* ainda hoje moram essencialmente nas terras altas centrais e há muita mistura de povos no resto país. Aliás a própria língua — ou talvez devesse dizer a língua que é a mais falada — é um bom retrato da diversidade, faz parte da família de línguas malaio-polinésias como o indonésio, de onde provém e integra também influências banta e africana do leste, árabe e europeia.

Os europeus que viveram no país por vários anos mencionavam o fato dos malgaxes serem, em regra geral, muito complicados e suscetíveis ao extremo. Além disso, parecia existir um certo consenso de que os meus futuros anfitriões não se acanhavam em explorar os estrangeiros o quanto podiam em uma clara demonstração do que chamam, eufemisticamente, de moral utilitária.

O sistema social é parecido com o sistema indiano, mas com diferenças notáveis. Mesmo tendo sido abolido anos atrás, oficialmente, permanecia muito vivo nas mentalidades. Martim também lera sobre o fatalismo da população assim como do seu medo dos espíritos e práticas de magia e grande respeito para com os mortos e ancestrais.

Enquanto escutava Martim falar do país onde, em princípio, eu passaria os próximos quatro anos, pensei que ia ter ali uma experiência completamente diferente daquela de Angola. O grande desafio seria entender minimamente a mentalidade de minhas contrapartes, que parecia ser muito intrincada e sofisticada, de difícil compreensão para não-asiáticos.

Sorri: o que fala não é tão surpreendente levando-se em conta a formação do país-ilha, a grande diversidade dos povos que lá se encontraram e o isolamento em que ficou por muitos anos. Se isso resultou em população, fauna e flora únicas no mundo, não me espanta que a mentalidade seja também tão diferente. Vai realmente ser um desafio interessante trabalhar bem lá. Mas tenho uma certa vantagem por ter sido ao mesmo tempo criada em dois países tão diferentes quanto o Brasil e a França e ter trabalhado algum tempo na África.

Falamos bastante de Madagascar e de repente, Martim parou de conversar e me olhou com um sorriso estranho: E então? Mudando um pouco de assunto, não vai me fazer perguntas sobre a minha tese de doutorado como sempre faz? Havia uma certa agressividade na sua voz e na sua linguagem corporal.

»»»»»»»»

Pega de surpresa, respondi que estava nos meus planos fazer a pergunta, mas queria, antes disso, acabar de ouvir as informações que angariara.

Decidi que não vou mais perder tempo com meu doutoramento, continuou ele. Faz anos que venho tentando colocar minhas ideias no papel e não consigo, o que é extremamente irritante, pois ela está toda escrita e pronta na minha cabeça.

Vou então começar a lecionar filosofia e já avisei minha mãe a respeito, que está mais do que feliz de me ver sair do estado de estudante. Mas para poder lecionar, vou ter de passar em um dos grandes concursos nacionais. Como talvez saiba, o CAPES (Certificado de Aptidão Para o Ensino Secundário) permite lecionar em colégios e liceus gerais e técnicos públicos.

Quanto ao segundo — a *Agrégation* — trata-se de um concurso de alto nível, mais seletivo do que o CAPES — que permite por sua vez lecionar nos colégios, mas também nas classes preparatórias ou universidades.

Ambos são difíceis e precisam de uma preparação exigente, com pouquíssimos lugares disponíveis para professores titulares de um daqueles exames na França inteira.

Suspirei aliviada, pelo menos, Martim tinha entendido que não podia passar a vida inteira preparando uma tese que nunca se materializava e estava mais do que na hora de fazer outra coisa. Todavia, a preparação dos grandes concursos que ele tinha mencionado era mesmo desafiadora. Se Martim tinha agora novos projetos, sentia que ele continuava tão pouco disposto quanto antes em passar da vida de estudante à vida ativa.

Resolvemos ir comer em um restaurante malgaxe na *Rue du Dragn*, para eu ter uma ideia da comida local que me seria oferecida. Pedimos pratos que a população comia todos os dias para ver com o que se parecia o seu "feijão com arroz". O garçom sorriu e desapareceu na cozinha. Algum tempo depois ele veio colocar várias travessas na nossa mesa, como entrada, *achards* de legumes, que consistia em cenouras, vagens e repolho cortados em tirinhas finas fritadas em um pouco de azeite com muitos condimentos (cúrcuma, páprica e gengibre), alho e cebola temperados com vinagre. O prato era delicioso e podia ser consumido, frio, morno ou quente.

Veio logo depois, uma travessa de arroz, acompanhada de uma espécie de sopa — *romazava* — confeccionada com pedaços de carne de boi gordo com gengibre, cozida na água com verduras especiais chamadas *brèdes*, tomates e ervas aromáticas. Também nos trouxe dois copos de *ranonampango* — a água de arroz — obtida fervendo água com um resto de arroz na panela, onde já se tinha cozido previamente o cereal. Os grãos mais ou menos queimados grudados no fundo da panela davam à água um gosto um pouco amargo e uma cor dourada. O garçom recomendou que bebêssemos o *ranonampango* quente e desapareceu na cozinha para ir buscar a sobremesa, que era um prato de lichias saborosíssimas.

Tanto Martim quanto eu não ficamos particularmente impressionados com a comida malgaxe de todos os dias. Mas reconhecíamos que era muito nutritiva, leve e nos sentíamos particularmente bem depois de ter ingerido a refeição com a água de arroz. Antes de irmos embora, o garçom — que era malgaxe — nos avisou que além da sopa *romazava*, havia um outro prato muito popular que era o *ravetoto*. Um guisado de peito de porco gordo com folhas piladas de mandioca e temperado com cebola, alho e gengibre. O *ravetoto* é servido com arroz e *rougail*, que é, por sua vez, uma mistura de tomates, com cebola, alho, pontas de pimenta verde ardida finamente cortada e cozida com um pouco de azeite.

Franzi o cenho, parecia que gostavam muito de pimenta

ardida e carne bem gordurosa, além de arroz. Pensei que se não gostava muito de carne, ainda mais gorda, sempre poderia comer arroz com outros acompanhamentos.

No dia seguinte, tia Bia voltou de viagem e fui encontrá-la na suíte do hotel Bradford, onde morava já havia anos. Tia Bia, minha mãe de coração e confidente, era uma parente distante, prima do meu pai, que me adotara como se fosse a sua própria filha. Alta, magra, com o rosto enrugado e manchado pelo vitiligo, a tia era considerada uma figura na família por sua originalidade, inteligência e combatividade.

Ficou encantada em me ver — sua filha-sobrinha como me chamava — e tive de lhe contar em detalhe tudo sobre Nova Iorque desde a nossa última ligação telefônica. Conversamos um pouco sobre Madagascar, mas não quis ficar muito com ela, pois tinha medo de cansá-la. Tia Bia estava indisposta, cansada com a viagem de trem que acabava de fazer da Bélgica para França e apanhara um forte resfriado alguns dias antes de sua volta a Paris. Sempre poderíamos conversar mais por telefone antes de minha partida. E eu, do meu lado, embarcaria para Antananarivo em dois dias e ainda tinha muitas coisas a fazer. No dia da viagem, fui ao aeroporto adiantada. Gostava de ir mais cedo para tomar o meu café da manhã sossegada, ler o meu jornal, olhar as vitrines das lojas e, eventualmente, ligar para as pessoas de quem gostava para uma última conversa. E hoje queria falar com tia Bia.

>>>>>>>>>

Ela ficou felicíssima com a chamada e logo foi me perguntando detalhes da viagem.

Bom dia, tia. Este país está mesmo onde o vento faz a curva. Imagine que leva 14 horas para chegar à Antananarivo, a capital. É uma eternidade, disse-lhe.

Vamos direto de Paris para Jidá, na Arábia Saudita, onde faremos uma escala técnica e de lá voaremos para Madagascar. Pelo menos desta vez, o PNSQV me deu uma passagem na classe executiva, então ficarei mais confortável do que quando fui à Luanda. Imagine que ontem encontrei por puro acaso a Lalao, uma das minhas colegas de mestrado que é malgaxe e conhece muito bem o sistema em Antananarivo. Pensei que ela tivesse voltado para o seu país natal depois de conseguir o diploma e não tinha o seu endereço.

Fomos tomar café e ela me deu uma série de dicas importantes. Uma delas é que se eu quiser ser respeitada no escritório, parece que nunca devo demonstrar irritação ou levantar a voz com o pessoal nacional. Se o fizer, partirão do princípio de que sou descontrolada e perderei toda autoridade sobre ele.

Ela me disse que o pessoal do escritório não gosta de internacionais, pois acredita que nunca foi bem tratado e não hesita em boicotá-los por baixo do pano quando está certo de que pode fazê-lo sem serem identificados. Então a situação do PNSQV no país não é apenas complicada com as autoridades nacionais, mas com o próprio pessoal do escritório, também. Ela me disse que existem pessoas muito competentes trabalhando lá como o Andry, que é o responsável das finanças, mas há outras com as quais deverei tomar cuidado.

Também me deu um detalhe interessante, parece que em uma mesma unidade familiar malgaxe o sobrenome do pai, da mãe e dos filhos são diferentes. A escolha e a atribuição de um nome à uma criança se deve a diferentes critérios como astrologia, combinação de nomes de parentes e ancestrais, breve descrição do local onde nasceu, etc. Por isso são tão longos! E os nomes não são permanentes: durante sua vida, o malgaxe pode trocá-lo em grandes ocasiões, na adolescência, casamento e assim vai. Isso favoreceu a infiltração de membros de uma mesma família em organizações internacionais que têm a própria agenda e se aproveitam do fato de os chefes nem desconfiarem disso, para formar lobbies muito efetivos. Realmente estou ficando cada dia que passa mais interessada no país.

Mas não pode ser perigoso para você? Perguntou tia Bia, cuja voz não conseguia agora dissimular a ansiedade.

Não, parece que não. Não chegam a se comportar como máfias mesmo se têm algumas características comuns. Bem, tia, estão chamando o meu voo. Vou ter de deixá-la. Ligarei de novo assim que chegar. E fui para o portão de embarque.

Capítulo 3

VIAGEM PARA OS CONFINS DO MUNDO

TINHA COMPRADO UM LIVRO E UMA REVISTA e logo após a decolagem comecei a ler e acabei adormecendo sem me dar conta. Quando acordei estávamos pousados na pista do aeroporto de Jidá. E depois de cerca de uma hora, voltamos a voar.

Muitas horas mais tarde, avisaram que estávamos começando a descida para Antananarivo. Olhei pela janela e vi que sobrevoávamos uma área acidentada, com pequenas aglomerações, pastos, terra muito vermelha, estruturas circulares e gado bovino. Lá longe dava para ver a capital.

A cidade, que foi em primeiro lugar construída como uma fortaleza no começo do século XVII pelos reis *merina* assenta-se sobre várias colinas que davam à Antananarivo um aspecto particular, as vertentes eram cobertas de habitações ao passo que os vales eram principalmente ocupados por arrozais com um lindo tom de verde. À medida que o avião perdia altitude e começava a negociar o pouso, vi que a cidade se dividia em uma cidade alta e em uma cidade baixa, encimadas por telhados de telha ou sapé, velhas moradias em barro altas e estreitas, com poucas janelas e construídas em tijolo vermelho ou madeira. Elas se intercalavam com muito verde, casas assobradadas com influência inglesa e francesa, terraços, prédios de poucos andares, escadarias, algumas das quais bem extensas. Dava também para ver ruas tortuosas, com bastante comércio e muitos engarrafamentos provocados por homens, animais e máquinas.

O aeroporto era pequeno, mas muito funcional. O pessoal tinha predominantemente pele clara, cabelos lisos, pretos e olhos puxados de oriental como aqueles funcionários na missão permanente malgaxe nos Estados Unidos. Mas também, havia outros funcionários com tipo africano, ou que apresentavam um tipo físico misto. Eram muito educados, mesmo sendo bastante secos, quando eu saí no saguão de desembarque, deparei-me com uma moça morena, de pele clara, gordinha, muito alegre.

Bom dia. Meu nome é Tsiky Zafilahy e sou assistente administrativa encarregada de viagens do PNSQV, sorriu ela, a senhora deve ser a nossa nova administradora. Seja bem-vinda. Vou levá-la ao hotel Colbert para que descanse da viagem. Essas 14 horas e meia de viagem são estafantes mesmo viajando em executiva. O nosso administrador quer convidá-la para jantar, na sua casa por volta das 19h. Enquanto ela me ajudava com a mala, continuava conversando e sorrindo. Parecia ser uma ótima moça, de boa índole, educada e simpática.

Lembrei do que Lalao me falara dela e tinha acrescentado que Tsiky destoava do escritório pela simpatia, alegria e otimismo. Se era competente, também era uma namoradeira de primeira linha e já se havia envolvido em romances tórridos tanto com colegas de escritório quanto com peritos internacionais.

Chegamos ao hotel imponente, antiquado, elegante, muito veludo, mármore, quadros e gravuras franceses. Encarrapitado em um morro e tinha-se de lá uma vista incrível da cidade.

Fui para o quarto e após abrir as malas e guardar a roupa dormi um pouco, não sem antes pedir ao hotel para me acordar lá pelas 18h. Estava tão exausta que dormi como uma pedra e quando o hotel me telefonou, já me sentia bem melhor.

O escritório mandou um carro para me levar à casa do administrador, que morava em um apartamento perto do PNSQV, em um prédio velho de cinco andares.

Elefterios Franjiadakis, Elef, levantou-se quando me viu entrar e veio me dar um abraço, sorridente. Era um homem de cabelos prateados, de cerca de 60 anos, alto e magro, olhos inteligentíssimos e um sotaque carregado em francês. Era um daqueles administradores de carreira que devia ter experiência de mais de 40 anos nas costas. Gentil e engraçado, me fez rir e descontrair desde o primeiro momento em que me conheceu. Só foi depois de cerca de uma hora de conversa sobre assuntos variados que começou a falar de trabalho.

Nossa! Nunca pensei que o PNSQV recrutasse moças tão novas e bonitas para serem administradoras neste fim de mundo, disse com um sorriso. Mas você vem com uma reputação de competência e parece que se virou muito bem no seu primeiro posto em programa, extremamente difícil. Fico contente com isso, pois o escritório daqui não é dos mais fáceis e a nossa chefia me pediu para protelar a minha partida de Antananarivo por 15 dias para poder ajudá-la um pouco nas suas tarefas administrativas.

Você vai achar um escritório cujo funcionamento melhorou muito. Temos um excelente assistente financeiro, o Andry, que é o chefe da seção e é apoiado por duas moças competentes, portanto não precisará dar muita atenção ao setor.

Na área do pessoal, a assistente — que é também a sua secretária — é muito boa, apesar de ter um caráter execrável, Antra é orgulhosa e suscetível. Ela é muito asiática, então, quando você lhe faz uma pergunta, ela vai responder dizendo, não o que realmente pensa, mas o que acha que é o mais oportuno você ouvir naquele momento. Talvez seja o exemplo mais acabado de hipocrisia, pois sorri pela frente e fala mal de você pelas costas. Precisará, portanto, tomar um certo cuidado, ela tem muita liderança e acaba sempre influenciando os outros colegas. Mas se conseguir fazer dela uma aliada, poderá ter ótimos resultados no trabalho.

O nosso problema maior é na seção dos serviços gerais onde trabalha Tsiky. O chefe da unidade é um homem maduro, quieto, de família aristocrática e que você tem de controlar de muito perto, pois é escorregadio. Não faz o seu trabalho e tenho até grandes dúvidas quanto à sua honestidade. Herilanto, cujo nome foi convenientemente abreviado para Hery, esquece tudo, nunca sabe de nada, fala pouco e é sempre impassível, o que tem o dom de me tirar do sério. Eu teria gostado imenso de tirá-lo do PNSQV, mas agora conseguiu um contrato permanente com a organização e ficou praticamente irremovível. Os seus colegas o defendem em vista do status elevado de sua família e dos muitos apoios que tem lá fora.

Temos também aqui outro mau elemento que é o Avotra, um dos guardas da representação, que sempre está atrás de todas as irregularidades da administração. Ele é protegido pelo Hery, que conseguiu com que obtivesse um contrato permanente. Você vai ter de tomar muito cuidado com ele e saiba ele fala perfeitamente francês, mesmo se alega o contrário.

Também tem um personagem do qual todos têm muito medo, o Faly, o motorista do representante residente. Ele tem muita ascendência sobre o pessoal, é de uma casta ou linhagem —não sei ao certo — mais elevada do que os demais e tem reputação de mexer com magia. Aliás, por falar em castas e linhagens, você vai ter de dar alguma atenção a isso.

>>>>>>>>>

Apesar de ter sido abolido oficialmente há anos, ainda existem pessoas que continuam vendo a sociedade dividida em aristocratas (*andriana*), classe intermediária ou pessoas livres (*hova*) e filhos de escravos (*andevo*).

Parece que existem mais castas que são combinações das três primeiras, mas não sou nenhum perito neste assunto. Não sei se este sistema também vigora nas outras etnias do país que têm ascendências diversas, mas tudo me leva a crer que este seja o caso.

No que diz respeito ao programa, temos um grupo bom, que trabalha sob a batuta de Jean Marie Piaget, o representante residente assistente. Além de ser uma pessoa jovem e muito agradável, é extremamente competente.

Temos também no grupo uma estagiária dinamarquesa, muito boa pelo que ouço dizer, mas insuportável, que sempre vem exigir coisas da administração em um prazo impossível de respeitar e não hesita em fazer escândalos e destratar as pessoas. Vibeke — é o seu nome — já foi chamada a atenção várias vezes, mas continua arranjando encrencas tanto no programa quanto na administração. Você vai precisar ter muita paciência, mas talvez fique mais comportada agora com o novo adjunto que também é dinamarquês e chegou esses dias à Antananarivo.

Por último, temos ainda aqui, Pontien Kavakure, o antigo adjunto, originário do Burundi, que não presta. Ele já deveria ter ido embora, mas continua no país, sob o pretexto de estar fazendo as malas que nunca faz e incomoda todos. Ele está metido em assuntos irregulares e faz grande uso do mercado negro para trocar dinheiro, além de estar envolvido no tráfico de pedras preciosas e ouro. É muito hábil e tem malgaxes aqui que trabalham com ele e se beneficiam. Andou aprontando muito e o governo pediu discretamente ao PNSQV que ele seja removido de Madagascar. Portanto, deverá, em princípio, sair daqui nas próximas semanas para ser enviado a algum outro lugar na África. Logo deixará de ser seu problema, mesmo assim tome cuidado pois ele tem má índole.

Quinze dias é pouco tempo para ajudá-la, mas tenho certeza de que receberá bastante apoio do recém-nomeado adjunto — Henrik Toyberg — que substituirá Pontien. Pelo que ouvi, além do programa, é também muito versado em administração, além de ser de convívio agradável.

Quanto ao representante residente, chegou aqui antes de ontem e prefiro deixar você fazer uma opinião por seus próprios meios. Ele é um homem bom, cheio de princípios e de boas intenções e este posto vem coroar uma carreira longa, mas sem brilho, no PNSQV. Não tenho certeza de que seja de um representante do seu tipo que precisamos para restabelecer relações de confiança com o governo. Há muitas coisas irregulares que acontecem aqui, sobretudo no que diz respeito ao manejo dos veículos da representação e dos projetos. Mas enfim, pode até dar certo, não sei.

No que diz respeito à segurança, o país está atravessando uma fase problemática com oponentes políticos carismáticos que desafiam a autoridade total do presidente e uma situação econômica e social desastrosa. Há muitos distúrbios, inclusive em Antananarivo, que são o resultado dos conflitos que opõem duas gangues de marginais, uma delas apoiada pelo próprio governo.

Elef continuava falando e eu ia colocando as minhas perguntas. Sentia que ele estava cansado e que também não gostava muito dos malgaxes. Eram, ao seu ver, muito suscetíveis, complicados e escorregadios, não gostavam de estrangeiros e não via a hora de gozar de sua bem-merecida aposentadoria em Atenas.

»»»»»»»

Passei uma noite agradabilíssima com Elef e por volta das 10h30, levantei-me e despedi-me do meu anfitrião.

Mais uma coisa... Elef parecia pouco à vontade. Tem aqui em Antananarivo apenas, algo que afeta mais particularmente a saúde dos expatriados e se manifesta por um cansaço anormal. Assim, mesmo que tenha um boa noite de sono, pode acordar tão cansada quanto estava quando foi dormir. Não tem explicação para isso e é muito desagradável, como bem pode imaginar. Já tentei falar com vários médicos e se todos reconhecem o fato, nenhum sabe explicá-lo.

Parece que também afeta os malgaxes, mesmo que de maneira mais branda. Agora é só sair da capital para voltar a se sentir bem. Se fizer exercício, vai se sentir melhor. Então se começar a padecer deste mal que ninguém explica, faça regularmente algum esporte e adquira o hábito de sair de Antananarivo todos os fins de semana.

Capítulo 4

PRIMEIRAS DESCOBERTAS

Durante o trajeto de volta ao hotel Colbert, eu pensava que no dia seguinte, começaria o meu primeiro dia como administradora do PNSQV.

Antes de dormir, todavia, queria tomar uma bebida e me dirigi para o bar que estava em grande efervescência.

Sentei-me em uma janela perto da rua de onde dava para observar o que acontecia e comecei a procurar a justificativa para a movimentação na frente do hotel.

O garçom veio e eu pedi um *Bloody Mary*. Vi várias fileiras de mulheres que estavam todas de frente para as janelas e a porta de entrada do estabelecimento, pareciam aguardar alguma coisa com muita expectativa. Havia mulheres de todos os tipos e condições que refletiam bem a incrível mistura de populações da ilha. Muitas eram lindas, todas jovens e um grande número delas tinha a pele gasta precocemente e dentes estragados além de roupas puídas. Imaginei que não deviam ainda ter encontrado emprego, então recorriam à prostituição para sobreviver. Frente a elas, circulavam muitas crianças que pediam dinheiro aos hóspedes que entravam e saíam do hotel, incomodados com sua insistência.

Estremeci diante de tanta pobreza. Estava acostumada a ela depois de viver no Brasil e em Angola. Mas esta parecia ser ainda mais agressiva com o contraste do hotel luxuoso e das mulheres mais simples e pequenos mendigos na porta principal. O garçom veio com a bebida e um pratinho de aperitivos, eu perguntei se as minhas deduções eram corretas.

Aqui é uma terra muito miserável para a maior parte dos seus habitantes, respondeu-me com um suspiro. Há uma pobreza chocante que verá na própria capital e no interior. Temos na frente do hotel uma bela demonstração disso, estas moças que a senhora vê, pelo menos todas as que estão naquela fileira ali, são meninas que devem ter acabado de chegar da zona rural e não têm emprego. As outras já moram na cidade faz mais tempo e devem ter conseguido juntar algum dinheiro, como a senhora pode ver pelas maquiagens e roupas. Todas elas estão se oferecendo aos hóspedes do hotel por uns poucos ariarys malgaxes. Então, para quem quer ter uma relação que não custe muito caro é só escolher uma das moças e fazer um programa, não no hotel evidentemente, mas há muitas acomodações nos arredores. Veja! Já tem hóspede saindo para ir falar com algumas delas...

Isso não é tudo. Tem as prostitutas de alto luxo que frequentam o hotel e são muito sofisticadas. A Fitia, aquela negra alta de cabelos ruivos encaracolados e olhos verdes, sentada lá no bar é uma das que tem mais sucesso. Deve conseguir fortunas todas as noites, mas ela sabe, assim como todos nós, que é uma profissão que dura pouco tempo. Tem de ganhar muito dinheiro agora que está com disposição, carnes firmes e pele lisinha. E não pense que o seu cabelo é pintado, é a cor natural mesmo. É uma excelente representante da grande mistura de raças que ocorreu na ilha.

Agradeci as informações e comecei a tomar a bebida. Não me sentia bem em observar o espetáculo de compra e venda de carne humana naquelas condições degradantes.

Estava pensando em me retirar quando ouvi uma voz do meu lado que me interpelava: chocante, não é mesmo? Creio que vamos ter direito a este triste espetáculo todas as noites, até acharmos uma acomodação bem longe daqui.

>>>>>>>>

Olhei de onde vinha a voz e vi do meu lado uma moça morena, alta e bem-feita, com olhos cinzas expressivos e sorriso largo.

Sou Lucie Ferlaix, disse ela, estendendo-me a mão. Estava no mesmo voo que você hoje. Sou francesa de Grenoble. Vou ficar aqui três anos trabalhando para uma ONG francesa.

Também me apresentei e convidei-a a sentar, o que ela fez de bom grado.

Simpatizamo-nos muito e combinamos nos encontrar os próximos dias para trocar impressões e ver se uma podia ajudar a outra para encontrar uma boa morada. Conversamos um pouquinho e quando terminei o meu *Bloody Mary*, pedi licença e fui para o quarto. Estava ficando com muito sono.

No caminho, vi Fitia se levantar sorridente e sair com um homem branco louro que não conseguia disfarçar, tanto a sua admiração pela beleza exótica da moça quanto a atração que sentia por ela.

De manhã cedo, Lucie e eu tomamos juntas o café da manhã e fizemos planos para nos encontrarmos à noite. Depois cada uma foi para o seu respectivo escritório.

Faniry, um dos motoristas do PNSQV veio buscar-me por volta das 8h30. Era um rapaz sisudo, extremamente bem-educado, mas que nunca parecia dar uma resposta direta às minhas perguntas. Lembrei-me do briefing do meu colega Elef Franjiadakis...

Fiz o trajeto em silêncio, admirando a cidade e notando o quanto as encostas das colinas eram íngremes. Notei que em várias ruas transversais menores — e até em avenidas — havia muito lixo jogado de qualquer maneira, as calçadas precisavam urgentemente de reparos e havia toda uma fauna de mendigos, prostitutas, ladrões e vagabundos que perambulavam, procurando algum resto para comer.

Desviei o olhar deles e concentrei-me no sítio urbano de Antananarivo: a cidade alta era mais estruturada por ter sido o núcleo original da capital. É dominada pelo Rova — a saber, a residência oficial dos soberanos de Madagascar entre os séculos XVII e XIX — encarrapitado a mais de mil e quatrocentos metros sobre uma das colinas mais altas da capital. Na época da fundação de Antananarivo, a planície era vocacionada a fornecer alimento àquele núcleo antes de ser incorporada à cidade e de ter sido urbanizada, muitas vezes de maneira anárquica.

Notei também que pelo relevo acidentado, ou se estava subindo ou se estava descendo ruas e avenidas na cidade, havia apenas algumas poucas vias no centro, onde ficava o *Zouma* por exemplo, que eram relativamente planas. Pelo que me tinham dito, o *Zouma* é um dos maiores mercados do mundo a céu aberto cujas bancadas são protegidas por um grande número de guarda-sóis brancos. Eu estava impaciente em ir conhecê-lo no próximo fim de semana.

Comecei a ouvir um barulhinho de alguma coisa rolando de lá para cá e de cá para lá conforme subíamos ou descíamos as colinas e não atinava o que era. Também senti um cheiro desagradável, enjoativo, que permeava o carro mesmo com as janelas abertas, o que me deixou intrigada.

Na hora em que o veículo começou a subir uma ladeira com forte grau de inclinação, abaixei-me no momento certo e consegui agarrar o objeto que rolava sob o assento. Era um brinco barato, daqueles que deviam ter sido comprados no mercado.

≫≫≫≫≫≫≫

Fiquei surpresa com a descoberta,
que não partilhei com o motorista. Como acabávamos
de chegar, guardei o brinco no bolso, enquanto
Faniry descia e vinha abrir a porta.

Que diferença do povo de Luanda, pensei com uma ponta de saudade, lá todos eram alegres, informais e se ouvia o dia inteiro aquela música contagiante que convidava a dançar e aproveitar a vida. Aqui, parecia que estávamos indo para um enterro. Se todos tinham me tratado muito bem, eram sérios e formais. Mas sem dúvida, devia ser uma característica das terras altas. Nas costas mais africanizadas, a música devia ser mais alegre, assim como os temperamentos.

Vai ser uma mudança e tanto em comparação à Angola. Resolvi não pensar mais no assunto e desci do carro.

O PNSQV se situava logo abaixo do hotel Colbert, em uma encosta e funcionava em um casarão antigo azul claro, cuja tinta tinha desbotado e descascado em vários lugares com o forte calor e as intempéries. Um térreo e um primeiro andar, que davam frente para a embaixada dos Estados Unidos em um terreno acidentado, com gramados bem cuidados e árvores. A casa não tinha grades e estava separada do estacionamento da frente e da calçada por duas grandes floreiras de concreto, que no momento estavam vazias. Atrás do edifício, outro estacionamento, encostado no morro, sem jardim.

Meu Deus, só se vê aqui no PNSQV, concreto, asfalto e aquela pintura meio desbotada, que já começou a descascar em vários lugares. Não é de espantar que a representação tenha um ar tão melancólico e desleixado. Precisaria pintar o imóvel e plantar flores com cores vivas, para que tragam aqui um pouco de vida e de alegria, pensei.

Quando entrei, Elef veio me cumprimentar e indicou uma vasta sala no térreo, localizada bem na entrada, onde se tinha uma visão estratégica sobre quem entrava e saía. Ia ser a minha sala, que, no momento, partilharia com ele.

Avisou-me que a administração toda se localizava no térreo e o programa no primeiro andar. Acabavam de mudar e os novos locais pareciam ser perfeitamente adaptados às necessidades atuais do escritório.

Fui então acomodada na sala de Elef e levada para conhecer o pessoal. Imediatamente gostei de Antra, a assistente administrativa encarregada do pessoal, apesar de não me ter proporcionado uma recepção muito calorosa.

Parecia desconfiada e levantou-se para me cumprimentar com muita educação, sem um sorriso. Era uma mulher nos seus 30 anos, baixinha, com corpo bem-feito e sensual e um rosto lindo. O seu tipo era bem oriental com tom de pele mais claro, cabelos pretos lisos compridos e olhos puxados. Imediatamente entendi que Antra não gostava de Elef.

Também fiquei muito bem impressionada pelo chefe de finanças, Andry. Magro e alto, também com tipo asiático e cabelos lisos cortados em escova, Andry era muito amável e risonho, além de ser um verdadeiro cavalheiro. Ri com ele e imediatamente desconfiei que devia ser mulherengo, esbanjando charme e galanteios. Mas pelo menos era bom ter outra pessoa alegre na administração, além de Tsiky. Por outro lado, não gostei nada de Hery, o responsável do setor de serviços gerais, o homem alto, moreno, classudo, com um rosto bonito e feições marcadamente orientais, era impenetrável e parecia ser franco como uma mula que recua. Ele não sorria, não falava muito e observava tudo. Reparei pela sua linguagem corporal que não parecia estar à vontade com Elef e aparentava incômodo quando este começava a falar alto, até mesmo para brincar.

No setor do programa, se não tive boa impressão do representante residente adjunto anterior, Pontien Kavakure, senti uma imediata empatia com o chefe do programa, o assistente suíço do representante residente, Jean Marie Piaget.

O meu chefe, Henrik Toyberg, o novo representante residente adjunto, que estava se instalando, também me impressionou muito favoravelmente: alto, atlético, de pele muito alva e começo de careca, olhos azuis e bigode, parecia ser muito calmo e competente, além de simpático. Ele me assegurou que me daria todo o apoio de que precisava para desempenhar bem as minhas tarefas. Também aproveitou a oportunidade para me avisar que depois da partida de Elef, gostaria de me ver todos os dias de manhã, às 9h, para discutir o programa de trabalho do dia até eu me sentir mais confiante.

Quanto ao representante residente, Enzo Perella, que eu agora revia empossado nas novas funções, foi de novo, muito agradável e simpático e me avisou que sua porta estava aberta, caso precisasse de qualquer ajuda. Após falar com ele, estava agora convencida que a primeira impressão que tive em Nova Iorque se confirmava, o seu desempenho seria sofrível e se refletiria certamente sobre todos nós, funcionários do PNSQV...

Por último, havia Hanta, uma moça de tez bem mais escura, com traços africanos fortes, olhos amendoados e cabelo liso, pela qual senti uma repulsa imediata: parecia que já no primeiro contato, os nossos santos não bateram. Talvez o fato de os comentários a seu respeito terem sido tão desfavoráveis, tanto por parte de Lalao quanto de Elef, me tivessem influenciado negativamente.

Hanta era encarregada das bolsas e tinha uma corcunda na parte superior das costas e um pé boto que a fazia mancar bastante. Se o corpo era disforme, Hanta tinha os cabelos mais lindos que eu vira até hoje — grossos e brilhantes — que prendia em um rabo de cavalo que chegava abaixo da cintura. Parecia complexada, falava baixo sem olhar os interlocutores e respondia por monossílabos. Seus colegas a evitavam parecendo ter um certo receio dela, o que não os impediam de fazer comentários maldosos tão logo ela lhes desse as costas.

Capítulo 5

CRIATIVIDADE MALGAXE

Desci para a sala depois e aproveitando o fato de estar sozinha, chamei Hery para perguntar como explicava a presença do brinco no carro, que fora me buscar de manhã.

Fiquei espantada com a reação, imaginava que ele falaria que uma consultora — ou até um membro do pessoal — o tinha perdido por acaso e que o assunto ficaria nisso. Mas não. Hery ficou roxo, começou a gaguejar e não sabia mais o que dizer.

Ele estava tão sem graça, mas tão sem graça, que não conseguia entender como o fato de achar um mero brinco em um dos veículos do escritório podia deixá-lo tão encabulado. Começou a me dar explicações sem nexo e, vendo a minha surpresa crescente, emendou: Não posso contar à senhora o que aconteceu realmente, para explicar a presença do brinco no carro.

Eu o olhava incrédula, Hery parecia estar matando um mosquito com um tiro de canhão.

Puxa vida! pensei. Estou começando super bem a minha estadia neste escritório com um colega se recusando a me responder uma pergunta simples, logo de cara. A cena — constrangedora — logo foi interrompida pela chegada de Elef. Notando a cara de Hery, que a esta altura, além de estar vermelho como um tomate, gaguejava cada vez mais sem graça e o meu ar de profunda perplexidade, indagou o que estava se passando.

Quando foi inteirado da situação, olhou para Hery e exigiu uma resposta. Novamente, Hery se negou a fazê-lo. Vendo que Elef estava começando a ficar mais zangado, balbuciou: sei que Dona Beatriz é nossa nova administradora e tenho muito respeito por ela e é justamente por isso que não posso responder à pergunta que ela me fez.

Elef não hesitou em confrontar o funcionário e levantou de repente a voz, exigindo em altos brados que explicasse imediatamente o que estava acontecendo, quando intervi: Elef, vamos manter a calma, pois gritar não vai resolver nada. Se você, Hery, está constrangido a este ponto em falar na minha presença, conte ao Elef como este brinco foi aparecer no carro. Mas saiba que depois de ele ter ido embora, vamos ter de lidar, os dois, com todos os assuntos administrativos, por mais constrangedores que possam ser. Está bem assim para você? Sim? Então Elef, se me der licença, vou ter com Henrik no primeiro andar e volto daqui a pouco.

Hery concordou e ficou de cabeça baixa até eu ter saído da sala. Quando voltei, quem estava brabo — muito brabo mesmo — era Elef. Mas o que foi que houve para este brinco despertar tanta confusão? Brinquei.

Elef se levantou e foi fechar a porta. Estou aqui faz mais de seis meses e nunca desconfiei de nada do que estes filhos da puta faziam nas minhas costas, urrou ele. Você quer saber de onde veio este brinco? Pois então, eu vou lhe contar: aparentemente, depois de eu fazer a inspeção diária do escritório e ter ido para casa no final da tarde, alguns motoristas e guardas abrem as portas da garagem do fundo e alugam os carros da representação para casais passarem a noite. E cobram evidentemente um bom dinheiro dos fregueses. Às 6h, são convidados a se retirar, as portas da garagem são fechadas e o dinheiro é repartido entre os organizadores do evento. Em resumo, tem gente que lucra à noite, nas costas da representação, com prostituição.

Aí está a explicação do brinco, foi uma meretriz que o perdeu no nosso carro! Quem deve tocar este negócio é o Faly, o motorista do representante residente e o Avotra, aquele guarda desgraçado. Mas devem certamente ter comparsas. Aposto que o Hery também está no meio, não sei bem qual é o seu papel nisso tudo. É impossível ele não saber de nada. Mas infelizmente, creio que nunca conseguiremos nos livrar dele. Essa farra vai acabar agora que foi descoberta, mas não conseguimos angariar provas e, como sabe, sem provas nada podemos fazer contra eles. Elef estava genuinamente chocado e furioso.

≫≫≫≫≫≫≫

Do meu lado, estava reprimindo a vontade de cair na gargalhada; a ideia me parecia muito original e já via que o meu pessoal era criativo e que eu precisaria estar muito atenta.

Pelo jeito já tinha dado para ver que enquanto os internacionais iam com o milho, os malgaxes já voltavam com a farinha, ou até mesmo com o bolo.

Não podia deixar de estar espantada, como era possível Elef, sendo grego, nunca ter desconfiado do que se passava na representação, à noite? Afinal, o seu povo também tinha a reputação de não ficar muito atrás do malgaxe com o jeitinho e das maneiras heterodoxas de ganhar dinheiro.

Ainda bem que poderia contar com Toyberg e sua experiência em administração. Mas ele era europeu, seguia regras, tinha princípios estritos pelo que me tinham falado. E não conhecia a imaginação fértil e as manhas, o que o colocava em desvantagem em relação aos locais.

Eu ia sair quando Elef, bem mais calmo, me interpelou: Beatriz, quero que vá a Rede Mundial de Segurança Alimentar (RMSA) por volta das 10h tomar café com Riadh El Ouaer. Ele veio hoje e manifestou muito interesse em conhecê-la. É um tunisiano chefe da agência e trabalha aqui já faz mais de sete anos. É um homem muito experiente, conhece este lugar como ninguém e muitas vezes se oferece para ambientar um pouco os novatos do PNSQV.

Olhei meu relógio, estava cedo, ainda tinha tempo de me ocupar de alguns papéis que devia assinar para receber a minha bagagem antes de lá ir. Às 10h, fui a pé para a RMSA que ficava na mesma rua, pertinho da organização.

Fui recebida por um homem de cerca de 60 anos, com olhos azuis e cabelos brancos ralos, muito distinto e inteligente. Riadh, após os cumprimentos usuais começou a me dar dicas muito importantes sobre o país do qual gostava.

>>>>>>>>

Eu escutava maravilhada em poder
dispor de todos estes conhecimentos no meu

primeiro dia de trabalho e lamentava que Riadh fosse embora em semanas.

"Você vai ver, Madagascar é um país interessantíssimo e sua população se compõe de 18 — impropriamente chamadas — etnias por suas origens muito diferentes, começou Riadh. A maior parte dos povos corresponde a antigos reinados e cada um tem sua própria identidade, suas tradições e culturas, seu modo de vida, etc. mas todos têm como denominador comum o fato de serem malgaxes. Você poderá consultar mais tarde a farta documentação que existe sobre esses grupos e saber em detalhe o significado dos seus nomes, suas origens e localização geográfica em Madagascar. Isso explica por que verá tipos físicos altamente improváveis que só podem ser achados em lugares onde houve muita miscigenação, como aqui ou nas Guianas.

Saiba também que você está chegando em um momento complicado. As receitas do Banco Supranacional parecem não surtir efeito, o clima político é extremamente pesado e a ditadura do presidente é cada vez mais contestada. A corrupção é galopante assim como a insegurança, tanto nas grandes cidades quanto nas zonas rurais. Só para você ter uma ideia, um quarto da população de Antananarivo, se não mais, vive abaixo do limiar da pobreza absoluta e há fome nas zonas rurais. É difícil ter paz quando não se tem o que comer. E agora temos a cereja sobre o bolo com os constantes confrontos entre a gente da assim chamada TTS (que traduziremos de maneira mais concisa como JC, Juventude Conscientizada) e o pessoal da KFW (a escola Kung Fu Wisa), na própria capital com desdobramentos que podem ser imprevisíveis. Imagino que o Elef tenha falado a respeito. Não? Então vou fazer um rápido resumo, pois a história é muito interessante.

No final dos anos 1970, começo dos anos 1980, jovens desempregados malgaxes foram organizados pelo estado em juventudes revolucionárias que deviam, em princípio, ser integradas na sociedade e mobilizar os jovens em prol do regime. Eles escaparam da influência do governo e se uniram a um grupo criminalizado que praticava a extorsão. Com a fusão, adotaram o nome de Juventude Conscientizada (JC) e começaram a semear o terror na capital.

Neste contexto, os comerciantes dos grandes mercados e outros grupos mais abastados que viviam assediados, ameaçados e extorquidos pela JC, pediram proteção a uma outra entidade, a saber a escola Kung Fu Wisa, que tem muita receptividade na sociedade antananarivenha, que se dedica a artes marciais, mais particularmente a este tipo de kung fu. Para entender um pouco melhor, saiba que a sociedade malgaxe das altas terras é muito oriental e tem, entre outras características, uma grande tradição nas artes marciais.

O que era no começo uma academia em que se praticava esportes de recreação e abrigava um movimento místico, transformou-se em uma organização paramilitar e em bandos de vigilância. Contam com cerca de seis mil membros, o que representa um pequeno exército. Em setembro passado, os enfrentamentos entre os adeptos do KFW e da JC resultaram em uma centena de mortos do lado da JC. As autoridades nacionais nada fizeram para impedir o massacre.

Estava claro para muita gente que a inação governamental se devia essencialmente ao fato de as autoridades nacionais terem usado muitas vezes os elementos para serviços sujos a seu pedido. Até se comenta, em privado, é claro, que o assalto à casa do representante residente anterior, o seu espancamento e o estupro da esposa, eram de autoria deles. E agora o governo ficou apreensivo com a perspectiva dos líderes da JC começarem a chantageá-lo, pois sabem demais. Então a perspectiva de muitos deles serem eliminados não desagradava de todo.

O presidente, todavia, depois deste incidente grave, baniu a escola Kung Fu Wisa que atraía um número cada vez maior de jovens sob a batuta de um líder carismático e declarou o estado de urgência, que provocou insurreições na capital.

Apesar dos conflitos com o KFW, os desmandos por parte da JC continuaram e continuam até hoje. No momento, existe grande descontentamento social e insegurança, que vem se somar à situação política e econômica catastrófica. Prevejo ainda neste ano um desenlace mais sangrento à disputa JC/KFW. Até agora, se houve muitas mortes e arruaças na cidade, nada na realidade foi resolvido. Não estarei mais aqui para presenciá-lo, mas você certamente ainda estará no país quando acontecer e lembrará desta nossa conversa. Saiba que no momento, Madagascar é uma nau desgovernada, que deriva com as suas 18 etnias ao sabor das correntes. E antes que naufrague, eventos totalmente imprevisíveis podem acontecer.

Desculpe a minha franqueza, mas sei que trabalhou dois anos em Angola. Então não tem por que eu não apresentar a situação do país tal como ela é".

Ele fez uma pausa e olhou para mim que escutava, fascinada, o que me dizia.

"Vejo que você é uma pessoa mais doce e controlada do que o nosso vulcânico Elef, continuou ele. Vai, portanto, se dar melhor aqui do que ele. E deve, sem dúvida, ter uma maior capacidade de entender os problemas do país e sua gente por ser originária de um país do mundo em desenvolvimento e não de um país pobre europeu. Na verdade, as dificuldades que ele encontra aqui nada têm a ver com sua competência. Aliás, ele é um dos administradores mais competentes que já encontrei no PNSQV. O seu problema reside na maneira como se relaciona com as pessoas. Os seus rompantes de alegria e de fúria são muito malvistos pelo pessoal, as pessoas ficam incomodadas com o que consideram falta de controle e também ficam chocadas com o teor das suas piadas mais do que picantes.

»»»»»»»»

Nunca grite ou levante a voz com ninguém, ouviu? Isso poderá afetar seriamente a sua autoridade.

Agora, no que diz respeito ao seu escritório, você tem elementos muito bons trabalhando lá e tem os ruins dos quais não poderá se livrar, pois muitos deles têm contratos permanentes. O Hery faz parte deste último grupo, sua família, muito importante, é de aristocratas *merina* e ele é um espião do governo. Além de não gostar de trabalhar, também é de honestidade duvidosa.

A Hanta, a moça das bolsas, é outra pessoa com quem deverá tomar cuidado. Além dela ter má índole, não é uma pessoa bem resolvida. É uma moça do grupo *antandroy* (que representa cerca de 5% da população) e vive no sul da ilha, na região mais árida e abandonada. Seu povo, chamado na língua local "aquele do país dos espinhos", é seminômade, cria zebus e tem fama de dominar a arte da adivinhação e da magia.

O último com o qual eu recomendaria tomar cuidado é o Faly, o motorista do representante residente. Além de ser de uma casta mais elevada do que os demais, o que por si só lhe dá mais direitos, está sempre envolvido em esquemas pouco claros. Já se soube dele removendo, trocando e vendendo na calada da noite peças e pneus de carros mais novos do PNSQV por acessórios mais antigos e embolsando a diferença. Este esquema foi descoberto pelo Elef que deu um fim nele.

Agora você me fala de prostitutas nos carros da organização à noite... Até que demorou para descobrir este esquema, nós já sabíamos dele faz tempo. Não entendo como ele não desconfiou de nada quando enxames de meretrizes começaram a aparecer nas cercanias do PNSQV, à noitinha. Mas saiba que aqui, ninguém denuncia ninguém, pois todos têm medo de represálias.

Agora que a atividade noturna também foi descoberta, o pessoal vai arranjar alguma outra coisa que dê lucro. Lembre-se que, por mais que você se esforce, nunca controlará tudo. Às vezes, saberá de coisas nas quais não deverá interferir se quiser continuar a trabalhar aqui. Assim, é corrente ver ministros e contrapartes importantes irem fazer o mercado ou passear com as famílias nestes veículos. É contra os regulamentos? É claro que é, mas às vezes temos de tentar limitar as irregularidades e não as abolir. O próprio governo até vai ajudar você se tiver liberdade suficiente para ir pessoalmente ou enviar uma mensagem por terceiros. Afinal, também é do interesse dele que as coisas continuem como estão, talvez com menos visibilidade.

Neste contexto altamente conturbado, recomendo recorrer tanto quanto possível aos jeitinhos, arranjos e evitar enfrentamentos. Tenho algum receio sobre a permanência do seu chefe Enzo Perella, em Madagascar. Além de ser muito direto e explosivo como todo bom italiano do Sul, é movido por princípios rígidos além de ser limitado e já deu para ver que vai querer reformar o mundo em Antananarivo. Assim temo que venha a ser declarado *persona non grata* rapidinho se quiser introduzir mudanças tão drásticas. Então, tome cuidado para que os problemas que ele tenha não influenciem negativamente sobre você ou o seu trabalho".

Conversamos mais um pouco e saí muito feliz da RMSA. Além de um *briefing* interessante, Riadh El Ouaer era encantador e me tinha convidado para um almoço na cidade no fim de semana e um passeio bonito. Ele queria me levar para o *Zouma* — o imenso mercado central, bastante frequentado, onde, segundo ele, havia cores, cheiros, sons particulares e se achava de tudo.

Riadh me avisou que era muito pitoresco nem que fosse pelo grande número de *pousse-pousses* ou riquixás, usados pelos vendedores do local para carregar as mercadorias, pelo custo muito acessível. O riquixá, para quem não sabe, é um meio de transporte asiático de tração humana, em que uma pessoa puxa uma carroça de duas rodas, em que são acomodadas uma ou duas pessoas ou mercadorias.

Capítulo 6

PRIMEIROS PASSOS EM ANTANANARIVO

No dia seguinte, fui ao encontro com Henrik Toyberg e o informei sobre as conversas que tivera tanto com Elef quanto com El Ouaer.

Isso aqui parece ser um posto muito complexo, disse-me com um suspiro. Mas tivemos sorte, nos beneficiamos da experiência de Elef e de Riadh. A propósito de Elef, parece que ele está com um problema familiar sério do qual ficamos sabendo só hoje e vai ter de encurtar sua estadia aqui. Você terá apenas uma semana de trabalho com ele. Aproveite ao máximo. É muito pouco, mas se precisar, pode contar comigo.

E de fato, na semana seguinte, após um lanche gostoso de despedida, Elefterios Franjiadakis se foi para Atenas depois de receber um presente típico malgaxe e achei-me frente a frente com pastas e mais pastas de papéis para assinar.

Tentei me lembrar do que aprendera no curso, mas como estava ansiosa, tudo se embaralhava na minha cabeça. Senti muito medo de não estar à altura. Pensei em ir ver Toyberg, mas estava tão confusa que nem ia saber ao certo o que perguntar. O dia ia passando e nada de eu assinar as pastas, que iam se empilhando na mesa. Antra entrou algumas vezes na sala para trazer um café e verificar se tinha documentos assinados a retirar. E nada.

No final da tarde, tinha lido e relido as pastas todas, mas não estava suficientemente confiante em assiná-las. Me sentia ridícula, substituíra algumas vezes em Angola o encarregado de administração e tinha me sentido bem menos insegura de me lançar na assinatura dos documentos financeiros do que agora. Estava me perguntando o que ia fazer quando a porta da sala se abriu e entraram Antra, Andry e Hery.

»»»»»»»»

Os três ficaram de pé frente à mesa,
em silêncio e muito sérios. Todos olharam para
Antra, que também parecia estar encabulada,
como que para convidá-la a falar.

"Sabemos que a senhora foi para administração há pouco tempo depois de um desempenho brilhante em Angola, começou ela. E deve ser mesmo muito desestabilizador chegar em um novo posto para trabalhar em uma área da qual só estudou os aspectos principais em um curso teórico relativamente curto. Sabemos que, na prática, a teoria é outra".

Ela parou um minuto para ver a minha reação e como não havia nenhuma manifestação de desagrado, continuou mais confiante: "então, queremos propor um trato que tem vantagens para nós quatro".

Eu escutava, surpresa. Todos, inclusive o próprio Elef, tinham recomendado esconder a minha insegurança do pessoal malgaxe e fingir que sabia o que tinha de ser feito na administração — mesmo se não fosse o caso — para evitar qualquer manipulação futura. Mas eu era suficientemente inteligente para entender que as três pessoas que estavam à minha frente, além de bem-dotadas intelectualmente, eram muito competentes nas suas áreas respectivas e imediatamente entenderiam que eu estava mentindo, mesmo se fizesse um teatro convincente para elas.

Pensei rapidamente no que ia fazer, não queria começar a relação com os chefes de setor com mentiras. Então falaria a verdade e se acarretasse problemas, veria depois como lidar com eles: "o que você diz, Antra, é verdade, não tenho por que mentir a respeito. Sinto-me insegura em assinar estas pastas", respondi fazendo das tripas coração para parecer tranquila. "Qual o trato que me propõem?".

Antra sorriu e relaxou: "estamos dispostos durante um mês a fazer o nosso trabalho assim como o da senhora. Me explico melhor, além de preparar os documentos para sua assinatura, também faremos o trabalho de verificação que lhe compete e a senhora assim poderá assinar de olhos fechados todos os documentos que chegarão. Em troca, queremos que a senhora se comprometa conosco que se houver qualquer problema na administração, vindo ou não dos documentos assinados, a senhora assumirá toda e qualquer responsabilidade pela seção".

Fiz um gesto de surpresa que não passou despercebido dos meus três interlocutores: "como assim? Eu não entendo. Se sou chefe de administração, por mais novata que seja, é evidente para mim, que sou responsável por tudo o que é feito — ou não — na seção".

Antra deu um suspiro de alívio: "se está claro para a senhora, então tudo bem. Os seus antecessores — com exceção de Elef que era consultor — não viam da mesma maneira. Tivemos colegas que foram culpados e mandados embora por terem sido responsabilizados por erros cometidos pelo chefe da administração anterior, que não quis assumir. Então o que queremos é trabalhar sossegados debaixo de um guarda-chuva. Os internacionais aqui se protegem muito uns aos outros e é sempre o pessoal local que paga o pato, como se diz vulgarmente".

Muito bem, sorri. Aceito o trato, em outras palavras, farei vocês trabalharem por um mês dobrado e servirei de guarda-chuva para a administração até eu deixar Madagascar.

»»»»»»»»

Os meus três interlocutores sorriram aliviados pela primeira vez, agradeceram e se retiraram sem dizer mais uma palavra deixando-me apreensiva, será que o meu comportamento foi acertado? Quanto mais pensava, mais me convencia de que fizera bem em ser honesta.

No dia seguinte, parecia que o meu relacionamento com o pessoal era mais próximo, mais cúmplice. Havia mais tranquilidade na seção, o que Tsiky, a faladeira do escritório, confirmou, sem entender muito bem a razão. Para ela, era a partida de Franjiadakis a responsável pela feliz mudança.

Enquanto isso, eu monitorava a situação de segurança com Henrik e continuava a procurar uma casa. Nenhuma tinha me agradado. Aliás, por falar neste assunto, não vira mais Lucie no hotel desde aquela noite. Precisava perguntar à recepção se a moça tinha viajado — ou talvez até já arranjado acomodação.

Foi então que, por meio de um colega do escritório, conheci o Sr. Singh, um homem muito distinto, indiano, riquíssimo com inúmeras propriedades na capital. Ele me levou a um prédio perto da praça Andohalo em uma zona alta, limpa e segura que tinha uma das mais belas vistas. O apartamento devia ter cerca de 100 metros quadrados, bem distribuído, extremamente agradável com muita luz e paisagens maravilhosas de todas as suas janelas.

Eu me apaixonei imediatamente: era o lugar mais lindo que eu vira em toda a minha vida. O promotor indiano sorriu vendo o meu deslumbramento e anunciou o preço: era caro, bem caro, mas o que mais me incomodou era que o homem queria que eu depositasse o valor do aluguel na sua conta na França em francos franceses e não localmente em ariarys malgaxes como manda a lei do país.

Hesitei. Lembrei instantaneamente do esquema das garrafas de uísque que comprava em Luanda no mercado negro e das transações pouco ortodoxas que fazia com elas. Depois de Angola, tinha jurado não entrar mais em situações ilegais, que prejudicassem o país, assim como a minha própria reputação. Estava resolvida a não mais frequentar mercados negros ou fazer arranjos irregulares do tipo que me propunha o indiano. Fiel ao meu compromisso, recusei a oferta e me retirei com muitos agradecimentos e desolada em deixar passar uma oportunidade tão espetacular.

Algum tempo depois, conheci, em uma festa da embaixada da França, o Sa r. Rivo Andrianana, um malgaxe importante da casta dos aristocratas, (*andriana*), com o qual simpatizei muito. Ele era um político de alto coturno, pós-graduado em física nos Estados Unidos e diplomado pela École Normale Supérieure, uma das mais prestigiosas de Paris. Além de ocupar vários postos importantes no governo, era diretor do maior instituto de pesquisas científicas do país.

Com a conversa agradável que tivemos, descobri que ele era também um grande proprietário fundiário do Sul do país e possuía muitas cabeças de gado bovino. Quando soube que o meu pai também era criador de gado de corte, ele se interessou em ir ao Périgord, nas suas próximas férias na França, para conhecer o gado da região assim como o castelo da família. Falamos de vários outros assuntos e reparei no desprezo com o qual falava dos representantes *hova* e *andevo* da sociedade malgaxe. Para ele, quando não se era *andriana*, não se era ninguém. Mesmo assim, tínhamos tido os dois uma conversa agradabilíssima e combinado de nos ver novamente na ocasião de uma próxima festa a ser dada pelo embaixador da França, no final do mês em curso.

Esta empatia entre nós, todavia, não parecia ter agradado muito à Volana, sua mulher, ela foi apenas educada comigo e tentava sem muito sucesso esconder o seu desagrado em ver o marido conversando comigo tão à vontade — e por tanto tempo.

Quando Rivo Andrianana me perguntou se havia encontrado uma casa que me agradasse e sido informado que não, ele sorriu: "então, a senhora vai me dar o grande prazer de ir visitar uma casa tradicional de minha propriedade, que acabo de mandar reformar e fica no bairro de Ampamarinana, acima do estádio de Mahamasina. Pessoas de minha confiança vão se instalar no primeiro andar, mas o segundo está vazio, tem uma entrada privativa e uma vista muito bonita".

O bairro é em uma área alta da cidade, logo abaixo da rocha tarpeana malgaxe, onde foi construído o palácio dos antigos reis de Madagascar, que domina a capital. Vendo o meu esforço para pronunciar o nome do bairro, ele começou a rir. Reconheço que o nome do bairro é um pouco complicado. Mas vou contar um fato histórico e a senhora não o esquecerá mais. Ampamarinana, na nossa língua, quer dizer de onde se joga, pois era ali que as execuções capitais aconteciam. A nossa rainha Ranavalona 1ª durante as tentativas de erradicar o cristianismo dos seus súditos no século XIX, mandava lançar deste sítio morro abaixo os malgaxes cristãos enrolados em esteiras.

Hoje, como bem pode imaginar, a sinistra vocação foi abandonada e Ampamarinana é um bairro agradável, estou certo de que vai gostar. Se é essencialmente popular, é seguro, limpo e muito pitoresco para a estrangeira que é. Assim, no começo da rua Antsahavola, que passa na frente da casa de que estou falando, tem um mercado que funciona todos os dias, de frutas, legumes, carne e muitas especiarias. Poderá fazer as compras a pé, a qualquer dia da semana. Aqui está de qualquer maneira o meu telefone, caso possa ajudá-la em alguma coisa. Tenho certeza de que os vizinhos do primeiro andar também estarão encantados em prestar qualquer auxílio, caso venha a precisar.

Nos próximos dias, fui ao local e gostei muito do apartamento. Os meus colegas internacionais, quando descobriram onde queria me instalar, torceram o nariz: não era um lugar para um funcionário internacional morar, mesmo que a minha segurança estivesse garantida pelo ilustre proprietário e vizinhos do primeiro andar. O único que me apoiou foi o colega Jean Marie Piaget, o chefe do programa, que também não vivia em Ivandry, o bairro chique, onde morava praticamente toda a comunidade internacional.

Do lado dos meus colegas malgaxes, a reação foi ainda mais

forte, eu não devia ir morar naquele local. Não dava status algum. Ampamarinana era um bairro *andevo*, essencialmente, e havia apenas uma pequena ilha de *hova* e alguns poucos *andriana*. Eu deveria ir morar em Ivandry, diziam-me eles, tentando disfarçar a reprovação, o melhor que podiam.

»»»»»»»»

Entendi que havia uma espécie de geografia das castas na cidade, invisível aos olhos dos expatriados, mas bem presente para os malgaxes. Era essencialmente este fator que dava status aos diferentes bairros da cidade.

Quando ouvi os comentários de uns e de outros a respeito do lugar, lembrei na hora do falatório dos meus colegas internacionais em Angola, e, aqui como lá, não tinha a menor intenção de viver, como a maioria dos expatriados, na suposta segurança de um gueto, composto por pessoas do mesmo país, região ou continente do que eu ou que tinham o mesmo tipo de trabalho. Lembrei imediatamente do gueto *Little Scandinavia* que frequentara por uns tempos quando chegara a Angola e era ciceroneada por Cecília Sengren. Lá só se encontravam dinamarqueses, suecos, finlandeses, noruegueses, mas nenhum angolano.

Verifiquei se o PNSQV tinha alguma restrição a querer me mudar para essa vizinhança e verifiquei que ninguém tinha objeção. Ampamarinana era considerado um bairro seguro e sem maiores problemas. Só não era um endereço prestigiado.

Resolvi, então, me mudar do hotel para a casinha no morro

que tinha uma vista fenomenal na parte da frente. A parte de trás, onde ficava um minijardim com cascalho e a escada de acesso ao segundo andar era mais escura, estreita, mesmo se afastada vários metros do paredão de pedra vertical que era a continuação da parede rochosa sobre a qual se assentava, mais acima, o antigo palácio dos soberanos *merina*.

Era um apartamento de cerca de 90 metros quadrados e o salão sobretudo me agradava muito. Sua frente dava para o terraço, de onde se tinha uma vista espetacular da cidade e se via lá longe, os arrozais, as plantações de legumes e hortaliças e até as olarias da periferia. E sua parte traseira era delimitada por colunas de uma pedra rosa muito bonita, parecida com granito, atrás das quais passava o corredor que levava ao único aposento.

Janelas amplas tinham sido abertas nas partes dianteira e traseira no que era antigamente uma casa tradicional e ainda havia uma boa cozinha, assim como um quarto e banheiro pequenos, porém confortáveis. Dava para ver do terraço que, de um dos lados da casa e na frente, morava gente simples que devia trabalhar no mercado. Do outro, havia um vasto terreno baldio, ou melhor, uma encosta rochosa com forte inclinação e alguma terra que suportava grama e arbustos, apenas. No topo, as casinhas de pessoas mais modestas, que viviam de expedientes, alguns dos quais ilegais, pelo que me tinham dito os colegas do escritório.

O pessoal do morro acessava a avenida Antsahavola por aquele terreno baldio a julgar pelos numerosos trilhos, e era popularmente conhecido como a encosta dos ladrões. Descobri mais tarde, que também pertencia à Rivo Andriana.

Capítulo 7

PRIMEIRAS IMPRESSÕES

Mas antes de me mudar, precisava averiguar o paradeiro de Lucie, hoje estava resolvida a descobrir as andanças da amiga. Tão logo cheguei ao hotel, fui reto para a recepção. Ao me ouvir, as duas atendentes se entreolharam, desconfortáveis, sem saber o que me dizer.

"Aconteceu alguma coisa com a Sra. Ferlaix?" Perguntei. "Não a vi mais no hotel. Onde está ela? Foi viajar?".

"Então a senhora não sabe o que aconteceu?" Perguntou uma mocinha funcionária do hotel que acabava de chegar. Vendo a minha cara espantada, acrescentou: "Lucie Ferlaix foi alguns dias atrás, a serviço, para Toamasina — o nosso porto mais importante — e resolveu juntar o útil ao agradável indo tomar banho na praia grande da cidade. Não consultou ninguém e quando entrou na água, foi apanhada por uma forte corrente que a arrastou para o alto mar. Estava se debatendo e gritando por socorro quando foi atacada por tubarões e desapareceu. Um pescador presenciou a cena e avisou a polícia.

Contou que tudo aconteceu tão depressa que sequer teve tempo de prestar assistência: "buscas foram feitas no local durante várias horas e não se encontrou nenhum vestígio da sua amiga. Só sobrou dela, a carteira de identidade e alguns pertences em uma bolsa de praia. Ela realmente teve muito azar, as placas que indicavam que a praia era imprópria para banho devido à presença de correntes fortes e tubarões tinham sido derrubadas pela última tempestade e soterradas na areia. Mesmo assim, o mar é tão bravo que ninguém em sã consciência se arriscaria a entrar. A sua amiga foi muito imprudente".

Chocada, fiquei muda, agradeci a informação e retirei-me. Que destino, meu Deus! Pensei. Lucie era uma boa moça que estava entusiasmada em trabalhar no país e ajudar as pessoas. E eis que veio de tão longe para morrer nesta terra desconhecida e deslumbrante daquele jeito horrível! O que foi que deu nela para fazer tamanha loucura? Parecia ser uma pessoa tão sensata, equilibrada...

Fiquei triste uns dias, mas logo tive de me concentrar em me mudar do hotel Colbert. Assim, comprei as coisas que estavam faltando para minha instalação e me mudei para a casinha do morro — que era parcialmente mobiliada. Comecei desde o primeiro dia a curtir a nova residência.

O que muito me agradava na nova casa era que todas as manhãs, acordava com o barulho do pilão das mulheres antananarivenhas, vizinhas, pilando arroz para o dia. Além do mais, se eu vivia na capital do país, literalmente morava na montanha, o ar era fresco, havia muito silêncio e sempre um ventinho gostoso. Além do mais, estava cercada de morros altos, florestados e pouco povoados em vista de haver muitos desbarrancamentos.

Com o passar do tempo, simpatizei com as vizinhas e sempre as cumprimentava do alto do terraço, onde tomava o meu café da manhã do qual fazia parte um canecão de *ranonampango* (água de arroz), costume malgaxe ao qual tinha aderido depois de notar o quanto me sentia bem com a bebida. Aos poucos notei o quanto o arroz é importante na cultura, quando um malgaxe não tinha comido arroz em uma refeição, considerava não estar saciado. Portanto, era de praxe nos lares da terra ingerir arroz quatro vezes ao dia. Assim, de manhã cedo, tomava-se água de arroz. Depois comia-se nas outras refeições do dia e, à noite, antes de dormir, tomava-se de novo água de arroz. Outro alimento que parecia ser muito apreciado era o agrião de água, amplamente cultivado nas baixadas alagadas da cidade — altamente poluído pelas condições desastrosas de higiene em que viviam os habitantes dos bairros da Antananarivo baixa.

>>>>>>>>

Também notei o quanto a sociedade era pouco mecanizada. Não se viam máquinas nas lojinhas de artesanato da cidade, nas culturas de arroz ou outras atividades das cercanias de Antananarivo. Tudo era feito à mão e só usavam burros e bois para carga e trabalhos agrícolas.

Divertia-me em notar que a rua era um perpétuo *minizouma* longitudinal, com sombrinhas brancas de tipo asiático abrigando do sol e da chuva, as bancadas onde estavam expostos carnes, peixes e toda uma multiplicidade de legumes, frutas, condimentos e especiarias. Estes aliás perfumavam a rua toda e o cheiro, delicioso, penetrava nas casas dando um toque de exotismo aos ambientes.

Quanto às pessoas, após terem manifestado uma certa surpresa em me ver morar no bairro, logo começaram a sorrir e me cumprimentar — em malgaxe em geral ou em francês mais raramente — com grande gentileza. Eu até comecei a aprender algumas palavras da língua com a ajuda dos vizinhos e do pessoal do escritório, mas a gramática era muito difícil.

Também reparei que uma boa parte das casas de Ampamarinana assim como praticamente todas aquelas que se encontravam na parte superior da encosta vizinha ou no seu topo, ficavam à noite às escuras. Só uma ínfima minoria se alumiava com velas, por algumas horas apenas.

Intrigada, resolvi perguntar à Antra. Ela me olhou com gravidade: "isso faz parte da nossa realidade", respondeu. "O país tem grandes problemas para produzir e distribuir energia e o custo é extremamente elevado. Assim, nas zonas urbanas mais pobres como aquela que fica no morro acima de sua casa, as pessoas não podem pagar o custo da eletricidade e não estão ligadas à rede pública. Então, ou compram velas, ou fazem como a maior parte dos camponeses e vivem ao ritmo solar. O que quero dizer com isso é que as pessoas jantam por volta das 18h, vão dormir pouco depois e se levantam muito cedo antes do sol raiar. A casa do Rivo Andrianana e algumas poucas outras à sua volta se beneficiam de iluminação pública, esgoto, remoção do lixo etc. mas a senhora logo verá que dispor destes serviços não é a norma, é a exceção no bairro". Agradeci muito a explicação e voltei a trabalhar.

Algum tempo depois, Antra veio me ver com uma mulher humilde e de certa idade que não sabia se expressar em francês. A visitante se acomodou muito sem graça em uma cadeira e quando eu lhe ofereci café, ela aceitou, ficando um pouco mais relaxada. O nome desta senhora é Soafara e, até recentemente, era funcionária do senhor Kavakure para quem trabalhou vários anos, disse-me ela. Quando ele soube que ia embora, despediu-a e recusou-se a pagar-lhe o salário dos últimos três meses, sempre arranjando um bom pretexto para não o fazer. Ela quer receber o seu pagamento e foi ao ministério da economia e do plano para saber se podiam ajudá-la. Ficaram de enviar ao PNSQV uma carta a respeito.

Escutei tranquilamente o que a funcionária de Kavakure falava: "diga a ela por favor que pode ficar sossegada. Posso assegurar que Pontien pagará o que deve antes de sua partida de Antananarivo. Antra, por favor, pegue os dados de Soafara para que possamos contatá-la. Relaxe, senhora, vai ficar tudo bem".

Quando Soafara se retirou, Antra voltou: "a senhora me pareceu tão segura, mas como vai fazer para que o Kavakure a pague?".

"Muito simples", respondi. "O Kavakure não é um safado pão duro? Então, se quiser que a organização pague a passagem de ida ao novo posto, terá de pagar à Soafara o que lhe deve. Se isso não funcionar, contatarei os meus supervisores e até a sede, se for necessário. Este homem é muito incorreto e seu comportamento desonesto vai acabar associando o PNSQV à gente de sua laia".

"A senhora vai confrontar um colega que é hierarquicamente superior?" Continuou Antra, cada vez mais espantada. "Mas como pode fazer isso?".

"De fato, Kavakure é de um nível superior ao meu, mas sei que tanto o representante residente quanto o adjunto me apoiarão. São os dois de uma integridade inquestionável. Pontien Kavakure deveria ter ido embora quando era encarregado do escritório e aí realmente não haveria muito o que você e eu pudéssemos fazer para obrigá-lo a pagar Soafara. Mas preferiu ir atrasando a partida, ninguém sabe muito bem a razão e agora está em um beco sem saída. Vai ter de liquidar a dívida, sim, de uma maneira ou de outra, ou pagar a passagem".

E as coisas se passaram exatamente como eu tinha dito, quando finalmente Kavakure resolveu ir embora e veio fazer os arranjos da viagem, anotei o itinerário que indicou e avisei-o que só agiria quando ele tivesse pagado à Soafara.

Pontien fez um escândalo e, farta da má educação do homem, coloquei-o para fora da sala. Quanto ao interessado, sabia perfeitamente que tanto o adjunto quanto o representante residente não lhe dariam razão, então, esperou uns dias e veio me ver de novo. Pensou que se me assustasse — talvez com ameaças — eu lhe daria imediatamente a passagem e o caso ficaria nisso.

Mas as coisas não aconteceram exatamente como Kavakure previa. Pontien, respondi, tentando não me alterar. Não venha aqui me intimidar, por favor, que isso não funciona comigo. Saiba que acabo de receber do adjunto, uma carta do ministério da economia e do plano sobre este assunto, em que pede a ajuda do PNSQV para que Soafara seja paga e indica exatamente o quanto você deve.

Toyberg indicou aqui por escrito que quer que eu tome junto a você as providências que se impõem e, se eu encontrar alguma dificuldade em levar a cabo a sua instrução, ele e o representante me darão o apoio necessário para que este caso seja resolvido. Então, a decisão é sua: ou você paga Soafara ou vamos os dois, agora mesmo, ver a chefia.

O homem ficou lívido e ia continuar a falar quando o interrompi secamente: já disse o que tinha de dizer e não vou ficar repetindo. Tenho outras coisas melhores a fazer. E não gosto de pessoas que, além de desonestas, levantam a voz para mim. Então faça-me o favor de se retirar e de não voltar a pisar aqui até ter pago o que deve à sua antiga funcionária.

Kavakure era safado, mas não era estúpido. Logo entendeu que os desenvolvimentos poderiam prejudicá-lo e acabou pagando os salários atrasados de Soafara, que confirmou recepção à Antra.

Quando Pontien foi educadamente — desta vez — pedir a passagem, simplesmente liguei à Hery, pedindo que se ocupasse do assunto e despedi-me secamente do adjunto antes de me enterrar novamente nos papéis. Kavakure foi embora, sem deixar muitas saudades no PNSQV Madagascar.

Capítulo 8

VIAGEM RELÂMPAGO À PARIS

Nesse dia, tinha acordado agitada. Alguma coisa estava errada na cidade. Havia muita tensão... Estava me aprontando para sair quando Antso, o motorista de táxi, que tinha recrutado para meus deslocamentos particulares, ligou para avisar que não poderia me buscar, pois todos os acessos à esta parte da cidade estavam bloqueados. Se eu conseguisse descer até as proximidades do hotel Hilton — localizado em uma das poucas zonas planas da cidade, perto do lago Anosy — ele poderia me esperar lá. Levantei e de repente fiquei tonta, parecia que não tinha descansado esta noite, mesmo tendo ido cedo para cama.

Não dei muita atenção ao fato, vesti-me e desci a pé, em direção ao hotel. Era um passeio gostoso de 15 minutos e me deparei, na altura do bairro de Mahamasina, com um primeiro cordão de militares uniformizados que me pediram os documentos. Eram educadíssimos e quando perguntei o que estava acontecendo, informaram-me que tinha havido uma briga muito séria entre as duas gangues JC e KFW e muitos tinham morrido de ambos os lados. Estavam agora atrás dos líderes da carnificina, que tinham fugido para este lado da cidade. Mas eu não devia me preocupar, estava tudo calmo agora na capital e não teria problemas para chegar ao hotel Hilton ou ao escritório. Agradeci e continuei o meu caminho.

Fiquei espantada em ver os militares chamarem de gangues tanto um bando de marginais confirmados, como aqueles que faziam parte da JC, quanto os praticantes de artes marciais do KFW. Pelo que tinha entendido, os últimos nada tinham de criminosos e seguiam a orientação espiritual de Anko Bê, um líder que passara 20 anos em um monastério na China.

Anko Bê, além de sábio e exímio mestre de artes marciais, era considerado pela população antananarivenha uma pessoa respeitável e carismática.

A polícia e o exército devem praticar essa desinformação o tempo todo, pensei. Talvez achem que vão conseguir convencer um dia os antananarivenhos de que o KFW também é um exército de delinquentes. Mas pelo que ouço, as pessoas têm opinião inversa.

E como os militares tinham avisado, cheguei sem dificuldade ao escritório e fui ver Henrik. Conversamos sobre muitos assuntos e avisei que iria comprar um carro na minha próxima viagem à Paris, em breve. Mesmo que o sistema de pagar um táxi com motorista tivesse suas vantagens, eu preferia comprar um carro pessoal, bem resistente.

Fiz então uma viagem relâmpago à Paris com o intuito de comprar o meu carrinho. Descobri na véspera da minha partida por meio de uma ligação de minha mãe, que tanto ela quanto o meu pai estariam na França e queriam a todo custo que fosse vê-los por um final de semana, em Belvès Val d'Or.

Cheguei a Paris, fui fazer a habitual visita à tia Bia e Martim e, animadíssima, corri comprar um carro na Rue Chevert no XVème arrondissement. Havia uma concessionária que vendia carros Renault e após longas discussões, comprei o último modelo de um Renault 4L, do ano.

O carrinho seria enviado por navio para o porto mais próximo de Antananarivo — Toamasina — e aí eu só precisaria ir buscá-lo para poder me locomover à vontade na cidade e no país.

»»»»»»»

Eu estava muito feliz com a compra e
fui toda enleada pegar um voo para Périgueux.
Cheguei ao destino por volta das 20h
na sexta-feira.

Quando desembarquei no pequeno aeroporto de Périgueux-Bassillac, meus pais me aguardavam e fiquei encantada em vê-los. Fomos para o carro conversando animadamente. Em uma certa altura da conversa, eu os informei que acabava de comprar um carrinho bem resistente e adaptado às estradas esburacadas malgaxes e à época das monções com as chuvas torrenciais que provocavam inundações na cidade baixa e nos subúrbios.

Que carro comprou? Interessou-se o meu pai.

Comprei um Renault 4L de cor prata metalizada, que é exatamente o que preciso em Antananarivo.

Ah, que bom, foi a resposta. A cor deve ser bem bonita. Mas não vejo bem como é mesmo o seu carrinho. Tem tantos modelos diferentes de Renault que estou um pouco confuso. Tem alguma foto dele?

Antes que eu pudesse responder, minha mãe antecipou-se a mim: "Mas enfim, Henry! disse ela com uma ponta de irritação. Não sabe o que é um 4L? É aquele carrinho que usam todos os encanadores e eletricistas".

Se o que Maria Eufrosina, minha digníssima mãe, dizia, era verdade, imediatamente entendi que na realidade, ela estava querendo me dar uma boa alfinetada debochando do meu carrinho. Um silêncio constrangido instalou-se e só foi interrompido pela minha voz que, apesar de estar calma, traduzia toda a minha indignação: "é, vocês têm aqui este Renault super equipado e moderníssimo que mais parece um carro de corrida e realmente nada tem a ver com o meu 4L. O carro que comprei é mesmo utilitário como mamãe tão bem disse, mas é bem adaptado ao país, onde trabalho, disse pausadamente. Embora tenham comprado este Renault caríssimo com dinheiro de herança, eu comprei aquele carro de encanador e eletricista com o dinheiro do meu trabalho. E isso faz toda a diferença".

Novamente ficamos todos silenciosos quando o meu pai, sereno, mas com uma ponta de ironia na voz, disse: "pois é, Maria Eufrosina, você perdeu uma bela oportunidade de se calar".

Emudeci e me limitei a olhar a paisagem iluminada pelos faróis e pela Lua. Acabávamos praticamente de sair do aeroporto e ainda teríamos cerca de 40 quilômetros de estrada que foram percorridos em um silêncio constrangido.

≫≫≫≫≫≫≫

Que recepção! Pensei, entristecida. Parece impensável que faz mais de um ano que não os vejo.

A situação só melhorou quando chegamos à Belvès e meu pai recomeçou a fazer comentários, lembrando da minha paixão pelos bois *limousins* vermelhos e burrinhos do Poitou, que ele mantinha nas fazendas e que esperava que fôssemos ver juntos.

Meu pai possuía três fazendas daquele gado de corte vermelho, grande e bonito que era originário da região vizinha, o Limousin. Também criava, por hobby, alguns espécimes dos muito raros e exóticos *baudets* do Poitou. Estes jumentos, de tamanho relativamente grande, baios escuros, com forte ossatura, se distinguem dos demais por uma pelagem fantástica de um comprimento pouco comum para um equídeo: suas mechas crespas e emaranhadas umas nas outras podiam chegar até o chão e se chamam localmente de *guenilles* — o que quer dizer trapos em francês. Parece que é um animal antiquíssimo, introduzido na então Gália — hoje França — pelos romanos.

Fui para o meu quarto habitual – o quarto Belvès. Amava aquela velha fortaleza, que resistia bravamente ao tempo e que os meus genitores restauravam continuamente e, como dizia meu pai, havia sempre alguma coisa que quebrava, emperrava ou precisava ser substituída naqueles muros tão antigos.

Depois de descansar um pouco e tomar banho, desci para o jantar e verifiquei que tinham mandado preparar todos os pratos de que gostava. A entrada era uma omelete saborosíssima de cogumelos *cèpes* — os meus favoritos — e depois um cassoulet de ganso e salada variada. E por último, a sobremesa da região — o *clafoutis* – que é uma torta de cereja típica, servida morna.

O meu pai também me reservara uma outra surpresa, tinha havido em Périgueux a exposição de um famoso escultor peruano, que fazia um lindo trabalho com barro. Ele comprou para mim a estátua de um camponês peruano em trajes típicos, de 50 centímetros de altura, sentado em um banquinho. Tinha pés e mãos desproporcionais de tão grandes, a marca registrada do artista. A obra só tinha a roupa, o gorro e o banquinho pintados e o resto era de barro crú marrom alaranjado.

Amei o presente, extremamente detalhado, dava até para ver as dobras e os remendos das roupas, as rugas do rosto e as marcas nas mãos e pés descalços de uma vida de trabalho agrícola pesado. Após ter agradecido muito a meu pai, decretei que a estátua do camponês se chamaria Pepe.

》》》》》》》》》

E no domingo, após ter visto bois e jumentos, embarquei de novo para Paris. No dia seguinte, viajei para Madagascar, com Pepe debaixo do braço, cuidadosamente embrulhado em papel bolha e bem protegido na caixinha original.

No meu primeiro dia de trabalho, fui para o escritório com muitas lembrancinhas para os colegas. Fiquei feliz com a festa que me reservaram. Eu conseguira, de fato, estabelecer relações muito estreitas com o pessoal da administração, mais particularmente Antra, Tsiky e Andry. Eles eram os meus olhos e ouvidos no escritório e gostavam muito de trabalhar comigo. E eu também estava encantada com eles.

Com Hery, tínhamos os dois estabelecido um relacionamento cordial, mas muito formal, mesmo se ocasionalmente, nos divertíamos juntos com os acontecimentos do escritório. Na verdade, parecíamos nos dar bem, o que não queria dizer em absoluto que fosse realmente o caso. Eu não tinha tentado aprofundar muito o assunto, sobre Hery ser muito reservado e enigmático. O que importava é que conseguíamos trabalhar bem juntos e isso me bastava.

Capítulo 9

UM COLEGA INESPERADO

ACORDEI MAL DISPOSTA E, SIM, lá estava de novo aquela sensação de cansaço e mal-estar. Pensei que precisava monitorar melhor esta condição, que parecia oscilar muito, antes de ir ao médico. E de fato, havia dias em que, como hoje, sentia-me apenas cansada. Mas havia outros, em que me sentia verdadeiramente esgotada e tinha de ficar muito tempo debaixo do chuveiro para me sentir melhor. Será que sofria daquele mal de que Elef me tinha falado, que acometia principalmente os estrangeiros em Antananarivo?

Arrumei-me, tomei o café da manhã com um copão de água de arroz e fui para o escritório.

Fui ver Henrik e, depois de discutir o programa de trabalho cotidiano, ele me avisou que íamos receber um novo colega cuja permanência parecia ainda estar indefinida. Tratava-se de Mazden Hashlemon, um administrador palestino, que a sede apresentava como sendo muito competente e que tinha muitos apoios em Nova Iorque por sua nacionalidade. Estavam no momento, procurando uma posição adequada para ele. Enquanto isso, ficaria nos escritórios que tinham recebido administradores estagiários para ajudar na sua formação.

Torci o nariz, não gostei nada da notícia. Dava-me muito

bem com Henrik e não precisava de mais ninguém, me ajudando — ou melhor — me atrapalhando.

Henrik que me observava, caiu na gargalhada. É, ninguém parece realmente estar muito satisfeito com o colega adicional. Sabemos todos que a sede costuma adotar este comportamento com gente de quem quer se livrar, ou porque é incompetente, ou porque existe outro problema e aquele membro do pessoal tem o respaldo de pessoas influentes. E este Mazden parece se encaixar perfeitamente neste perfil. Não é um jovenzinho, já passa dos 40 anos e vem para Madagascar, em princípio, por um período de três meses que, como todos sabemos, poderá ser prorrogado por um período indeterminado.

Enzo está preocupado também, pois entendeu que é uma manobra da sede e creio que até conhece o profissional. Veremos. Mas posso garantir que para Enzo e para mim a administradora deste escritório é você.

Agora está chegando a hora de fazer as compras trimestrais de material de escritório e peças sobressalentes para os veículos nas ilhas vizinhas Maurício e Reunião. Pensei, se você concordar, de dar a tarefa ao Mazden para ocupá-lo. Assim ele poderá ir no seu lugar, não queremos que você se ausente muito do país, a situação de segurança não anda nada boa.

》》》》》》》》

Concordei sem entusiasmo, agradeci muito
a confiança e saí da sala de Toyberg, preocupada. Como
será esse colega? Será que é mesmo incompetente
como Henrik insinuou?

Passaram-se 15 dias e Mazden Hashlemon chegou. Tsiky foi ao aeroporto e o levou para o hotel Colbert e, no dia seguinte, Mazden veio se apresentar no escritório.

Era um homem alto, moreno, com sotaque carregado em francês, gaguejava um pouco e não parecia muito seguro de si. E de repente, ao olhá-lo, pensei imediatamente na minha colega do PNSQV Luanda, Olívia Brunswijk, que morrera de maneira tão trágica em Angola. Ela era perseguida por um tremendo azar e de repente, tive a certeza, ao ver o meu novo colega, de que ele também era afligido pelo mesmo problema.

Tinha discutido com Hery e Andry para saber exatamente do que o escritório precisava e de que verba dispúnhamos. Portanto, quando Mazden começou o seu trabalho, dei todas as informações para levar a cabo, com sucesso, as tarefas que lhe tinham sido confiadas. Por precaução, também mandei um memorando com as mesmas informações. Não gostei muito quando ele foi ver os meus dois colegas, sem o meu conhecimento, para aumentar o volume da encomenda.

Quando vieram os três me ver, com um Mazden sem graça, informei que não tinha a menor razão para mudar o que tinha sido estabelecido antes. Nada justificava um aumento de verba para compra de mais material de escritório e sobressalentes naquela altura. O colega administrador foi então se queixar a Henrik e Enzo, que o lembraram secamente que a administradora do escritório era eu e que eles também não viam a menor razão para qualquer mudança.

Por algum tempo não se ouviu falar de Mazden, que estava ocupado com sua instalação e se aprontando para viajar. E de fato, saiu de Antananarivo algum tempo depois de ter encontrado uma moradia em Ivandry, onde acomodou a esposa e oito filhos. Quando soube, fiquei apreensiva. Mazden devia ter sido avisado informalmente que a duração da estadia no Madagascar não se limitaria a apenas três meses, senão, não fazia o menor sentido ter trazido toda a família e uma imensa bagagem. E se a sede tinha falado de um prazo curto, era certamente para não suscitar reações de desagrado fortes quando, na realidade, pretendiam esquecê-lo por lá por um bom tempo.

Quando Mazden voltou de viagem com as compras e apresentou a fatura, qual não foi a surpresa geral ao constatar que ele, por iniciativa própria, havia duplicado todas as quantidades de material de escritório e sobressalentes. Hery veio ver-me, nervoso: havia falado com Andry e não havia dinheiro, seria preciso fazer uma revisão no orçamento.

Quando chamei Mazden e pedi uma explicação, simplesmente disse que eu não tinha experiência suficiente para gerir adequadamente um escritório do tamanho do PNSQV Antananarivo, que era um escritório grande e que devia gastar mais com equipamento. Também acrescentou que em momento algum, eu dei as quantidades exatas de cada item, nem o orçamento para ele fazer a compra e foi obrigado a fazer um cálculo aproximativo, valendo-se de sua experiência.

Fiquei furiosa, por precaução, tinha guardado uma cópia do memo com os dois anexos que ele dizia não ter recebido e fui falar com Henrik. Ele também estava indisposto com o colega, que além de ter tomado uma decisão desastrada, estava agindo de má fé e tentando transferir a culpa para mim.

Realmente o começo do trabalho de Mazden não estava prenunciando dias auspiciosos... Senti-me de certa forma vingada quando ouvi os gritos furiosos de Perella durante o encontro com o administrador palestino, no primeiro andar. Censurava-o aos berros pela iniciativa despropositada e pelo fato de ser obrigado a fazer uma revisão orçamentária prematura, desnecessária e todos na administração e no programa tinham ouvido o que deveria ter sido uma conversa reservada.

Eu percebia cada vez mais, que Perella era um chefe muito descontrolado. Parecia que só sabia se comunicar aos gritos e ficava muito incomodada com este fato. Aliás, eu não era a única e notava com alguma apreensão que o pessoal nacional o respeitava cada vez menos, mesmo se dava a impressão de ter consideração por ele.

Quanto a Mazden, com o passar do tempo, começou a ser conhecido na liga pelas ações inoportunas, gafes e confusões, cuja culpa tentava sem muito sucesso transferir para os outros. Assim, depois do espanto, da contrariedade e da raiva, todos viam, aos poucos, o lado cômico das suas trapalhadas. No fundo, ninguém mais o levava a sério, o que o humilhava muito.

≫≫≫≫≫≫≫

Ele era um mal inevitável, então, tentávamos ao mesmo tempo nos dar bem e ter, na medida do possível, o mínimo de assunto a tratar com ele.

O administrador palestino foi encarregado de escolher plantas que dessem flores multicoloridas para plantar nas floreiras. Este era um assunto muito importante para Enzo que não via a hora de dar um toque colorido à representação.

As floreiras estavam vazias desde a chegada da nova equipe e só havia restos de plantas mortas e terra velha. Enzo queria plantar arbustos que dessem flores de cores diferentes e que fossem fáceis de cuidar. Havia em Madagascar um tipo de gerânio, que além de ser muito resistente, tinha flores de uma imensa variedade de cores. Eu já tinha comprado muitos deles no mercado e me encantava com os botões multicoloridos que abriam no meu terraço.

Mazden também ficou maravilhado com os tais gerânios que davam duas floradas ao ano. Como as floreiras eram grandes, o escritório comprou um número elevado de pés, que foram plantados em uma tarde. Segundo o jardineiro, levariam algum tempo para florir e as floreiras do PNSQV ficariam lindas. O tempo foi passando e todo dia, eu mesma ou um dos chefes de seção — depois de termos tomado café juntos para discutir o programa do dia — íamos examinar os gerânios para ver que cores Mazden tinha escolhido. As plantinhas estavam crescendo bem, mas ainda não tinham botões.

De uns tempos para cá, não conseguíamos mais reprimir o riso quando víamos Mazden. Sem dúvida, era cruel, mas ele chegava tão imbuído da sua importância e se comportava de maneira tão cômica, que só conseguíamos disfarçar por pouco tempo o divertimento que sentíamos quando o víamos passar no corredor.

Henrik tentou intervir, falando primeiro comigo. Como a conversa não surtiu efeito, começou a me dar broncas sobre a falta de compaixão com que tratava o meu colega. Via claramente que precisava me fazer mudar de atitude, pois o pessoal da seção pautava o comportamento no meu e enquanto eu não parasse de me divertir às custas dele, o resto dos colegas também não mudaria.

Um belo dia, Mazden não apareceu para trabalhar e o escritório ligou para sua casa. Foram informados pela esposa, que algo de inacreditável tinha acontecido ao marido, ele tinha cruzado uma avenida em pleno centro de Antananarivo, distraído como sempre. Esbarrou em um cavalo de charrete, magro e judiado, parado na frente de uma venda, que... O mordeu com toda a força dos seus maxilares!

O dono da charrete e do equino temperamental saiu, apavorado, da venda e instalou Mazden sobre as caixas de cerveja vazias e papelões velhos que transportava e levou-o ao hospital. Muitas pessoas o viram desfilar pela cidade e garantiram, a mim e aos meus colegas, que era uma das visões mais hilárias que tinham tido nos últimos tempos.

Todo o escritório caiu na gargalhada quando ouviu a notícia. Mas, segundo a sua mulher, Mazden poderia vir trabalhar à tarde, pois a ferida não era tão grave quanto parecia.

Henrik desceu à administração, onde encontrou o pessoal lutando para manter a seriedade cada vez que o assunto era o administrador palestino.

Foi reto ver-me: olhe aqui, Beatriz, fui avisado que o Mazden virá hoje à tarde trabalhar. Eu não quero ninguém rindo dele, está claro? Se acontecer, enviarei cartas de reprimenda. Estou muito decepcionado com seu comportamento em relação a um colega que sofreu uma agressão dolorosa. Posso contar com você? Hesitei e prometi. Chamei depois os chefes de setor e transmiti a eles a mensagem do supervisor.

Assim, à tarde, quando Mazden chegou com o braço enfaixado, surpreendeu-se em ver as portas das salas dos seus colegas se fecharem silenciosamente na medida em que avançava no corredor até chegar à sua sala que era a última, lá no fundo, à esquerda.

≫≫≫≫≫≫≫≫

O fato era que eu, que o vi chegando,
logo entendi que não ia conseguir manter a
seriedade e resolvi fechar a porta de minha sala antes
de cair na gargalhada. O meu pessoal, sempre atento
a tudo o que eu fazia, achou que esta era uma boa
maneira de reagir e evitar receber uma
carta de reprimenda e fez igual.

Mazden mencionou o caso das portas se fechando, para Henrik, e parecia não ter entendido a razão do comportamento insólito. Algum tempo depois, teve gente que veio pedir notícias, incluindo eu, o que o deixou contente. Henrik entendeu bem demais o que tinha acontecido, desconversou e o assunto ficou por isso mesmo.

Algum tempo depois da tragicomédia, eu estava saindo para almoçar quando Antra veio me ver. Ela ria tanto que não conseguia falar. Eu a olhava perplexa e vendo que não ia conseguir falar, me fez sinal para acompanhá-la e dirigiu-se para as floreiras.

Logo entendi a razão do riso. Perella tinha pedido à Mazden para comprar flores de todas as cores, menos brancas, que para ele era uma cor de luto. E eis que o infeliz Mazden tinha enchido as floreiras com gerânios que estavam, agora, cobertos unicamente de botões brancos! Desencadeou nova hilaridade generalizada na administração e também no programa.

Todos agora estavam aguardando com uma mistura de ansiedade e divertimento a chegada do representante residente. Ele tinha adquirido o hábito, quando chegava de casa, de ir contemplar as floreiras e tinha ficado até agora muito feliz em ver a boa saúde e o crescimento das plantinhas.

E de fato, Enzo chegou às 9h em ponto e todos vimos a sua silhueta baixinha e redonda dirigir-se às floreiras como de costume. Eu o vi ficar roxo de cólera e entrar no PNSQV como um furacão, gritando muito, gesticulando e xingando em dialeto napolitano, enquanto se dirigia à sala de Mazden. Mesmo tomando o cuidado de fechar a porta, ele gritava tanto, que o escritório inteiro ficou sabendo nos seus mínimos detalhes o que Enzo Perella falou ao infeliz colega.

》》》》》》》》

À tarde, apareceu o jardineiro com um caminhãozinho, desenterrou com muito cuidado os gerânios brancos e os substituiu por outros ainda muito novinhos.

Ninguém falou nada a respeito. O divertimento aos poucos cedia lugar à compaixão e até um certo receio de a falta de sorte ser contagiosa. Todos se perguntavam quanto tempo Mazden ainda ficaria em Madagascar, pois tudo o que tentava fazer dava errado.

E ninguém entendia o que acontecia, era fato que ele escutava as instruções com muita atenção e até tomava notas em um caderninho a maior parte das vezes. Mas depois, algo se passava e as instruções eram levadas a cabo de outra maneira. Eu tive acesso um dia a um desses caderninhos e podia comprovar que tudo o que lá estava escrito, refletia exatamente o que fora pedido.

No mês seguinte, os gerânios floresceram multicoloridos. Perella ficou feliz e as gafes de Mazden foram esquecidas. Verdade era que o administrador palestino criava tantas confusões todos os dias que era difícil o pessoal se lembrar das mais antigas...

Capítulo 10

PRESENTES E FESTA

Estava feliz, aos poucos melhorava os conhecimentos na minha área de atuação e começava a me sentir à vontade no meu papel de encarregada da administração. Estava todavia preocupada com um outro assunto relacionado com meu trabalho.

Desde minha chegada, recebia brindes de fornecedores e contrapartes, estava começando a achar estranho. No começo eram bobagens, chaveirinhos, canetas baratas que eu distribuía ao pessoal da administração, que ficava muito feliz com estes presentinhos.

Quando indaguei porque os recebia com tanta frequência, meus colegas malgaxes asseguraram que era uma prática habitual e que não havia nada demais em aceitá-los de bom grado. Mas de uns tempos para cá, parecia que além de terem ficado numerosos, também ficavam mais caros. Tinha recebido outro dia uma caneta tinteiro luxuosa e como Andry tinha se apaixonado por ela, dei-a de presente. Também recebia muitas passagens aéreas para as grandes cidades do país.

Cada vez mais inquieta, marquei uma hora com o adjunto e fui vê-lo. Henrik sorriu quando me viu entrar: "Então, Beatriz, do que se trata? Você parece preocupada com alguma coisa".

Eu pedi uma xícara de café, sentei e contei-lhe o que estava acontecendo. Henrik franziu o cenho: "E o que faz com todos esses presentinhos?", indagou ele.

Abaixei a cabeça de repente, muito sem graça: bem, não preciso de nada e, na verdade, não ligo muito, então eu os dou ao pessoal. Mas estou começando a desconfiar que o que venho fazendo não é muito apropriado. Creio que o preço dos presentes está aumentando. Por exemplo, aquela caneta que dei ao Andry na sexta-feira passada parecia valer muito dinheiro.

Beatriz, acho que essa é uma maneira dos malgaxes tentarem nos agradar para posteriormente pedir favores. Não aceite mais nada. Quando receber estas gentilezas, envie-as todas para mim para que eu as devolva com os agradecimentos da representação. Recebi uma caneta Mont Blanc de presente naquela mesma sexta-feira em que você recebeu a sua e a devolvi. Não sei se a sua era da mesma marca.

»»»»»»»

E o que faço com os saquinhos de pedras preciosas de boa qualidade e os bilhetes de avião que recebo para visitar as principais cidades malgaxes? Vamos devolvê-los também?

Henrik parou para pensar. Acho melhor não aceitar nada disso. Você nunca sabe o que virão pedir em troca. Aqui, nada é de graça. Mas fique tranquila, aqueles que enviaram os presentes já devem saber que nada ficou com você pois têm olhos e ouvidos neste escritório, então não virão cobrá-la.

Agradeci a orientação e saí da sala do chefe. Quem será que estava atrás dos presentes que me mandavam? E qual era o intuito? Quando perguntei à Antra se sabia da proveniência dos presentes, respondeu que eram fornecedores que queriam conquistar um novo mercado. Muitos deles já trabalhavam com algumas agências do sistema, mas queriam também estabelecer vínculos mais próximos com o PNSQV.

Quanto aos bilhetes de avião, ela não conseguia explicar a razão do envio de tantos em linhas domésticas. Certamente o diretor da companhia queria me fidelizar como cliente. Tratava-se de Rova Andriantongarivo. Além de ocupar este posto importante, ocupava outro, de nível ainda mais elevado, que era o de conselheiro da presidência para assuntos econômicos. Um contato importantíssimo para as Nações Solidárias completou Antra com um sorriso.

Saí cismada. Tinha ficado com a impressão de que minha secretária não me disse tudo o que sabia. Mas tomei nota da explicação e pedi à Tsiky que agradecesse muito as passagens e as devolvesse dizendo que só começaria a viajar mais tarde pelo país.

À noite, ia a uma festa na casa de conhecidos bem relacionados, que recebiam contrapartes e amigos malgaxes. Quando cheguei, notei imediatamente um rapaz negro, com traços finos e cabelos crespos, muito divertido e charmoso. O moço, de altura mediana, esguio, mas musculoso, chamava mais particularmente a atenção pela silhueta elegante, dentes muito brancos, olhos pretos brilhantes e inteligentes. Lalaïna — este era o seu nome — parecia ter sucesso com as meninas e tinha à sua volta um círculo de admiradoras que ele divertia com piadas e histórias que contava com muita habilidade e graça. Ele também me notou e pouco depois, veio se apresentar: "boa noite, meu nome é Lalaïna Rakotonarivo. A senhora é nova por aqui? Eu nunca a vi antes em Antananarivo".

Sorri e respondi-lhe que era nova de fato — na verdade tinha chegado ao país havia pouco tempo — e trabalhava no PNS-QV. Conversamos brevemente quando a anfitriã da festa veio me chamar para me apresentar a alguém. Cumprimentei Lalaïna com um sorriso, pedi licença e afastei-me sentindo o olhar do rapaz demorar-se nas minhas costas.

A anfitriã me levou para conhecer um homem, que parecia ser importante, a julgar pelo número de pessoas que o cercavam e o respeito com o qual o tratavam. Era alto, jovem, bem apessoado com feições bem orientais, tez clara e os mais incríveis olhos verdes puxados que me fora dado ver. O contraste era inesperado e muito bonito. Tinha muita classe e estava à vontade no meio de todas essas mulheres que se desdobravam em atenções para com ele.

Rova, disse a dona da festa, quero lhe apresentar Beatriz de Val d'Or, que chegou a Madagascar há pouco tempo e é a chefe de administração do PNSQV.

Vi uma luz divertida se acender nos seus olhos. Sim, eu a conheço de nome. E como não saber quem ela é? A sua família paterna é uma das mais antigas e aristocráticas do sudoeste da França e possui, se não me engano, um maravilhoso castelo da alta idade média na província. Talvez seja por esta razão que ela me esnoba e não utilizou até agora sequer um dos bilhetes da Air Madagascar que envio como cortesia. Esta última parte da frase tinha sido dita de maneira agressiva.

Olhei-o com ironia: "Já que sabe tantas coisas sobre mim e minha família, eu poderia pelo menos saber quem é o senhor?".

O entourage de Rova se entreolhou dividido entre a surpresa e a censura de me ver responder desse jeito a uma autoridade local importante.

É verdade, riu ele. Não pude me apresentar ainda. Sua presença me deixou confuso. Sou Rova Andriantongarivo, presidente da Air Madagascar, além de conselheiro do presidente para a economia.

O que o senhor diz da minha família é correto e tenho muito orgulho de ser a sua descendente, mas o que me define mesmo é o que penso e, sobretudo, o que faço. Assim não costumo me apresentar falando de minha família ou dos seus bens. Basta as pessoas saberem o meu nome e minha função, respondi secamente.

Muito louvável esta sua posição, divertiu-se Rova. Mas a senhora não respondeu ainda porque não usa os bilhetes de avião que eu lhe envio.

Sou uma pessoa cautelosa, repliquei. Não tem razão nenhuma para eu receber tantas passagens aéreas de brinde e, como bem sabe, não tem almoço grátis neste mundo. De qualquer maneira, seria muito insensato viajar, quando mal cheguei à ilha e tenho de me inteirar de tantas coisas.

Rova olhava-me cada vez mais divertido, e a senhora já arranjou uma acomodação de seu gosto na cidade?

»»»»»»»»

Quando surpresa, confirmei, ele continuou o seu questionário: e... Seria indiscreto perguntar onde mora?

Moro em Ampamarinana, respondi e emendei, o que Ampamarinana tem de tão especial para suscitar esta reação de espanto? Rova pensou um pouco antes de me responder. Mas aquilo é um bairro popular, não é nem um pouco do seu nível. Deveria ter sido melhor orientada pelos colegas e ir morar em Ivandry. Lá a senhora vai ter muitos cortes de eletricidade e será obrigada a sair de casa na época das chuvas, chapinhando na lama em vista dos frequentes desbarrancamentos. E como se chama a rua onde mora?

Eu continuava sem entender onde Rova queria chegar.

Deixa ver, ah sim, moro na rua Antsahavola, no segundo andar da casa do Sr. Andrianana. O bairro é sem dúvida popular, mas é muito gostoso e pitoresco. Não mudaria de lá por nada.

Lalaïna que tinha se aproximado do grupo sem eu perceber, interveio na conversa: quando alguém perguntar onde mora, basta dizer que mora na casa do Sr. Andrianana na rua Antsahavola. E lá a senhora não deve ter nenhum dos inconvenientes mencionados por Rova.

E posso perguntar qual é a razão de eu indicar onde moro com tantos detalhes em vez de só indicar o bairro? retruquei, começando a me impacientar com todas as perguntas.

O bairro Ampamarinana, como a senhora mesma falou, é popular, continuou Lalaïna. Não é realmente o que se poderia chamar de um endereço prestigioso, enquanto que morar na casa do Sr. Andrianana é uma ótima referência.

Por que não foi morar com seus pares em Ivandry? Interessou-se Rova, olhando-me intrigado. Não se sentiria melhor lá?

Sacudi a cabeça negativamente. Não, gosto do meu bairro pois tudo lá é diferente do que conheço e é isso que me interessa. Se tivesse ido para Ivandry, viveria em uma casa demasiadamente grande para mim, pois as casas foram construídas para famílias, e estaria cercada de pessoas que, como eu, são expatriadas e trabalham em organismos internacionais. Que tédio, meu Deus!

Então está querendo me dizer que não gosta de morar e conviver com seus pares? Eu pessoalmente acho que nada é mais agradável do que ter como vizinhos pessoas que partilham a mesma educação e o mesmo sistema de crenças, insistiu ele, cada vez mais interessado.

Acho que na verdade, não estou me expressando bem, respondi pensativa. É claro que quando estiver aposentada e morando no meu país, vou gostar de ter vizinhos que sejam educados e saibam conviver em sociedade mesmo que não goste de ter uma relação demasiadamente íntima com eles. Prezo muito a minha liberdade e privacidade. Mas no momento, eu tenho uma vida profissional itinerante e quanto mais diferentes são as pessoas que encontro no caminho, mais coisas aprendo com elas e este é o meu propósito enquanto trabalhar no sistema das Nações Solidárias. Neste momento, a anfitriã veio nos convidar para o jantar e aproveitei para me afastar de Rova e Lalaïna.

Estava claro que os dois homens queriam continuar a conversar comigo, mas não queria mais responder a perguntas e fui encontrar um outro grupo de pessoas, grandes comerciantes originários das ilhas Maurício e Reunião.

Capítulo 11

UM COMPANHEIRO DE TRILHA

Nos próximos eventos sociais, se Rova não estava sempre presente, Lalaïna era uma constante e ele entendeu que uma boa maneira de se aproximar era fazendo-me rir.

Do meu lado, comecei a me dar bem com ele, descobri uma pessoa sensível, aberta, muito intensa e interessante. Começamos saindo de vez em quando juntos. Lalaïna insistia para que nos víssemos mais. Eu não tinha pressa. Ele me agradava bastante, mas eu queria saber porque fazia tanta questão de me encontrar. Sentia que sem dúvida ele estava atraído, mas havia alguma outra coisa que eu não conseguia definir e que me incomodava.

Estava sem dúvida influenciada pelos dizeres dos meus colegas internacionais nas suas primeiras conversas comigo. Segundo eles, quando um malgaxe se aproxima de um estrangeiro sempre há razões interesseiras, que, às vezes, predominam sobre os sentimentos reais.

Mesmo achando esta avaliação preconceituosa, estava desconfiada e pouco disposta a dar a Lalaïna a abertura de que precisava para avançar mais no relacionamento.

O tempo foi passando e o rapaz não desistia, parecia estar mesmo decidido a me conquistar e a esperar pacientemente que eu resolvesse se queria sair com ele ou não. Sempre sorridente e bem disposto, me convidava para fazer programas, de que estava certo que me agradavam sem nada pedir em troca.

Sabia que eu tinha sucesso em Antananarivo e já havia muitos interessados, tanto estrangeiros quanto malgaxes. Mas me limitava a sair com meus admiradores de vez em quando — essencialmente para jantar fora — e não parecia estar muito interessada em um relacionamento mais íntimo com nenhum deles. Ele, do seu lado, acreditava que estava fazendo grandes progressos no relacionamento comigo, pois as nossas saídas estavam ficando mais regulares e gostosas. Mesmo assim, se eu estava mais à vontade com ele, precisava de mais tempo para analisar melhor e qualquer iniciativa adicional do seu lado poderia colocar tudo a perder.

≫≫≫≫≫≫≫≫

Depois de vários meses, resolvi deixar as coisas acontecerem. Até que um dia, sem saber exatamente como ou por que, ficamos juntos e a experiência foi prazerosa.

Aos poucos o que era um simples relacionamento casual foi ficando mais sério, com Lalaïna sempre na iniciativa. Algum tempo depois, ele acabou se mudando para minha casa, mesmo comigo desconfiada — e até atônita — com a rapidez dos acontecimentos.

Tinha todavia a perfeita consciência de que seria muito criticada, pois em geral os negros não eram bem vistos pela sociedade malgaxe por pertencerem à classe mais baixa. Paradoxalmente não parecia ser o caso da família de Lalaïna, que parecia gozar de certa consideração e cuja mãe exercera funções importantes na polícia. Ele próprio, aliás, além de frequentar altas rodas da sociedade, também era sócio de lugares chiques como o Tênis Clube de Antananarivo, tinha amigos influentes e parecia ser bastante requisitado. Então, a famosa dicotomia de que me tinha falado Elef não era verdadeira. Na capital, as pessoas não eram sempre catalogadas entre aquelas que tinham cabelos lisos e pele mais clara e as que tinham cabelos crespos e pele mais escura.

Eu também não me importava muito com a etnia, casta ou linhagem a que pertencia o meu namorado e nunca colocava perguntas a respeito. O próprio Lalaïna, aliás, nunca falava no assunto que, quando vinha à baila, ele dava uma risada gostosa e dizia que ele era um vakinankaratra — isto é um cidadão oriundo da região central da ilha que tinha este mesmo nome. Em síntese, eu gostava dele e nós nos dávamos muito bem. Continuava extremamente charmoso e educado comigo, fazendo-me rir muito.

Agora que ele vivia comigo, precisava assumi-lo como meu namorado oficial para colocar um termo às fofocas maldosas lançadas aqui e ali. Pensei um pouco como ia fazer e resolvi começar pelo local onde trabalhava.

Pedi então à Lalaïna, já que sua irmã fora viajar e lhe emprestara o carro, para vir me buscar no escritório.

Na hora do almoço, ele estacionou na frente do PNSQV, torcendo para que eu não o fizesse esperar muito, todos os colegas nacionais estavam nas janelas para ver quem era o namorado que eu assumia com uma naturalidade desconcertante. E de fato, tive na primeira vez de fazer um grande esforço em parecer perfeitamente tranquila, saí do escritório, dei um beijo em Lalaïna e acomodei-me ao seu lado. O carro arrancou, levando-nos para casa sob o olhar curioso de todo o pessoal malgaxe das seções de administração e o programa.

Quando eu voltei às 14h, novamente os colegas apareceram nas janelas, mas dentro de poucos dias, o caso não suscitava mais o interesse de ninguém.

No decurso do relacionamento, fui conhecendo alguns dos seus amigos mais próximos, eram jovens simpáticos, que falavam pouco ou nenhum francês devido à malgaxização do ensino decretada pelo governo em anos anteriores. Esta iniciativa se revelara, aparentemente, um fracasso e estava no momento sob revisão. Era responsável por toda uma geração de jovens que não falavam — ou falavam mal — a língua francesa, como Avo e Liantsoa.

Liantsoa era um jovem encantador, um pouco acima do peso, claro, muito mulherengo, e campeão nacional de pingue pongue da ilha. Avo já era um tipo diferente, magrinho, bem oriental e temperamento nervoso. Praticava às escondidas Kung Fu Wisa, pois as autoridades nacionais não viam com muitos bons olhos os fãs de artes marciais desde os conflitos envolvendo a JC e o KFW.

>>>>>>>>

Os dois sempre me ajudavam com o malgaxe e eu me esforçava para aprender um mínimo dessa língua tão complexa. E em troca, eu os fazia praticar o seu francês mais do que rudimentar.

Limitei-me a aprender o vocabulário mais corrente e a contar até dez em malgaxe. E aos poucos, se não falava a língua, começava a entendê-la e era agora capaz, por exemplo, de fazer sozinha o mercado. Se era incapaz de construir uma frase inteira, falava palavras e lhes dava sentido com mímicas, como fazem as crianças.

Por exemplo, tinha visto outro dia tomates lindos em uma barraquinha da feira da minha rua. Aproximei-me da vendedora, mostrei-lhe os legumes que queria e apenas disse em malgaxe: por favor, um quilo de tomates.

Quando a mulher me entregou o pedido, indaguei quanto era e paguei. Já era conhecida dos feirantes e todos, quando me viam, tentavam falar francês comigo, ajudavam-me a procurar as palavras certas ou ofereciam-se muito gentilmente para fazer a tradução. E com essa ajuda improvisada, nunca tive o menor problema de comunicação e fiz um monte de amigos no bairro, além dos meus vizinhos imediatos.

Outra coisa que tinha notado a respeito daqueles dois amigos de Lalaïna era o medo que sentiam para voltar às suas respectivas casas a noite.

É claro que quando as ruas ficavam desertas, a segurança em Antananarivo ficava ainda mais precária do que durante o dia, mas eu sentia que havia alguma outra razão mais poderosa atrás disso. Avo, ainda mais do que Liantsoa, devia tomar cuidado com suas andanças pela cidade, pois era sobejamente conhecida a desconfiança do governo para com os praticantes de Kung Fu Wisa. Mas não era essa a causa do medo dos rapazes, e, cismada, perguntei, um dia, por que ficavam tão apreensivos em voltar para casa depois de certa hora.

Os dois responderam que a verdade era que ambos tinham medo dos espíritos, que andavam soltos à noite e de serem alvos de possíveis práticas mágicas. Fiz um esforço para não demonstrar o meu espanto, parecia-me mais lógico ouvir isso de idosos oriundos da zona rural, mas não de jovens que sempre tinham vivido na capital. Quando comentei com Lalaïna, ele riu e disse que certas pessoas, independentemente da idade, tinham de fato muito medo dessas coisas, mas não era um assunto sobre o qual se falava, era um tema *fady*, isto é, tabu.

Depois da conversa com Liantsoa e Avo, comecei a reparar que no escritório havia muitos colegas que também ficavam aflitos quando tinham de ficar até mais tarde no PNSQV. Alegavam sempre razões ligadas à segurança, mas na verdade, o medo podia muito bem se explicar por outros motivos.

Muitas coisas em Madagascar me surpreenderiam e uma delas, além do medo de espíritos e práticas de magia, era o culto aos mortos e ancestrais. Isso explicava a razão de muitas vezes famílias malgaxes morarem em casas paupérrimas, terem dietas muito frugais e se privarem de tudo apenas para economizar dinheiro suficiente e construir um soberbo túmulo familiar, que era exibido com orgulho. Pelo jeito, ser pobre nesta vida, abastado na morte. Assim, morrer e ser enterrado no túmulo familiar parecia ser um grande privilégio, que dava muita segurança aos vivos, pois contariam eternamente com a proteção e o aconchego dos ancestrais.

Um belo dia, Lalaïna me avisou que já estávamos saindo juntos há algum tempo e era apropriado me apresentar à sua família. Conversara com sua mãe que achou por bem me convidar para almoçar no próximo domingo.

Eu estava reticente, mas como Jean Marie Piaget me explicara, era uma formalidade que tinha de cumprir para que o meu relacionamento com Lalaïna se beneficiasse das bênçãos dos parentes, o que era considerado muito importante no país. Aceitei o convite sem grande empolgação.

No domingo, fui recebida formalmente pela família inteira e um almoço soberbo me foi oferecido. Dera, a mãe de Lalaïna, além de um único filho, tinha três filhas, Mamy, Lalao e Hanta, apenas duas presentes com os maridos e se desdobraram em gentilezas para comigo.

Fiquei impressionadíssima com a mãe de Lalaïna. A matriarca era uma senhora sessentona com tipo oriental marcante, cabelos lisos pretos presos em um coque, alta, magra e gozava de profundo respeito na família. Seca, mandona, ardilosa e inteligentíssima, analisava sem amenidade a vasaha (estrangeira branca), que o seu filho começara a namorar. Não é em si, um termo pejorativo assim como o termo *karana* — atribuído aos indo-paquistaneses — pois a sociedade malgaxe é muito hospitaleira. Mas havia vezes em que dependendo de como eram utilizados, podiam ter uma conotação racista. E eu, sentindo o exame a que estava sendo submetida, sorria muito, falava pouco e observava tudo.

O almoço estava excelente e todos pareciam ter gostado de mim. Lalaïna, suas irmãs e cônjuges fizeram o seu melhor para que me sentisse à vontade, mesmo se a distância e a ironia de Dera não ajudassem a criar uma atmosfera descontraída. Mas não me incomodei muito com o fato, a mãe do meu namorado me lembrava muito a marquesa (apelido que dei à minha mãe), então, não me sentia desambientada. Quando voltamos para casa, Lalaïna perguntou as minhas impressões.

Tive um sorriso divertido, gostei muito de sua família, mas acho que todos estão constrangidos na frente de sua mãe que é uma pessoa de forte personalidade, inteligentíssima e que me parece também ser de trato difícil. Lembrou-me muito da minha própria mãe que acho até que seja ainda mais formal do que ela. Agora que a conheço, não me espanta nada ela ter ocupado um alto posto na polícia por tanto tempo.

Dei uma pausa, pensando como colocar melhor a questão que me tinha intrigado o almoço inteiro. Sua mãe falou que tem três filhas, mas Hanta não estava presente. Eu gostaria de tê-la conhecido também. Ela mora fora de Antananarivo ou tinha outro compromisso? Não, respondeu. Ela está aqui conosco, só que não a vemos.

Vendo a minha perplexidade, completou, para vocês ocidentais, Hanta está morta. Morreu, já faz mais de dez anos de um aneurisma cerebral. Mas para nós malgaxes, ela continua a viver aqui na nossa casa. Ela é como o vento que sopra na montanha... Não o vemos, mas sentimos a sua presença. Por isso, minha mãe falou dela no presente. Aliás, todos os nossos mortos e ancestrais vivem conosco no dia a dia e sempre lhes pedimos conselho e proteção. A cada cinco a sete anos, fazemos uma homenagem para que saibam que continuam queridos. Acho que ainda este ano terá uma dessas cerimônias na minha família e você vai participar dela, isso se continuarmos a sair juntos até lá, continuou ele, caindo na gargalhada. Mas é um evento que exige muita preparação e seu planejamento pode levar vários meses e até mesmo um ano.

Ah bom, respondi, rindo também enquanto passávamos pelo túnel de Ambanidia, rumo à casa. Foi boa a ideia de você me avisar, se for para brigar, vou esperar a tal da cerimônia passar.

Capítulo 12

A REUNIÃO DE FORNECEDORES

Eu estava muito contente de trabalhar com os fornecedores, achava-os competentes, agradáveis, prestativos e eles, por sua vez, sempre me reservavam um tratamento diferenciado, quer fossem malgaxes, indianos, chineses ou pertencentes às diferentes populações das ilhas adjacentes.

≫≫≫≫≫≫≫

Pareceu-me normal, um belo dia, chamá-los em casa, para uma reunião com comes e bebes selecionados para agradecer a cooperação prazerosa que estávamos tendo.

Na verdade, parecia um gesto tão natural que nem me passou pela cabeça consultar Lalaïna ou um dos meus colegas da terra sobre a oportunidade do evento. Como a casa não era muito grande, ficaríamos talvez um pouco apertados, mas eu abriria o terraço onde tinha muito espaço e uma vista belíssima.

Fui então preparando o evento com muito cuidado e soube indiretamente que todos os convidados, ficaram, no começo, um pouco surpresos, mas aceitaram com aparente satisfação.

No dia da reunião, Lalaïna estava viajando pelo país e só retornaria à Antananarivo dentro de dois dias. Ocupei-me dos preparativos da festa sozinha e recrutei duas pessoas para me ajudar.

Havia na grande ilha um artesanato de bordado maravilhoso de lençóis, toalhas, panos etc. Usei o que tinha de melhor para receber condignamente, além dos arranjos florais lindos.

Por volta das 18h, começaram a chegar com presentinhos, elogiando tanto o apartamento quanto os comes e bebes.

Eu tinha o hábito de receber pessoas diferentes e sempre dava um jeito de criar ambientes agradáveis. Sem dificuldade, os acolhi com atenção e carinho. Aos poucos, o salão e o terraço encheram-se de gente de todas as cores e jeitos, que conversavam alegremente, comentando além das últimas notícias, como tinham sido bem recebidos e o quanto a reunião estava gostosa e bem organizada.

Estávamos no auge da reunião quando Lalaïna, antecipando a volta, apareceu para me surpreender. Quando chegou, pareceu incomodado com alguma coisa. Veio dar-me um beijo e logo emendou: Parabéns. Isso aqui tudo está muito bonito e bem-organizado. Voltei mais cedo para surpreendê-la, mas não ficarei muito, pois vejo que está ocupada. Melhor ir dormir na casa da minha mãe hoje e aparecer amanhã de manhã para conversarmos bastante.

Deu-me outro beijo, cumprimentou de longe quem conhecia, virou as costas e foi embora com muita pressa. As pessoas estavam tão entretidas conversando, bebendo e ouvindo música que mal notaram a sua presença. Muito surpresa, disfarcei o espanto e voltei às tarefas de anfitriã.

Foi por volta das 21h que começaram a ir embora. Todos muito sensibilizados como tinham sido recebidos. Só duas horas depois, todos os convidados se retiraram, após muitos agradecimentos.

A festa foi realmente muito boa, pensei com meus botões. Minha funcionária acomodará o que restou para o almoço de amanhã, que também será partilhado com os vizinhos.

Fui dormir satisfeita e cansada. Não consegui pegar no sono, pois estava cismada com o comportamento do meu namorado. Estava certa de que quando entrou, ele pretendia ficar, mas aí percebeu alguma coisa que o desagradou e preferiu se retirar. O que podia ser? Talvez conhecesse um dos meus fornecedores com o qual não se dava? Por mais que pensasse, não conseguia atinar o que era e só consegui dormir de madrugada.

No dia seguinte fui trabalhar cedinho e Lalaïna continuava invisível. No final da manhã, ele ligou para confirmar que viria almoçar em casa. Conversamos rapidamente e perguntei o que tinha acontecido na véspera.

Oh, não é nada de realmente importante, riu ele. Mas preciso de algum tempo para falar sobre o assunto. Conversaremos na hora do almoço. Queria aproveitar para avisá-la que ficarei apenas dois dias em Antananarivo e depois de amanhã terei de voar para Antsiranana, no extremo norte do país.

Quando Lalaïna chegou em casa, tentei disfarçar a curiosidade. Ele deixou a pasta na entrada, veio me dar um grande beijo e pegando-me pela mão me fez sentar no sofá.

Quando entrei ontem, levei um grande susto, riu ele. Você convidou pessoas de castas e linhagens diferentes, algumas das quais nem conversam entre si no dia a dia! Meu Deus! Você convidou comorianos que aqui são considerados a ralé da sociedade! Mas aí entrou em jogo um fator importante, todas essas pessoas gostam de você e, além do mais, mantêm ótimas relações profissionais com o PNSQV. Eles imediatamente entenderam que você, sendo estrangeira, não tinha a menor ideia sobre o assunto e apenas queria homenageá-los e agradecer a excelente colaboração.

Sei que os fornecedores estão muito contentes em trabalhar com você. Então, para não estragar a festa, todos eles se empenharam para que a questão de castas e linhagens não interferisse no evento e fizeram um belo trabalho, segundo os comentários que circulam na cidade. Mas se eu tivesse ficado em casa, eles ficariam sem graça de eu os ver na encenação e não sei o que poderia ter acontecido.

Eles se comportaram assim ontem, mas não aconselho a organizar outra festa similar. Todos sabem que alguém vai comentar com você a questão de castas e linhagens. Portanto, se os chamar de novo, será considerado apenas uma tentativa pouco sutil de forçar o convívio entre gente que normalmente não se vê. E isso não se faz... É possível que não venham e fiquem ofendidos com a insistência. Agora, tenho de reconhecer que todos ficaram encantados com a festa de ontem. Aconteceu aqui alguma coisa que ninguém entende e que não deveria ter acontecido. Falei com alguns dos seus fornecedores e me confirmaram que mesmo convivendo algumas horas com colegas, que normalmente não frequentam, ficaram muito surpresos ao constatar que tinham se divertido muito e isso lhes dava o que pensar.

Eu escutava surpresa. Tinha sido demonstrado naquela noite que era possível os fornecedores conviverem bem. Fiquei feliz de ver que todos eles chegaram à conclusão na minha casa.

Conversamos um pouco mais sobre o assunto e voltamos a falar da viagem para Antsiranana. Se não estivesse programada para dias úteis, eu teria ido. Mas talvez fosse passar o fim de semana na praia em Toamasina e voltaríamos juntos, no domingo à noite.

》》》》》》》》

No dia seguinte de manhã, Toyberg me chamou, peguei o caderninho de notas e subi no primeiro andar. Quando o vi, notei que ele estava mais alegre do que de costume, contando piadas e dando risada.

Esta metamorfose estava ficando cada vez mais evidente depois da partida de sua mulher. Anna fora obrigada a se ausentar pelo menos por um mês pela doença de sua mãe, que residia em Copenhagen.

Estou ficando louca, pensei. Mas me parece que ele está cada vez mais feliz sem a esposa. Literalmente desabrochou. Espero que ele não tenha tido a imprudência de arranjar uma namorada malgaxe como a maior parte dos expatriados. Isso explicaria a brincadeira de duplo sentido que ouvi de Antra, outro dia, com Andry a respeito do meu amado chefinho. Comecei a monitorar Toyberg sem nada comentar com ninguém. Um belo dia, Antra entrou carregando pastas e plantou-se na minha frente: O nosso chefe Henrik Toyberg está se ambientando muito bem, a senhora não acha? Parece um passarinho de tão feliz que está pulando de galho em galho, sem se preocupar em verificar se há predadores à espreita. E, infelizmente, sempre existem e estão de tocaia.

Dei risada e fiz de conta que não tinha reparado no seu tom irônico nem no sentido da imagem.

Também notei. Fico contente por ele, pois sempre dizem que os estrangeiros têm dificuldade de se ambientar em Madagascar. Vai ver que ele é um caso à parte.

Antra ia falar mais, quando tocou o telefone e atendi. Quando a conversa terminou, a secretária tinha desaparecido.

Fiquei pensativa, prefiro não fazer comentários sobre o nosso chefe, com Antra. Sei que ela tem muitas qualidades, mas também ama uma fofoca e já há intrigas demais circulando por aqui. Vou ver se qualquer dia desses, pergunto ao Lalaïna se ouviu alguma coisa sobre o envolvimento do meu chefe com uma moça malgaxe.

O tempo passava e não me resolvia a discutir o assunto com meu namorado. No fundo não confiava nele o suficiente para envolvê-lo em minha vida profissional.

Capítulo 13

UM COMPORTAMENTO IMPRUDENTE

T RABALHEI BASTANTE O DIA TODO e quando voltei à noite, Lalaïna já tinha chegado. Ele me deu um beijo carinhoso e fez-me sentar ao seu lado.

Olha aqui minha querida, você vai ter de me desculpar, mas tenho um aviso e espero que não se incomode que, excepcionalmente, eu fale um pouco do seu trabalho.

Sorri. Tudo bem. Mas então diga-me, sobre o que quer conversar?

Ele hesitou um pouco: é sobre o seu chefe Toyberg. Ele é muito imprudente. Já faz algum tempo, anda saindo nada platonicamente com Aina Raharisoa, uma malgaxe belíssima, alta, elegante e classuda, que sabe conversar e se portar em qualquer ambiente, mas não dá ponto sem nó. Ela costuma esvaziar a conta em banco dos seus amantes e seduzi-los tentando romper os seus casamentos e tomar o lugar das esposas para sair de Madagascar. As mulheres daqui têm esta ideia fixa como você já deve ter notado, pois sabem que aqui estamos todos a bordo de um Titanic que vai a qualquer momento bater em um iceberg e afundar. E Anna não é páreo para ela. Eu a vi algumas vezes e parece ser ótima pessoa; mas ao lado de Aina, ela parece uma mulher feia, mal vestida e desengonçada. Mas se isso já é chato, tem pior.

O governo está a par da relação e documentando tudo o que vê e o que ouve com a ajuda de Aina, para exercer chantagem sobre o Toyberg mais para frente. Sei que não deveria dizer isso, mas sinto-me na obrigação de fazê-lo, pois você parece gostar muito do seu chefe. Diga a ele para colocar imediatamente um termo neste relacionamento.

Hesitei. Quero agradecer muito pelo aviso, mas como diabos vou falar com o chefe? Preciso pensar em uma maneira muito sutil ou então usar o caso de outra pessoa, senão ficará muito constrangido com minha intervenção. De qualquer maneira muito obrigada. Vou ver o que vou fazer.

»»»»»»»

Aquela noite não dormi.
Pensava em como abordar esta questão com
o chefe e não achava um jeito apropriado.

Levantei-me no dia seguinte com olheiras para dar um abraço no namorado, que ia sair por uns dias. Preparei para nós dois o café da manhã com o habitual copo de água de arroz e fui em seguida ao escritório ainda sem saber o que fazer.

Já estava trabalhando várias horas quando de repente a porta de minha sala abriu-se violentamente, e Janine, a mulher de Jean Géraud, um dos peritos franceses do Programa das Nações Solidárias Mundo Sem Fome (MSF), entrou, empurrando penosamente duas grandes malas. Ela estava vermelha de indignação e de cansaço. Vendo a minha cara surpresa, começou desculpando-se.

Sra. de Val d'Or, bom dia. Desculpe esta intromissão intempestiva, mas estou muito, mas muito brava mesmo. Encostou-se no muro, cobriu o rosto com as mãos e caiu em prantos.

Fechei a porta e fiz a Sra. Géraud se sentar. Pedi dois cafés à Antra.

Não quero mais o Jean em casa, fuzilou. Acabei de enxotá-lo. Ele me disse que quando voltasse do trabalho hoje à noite, falaríamos, mas não quero mais conversa com ele. Imagine a senhora que quando voltei de viagem de Paris mais cedo do que ele esperava, lá estava o canalha com uma mulher malgaxe na minha cama. Imagine só! Vou à França para resolver o problema de colégio do nosso filho mais velho e ele me apronta tamanha safadeza. Será que não entende que as mulheres daqui só estão atrás dos estrangeiros para chantageá-los, arrancar-lhes dinheiro e sair de vez deste país miserável, que não tem futuro? Eu conheço muito bem essas mulheres, nasci aqui, de pais franceses e me criei em Fianarantsoa antes de ir estudar na França onde encontrei-o.

Ela me olhou com um sorriso. Pois é, a senhora não sabia? Sou uma zanatany, uma filha do país e falo perfeitamente malgaxe... Voltando ao assunto que me trouxe aqui, por favor, a senhora teria a gentileza de entregar ao Jean essas coisas? Não tem mais nada dele em casa, então, que não apareça mais por lá. Se o fizer, será enxotado como um cachorro sarnento.

E a Sra. Géraud mais calma depois de ter tomado o café e desabafado, enxugou os olhos com um lenço, assoou o nariz e me agradeceu pela atenção. Depois de mais agradecimentos e desculpas, levantou-se e retirou-se deixando em um canto as duas enormes malas.

Mais um casal que se vai, pensei divertida, está virando uma verdadeira epidemia. Acho que desde a minha chegada, pelo menos uns dez casais tiveram problemas do gênero nos seus casamentos. Parece que é só chegarem à Antananarivo para os maridos arranjarem amantes malgaxes depois de menos de seis meses de estadia.

É verdade que com esta incrível mistura de raças, temos mulheres, mas também homens, com aparências exóticas como a Fitia, aquela moça que encontrei no hotel Colbert, no primeiro dia. E elas têm fama de ser muito calientes na cama, como tão bem dizia o meu colega Vitor Schindler, em Angola sobre as moças locais. E em geral, as esposas despeitadas acabam também arranjando namorados malgaxes nos próximos meses para dar o troco aos maridos e aí acabam os casamentos. Deviam colocar no livrinho de informação, que o sistema publica para dar aos funcionários e peritos uma ideia dos problemas que podem encontrar no país.

>>>>>>>>>

E de repente realizei, maravilhada, que acabava de descobrir a maneira para avisar o meu chefe do perigo que estava correndo por meio do caso do casal Géraud.

Olhei o relógio e sorri: hoje, excepcionalmente, o chefe me veria mais tarde do que de costume, pois fora cedinho a um encontro no ministério da saúde. Ele voltaria à representação por volta das 10h30 e me chamaria para saber qual o meu programa de trabalho do dia. Então tinha tempo de sobra para ver como apresentar-lhe o caso.

E não deu outra, às 11h, Toyberg voltou e me perguntou se estava disponível para vê-lo. Subi com os papéis e no final da conversa disse-lhe:

Henrik, preciso partilhar algo com você, que não diz respeito diretamente ao trabalho. Hoje de manhã quando você estava no ministério da saúde, apareceu a Sra. Janine Géraud carregando duas imensas malas com todos os pertences do marido, que ela surpreendeu na cama conjugal com uma mulher malgaxe.

Como sabe, ela está aqui faz menos de um ano, mas conhece bem o país onde nasceu e se criou, antes de ir estudar na França e encontrar o esposo. Avisou-me que as mulheres daqui fazem o máximo para seduzir os homens expatriados, essencialmente com dois propósitos, obter informações que serão repassadas ao governo, e mais para frente chantagear os infelizes e acabar com seus casamentos com o intuito de se tornarem as suas esposas e saírem do país.

Vendo a cara cada vez mais preocupada do chefe, continuei: Bem, eu sei que nada disso se aplica a você, pois está feliz e bem casado com Anna, mas eu própria, como sabe, estou saindo com um malgaxe e vou tomar muito cuidado com o que faço e digo a ele após a conversa com a Sra. Géraud. Pode ser que os homens solteiros da terra também pretendam arranjar esposas estrangeiras para irem viver no exterior.

Olhei inocentemente para a cara de Henrik e vi que ele tinha entendido o recado. Como não havia mais nada a dizer, pedi licença e retirei-me. Alguns dias depois, Lalaïna voltou de viagem e parecia estar muito divertido.

Você achou uma maneira de falar com o chefe? perguntou.

Sim, achei, por quê?

Lalaïna caiu na gargalhada. Então, pelo que ouvi dizer, você deve ter falado ontem, não é mesmo? Porque no final da tarde depois do expediente, ele colocou um termo na relação que mantinha com Aina, sem dar muitas explicações. Ela está furiosa e não entende o que aconteceu, pois parece que ele estava se enroscando cada vez mais nas suas redes e ela via para breve a materialização de parte dos seus sonhos.

Não respondi nada. Gostava do meu namorado mesmo que ainda tomasse muito cuidado com ele. Será que ele também estava comigo apenas por sentimento ou havia alguma outra razão?

Notei que sempre tentava com muita habilidade depois de momentos de carinho e de atenção fazer-me falar do trabalho. Ou seria coincidência? Se esse era o plano, Lalaïna devia estar bastante decepcionado — e assim ficaria.

Luiz Rocca Ochoa, o namorado cubano, que tivera em Angola, sempre me recomendava não falar de trabalho em casa e dizia que, estranhos a ele, nada tinham de saber. Assim, tanto ele quanto eu, nunca falávamos sobre este assunto quando estávamos juntos. E eu me acostumara tanto, que quando Lalaïna tentou umas poucas vezes me falar do seu próprio trabalho na companhia de seguros ARO, uma das mais conceituadas do país, escutei o que ele me contava até o fim antes de responder: Meu querido amigo, estou impressionadíssima com suas proezas profissionais, mas o caso é que não me interessam realmente. Nunca falo de trabalho fora do escritório, acho muito chato, então sugiro que faça o mesmo. Temos tantas outras coisas mais interessantes sobre as quais conversar.

A segunda coisa que me tinha posto a pulga atrás da orelha era o que tinha ouvido em uma festa em que escutara Lalaïna fazer comentários altamente suspeitos com um rapaz que não conhecia.

O desconhecido estava se divertindo, perguntando à Lalaïna se estava conseguindo algum progresso e meu namorado dera risada e respondera:

Paciência, estamos lidando com alguém que tem uma cabeça privilegiada e, além disso, não gosta de conversar de trabalho fora do escritório. Precisamos ir devagar. É como diz o ditado "Devagar se vai ao longe". Sei que pode demorar um pouco, não tenho dúvidas de que chegaremos lá.

≫≫≫≫≫≫≫

Nada indicava naquela conversa de que a pessoa de quem estavam falando era eu, mas foi o que imediatamente entendi.

Pensei em confrontá-lo, mas logo cheguei à conclusão de que seria contraproducente, ele certamente negaria e tomaria mais cuidado nas artimanhas, se é que realmente existiam. Era melhor aproveitar o fato de não me terem visto e não dizer nada. Eu tinha assim mais chances de saber quais eram as informações que pareciam interessá-los tanto.

Vivíamos os dois neste momento uma situação paradoxal, se talvez realmente houvesse tido uma aproximação em que a atração física não tivera o maior papel, notava que ele, aos poucos, parecia estar se apaixonando cada dia mais por mim e isso me assustava. Eu tinha deixado claro minha posição desde o começo do relacionamento, não pretendia continuar com ele quando saísse de Madagascar.

Não estava interessada em uma relação profunda que terminasse em casamento, casa, filhos e todas as outras supostas regalias que a mudança de status acarretava.

Lalaïna rira muito, dizendo que era exatamente o tipo de relacionamento que também queria e não se tinha falado mais nisso.

Capítulo 14

O BARBEIRO DE SEVILHA

Havia no PNSQV, um motorista da ONSI (Organização das Nações Solidárias para o Desenvolvimento Industrial) que se chamava Fanilo Dorey. O moço, além de não gostar de trabalhar, era pouco confiável.

Como seus supervisores pareciam estar satisfeitos com seus serviços, eu me limitava a observá-lo e sabia que ele mantinha ótimas relações com Hery e Faly — o que já não era uma boa referência — e estes o protegiam de todas as maneiras possíveis e imagináveis. Então, preferia deixar as coisas andarem até que algum incidente obrigasse a me posicionar.

O tempo foi passando e novos projetos precisavam de carros Landcruiser, no interior do país. Sabia que era a hora de estar particularmente atenta, os veículos eram altamente cobiçados por todos e sempre havia voluntários que se dispunham a buscá-los no porto de Toamasina.

A razão era que a chegada de novos carros era uma oportunidade de ouro para os espertinhos se exibirem dando umas voltinhas ou até fazer algum dinheiro, trocando algumas peças novas por outras usadas antes de estacioná-los na garagem do PNSQV onde seus legítimos donos viriam retirá-los. E, no momento, estava esperando a chegada de dois Landcruisers.

Eu tinha tomado as medidas que se impunham — ou pelo menos achava que tinha — quando Lalaïna apareceu em casa, muito feliz da vida: ia ter daqui a 15 dias uma festa popular muito típica, que podia durar uma tarde inteira. Pessoas leigas iriam cantar, declamar poesias e outras apresentações em um palco frente ao público que as incentivaria em um ambiente descontraído e previsto um almoço típico para todos. Ele queria muito ir comigo, pois sempre manifestei interesse em conhecer a gente e os costumes de Madagascar.

≫≫≫≫≫≫≫

Você vai ver, disse ele. É uma festa popular bem malgaxe e é muito concorrida. Você vai gostar.

Alguns dias depois, apareceu Fanilo, decomposto, com voz trêmula para me avisar de que sua mãe acabava de falecer. Eu sabia como a morte — principalmente de um parente tão próximo — era um assunto de suprema importância em Madagascar. Justificava vários dias de férias para que todos os preparativos e cerimônias fossem feitos segundo os costumes locais e custava muito dinheiro. Conhecera a matriarca algum tempo atrás, quando viera ao escritório falar com o filho, tratava-se de uma senhora gorda, bem morena, alegre e muito simpática.

Após ter dado os meus pêsames a Fanilo e de me ter assegurado de que a ONSI não tinha objeções, concedi os dez dias de férias que o motorista solicitava e não pensei mais no assunto.

No dia da festa, vesti-me com simplicidade e fui com meu namorado para o tão falado evento. Quando chegamos, Lalaïna começou a procurar um local onde estacionar o Renault. E qual não foi a nossa surpresa de vermos chegar ao estacionamento dois veículos Landcruiser, novinhos.

Eles ainda estavam sem placa e cobertos daquela fuligem negra e grudenta, característica que se acumula nos carros durante viagens longas nos porões de um barco. Cada veículo tinha uma lotação máxima de pessoas muito felizes que, aparentemente, também vinham assistir ao evento. Eu fiquei ainda mais intrigada ao notar, entre os diferentes passageiros, a presença da defunta presumida — a mãe de Fanilo — vivinha da silva, toda pintada, muito elegante e ainda mais alegre do que de costume. Os meus olhos procuraram o motorista e não havia erro, era mesmo Fanilo, que dirigia um dos carros, com suas roupas de domingo e muito contente. Eu não disse nada, mas comecei a enrijecer.

O que vai fazer? Perguntou Lalaïna, preocupado. Você não vai falar com ele agora, fazer um escândalo e estragar o nosso programa do dia, vai?

Olhei para o meu namorado e caí na gargalhada. Não, não vou fazer isso. Não tenho razão nenhuma para estragar o dia de tantas pessoas. Mas lembre-se de que se hoje é domingo, amanhã é segunda-feira. E aí, Fanilo vai ter de me explicar como a sua mãe que, supostamente acabou de falecer, jogou a mortalha às urtigas, como se diz vulgarmente em francês — e saiu do caixão para aparecer tão satisfeita e elegante.

Havia toda uma multidão que se dirigia para o local e dei graças a Deus de Lalaïna ter reservado uma mesa. Reparei que havia muitos colegas malgaxes do sistema presentes, mas nenhum internacional.

No começo, eles tinham ficado espantados — e até constrangidos — em ver a chefe de administração internacional do PNSQV nesses eventos, mas com o passar do tempo, foram se acostumando com a minha presença e estavam até gostando de ver o interesse que demonstrava pela sua cultura.

Entramos no teatro-restaurante e fomos para uma mesa na lateral, onde me sentei, impassível, enquanto Lalaïna, pouco à vontade, não desgrudava os olhos de mim.

Vi de longe Antra e seu marido Salava, que cumprimentei com um gesto de mão e um sorriso. Salava era um amigo de longa data de Lalaïna e, muitas vezes, íamos à sua casa durante o fim de semana.

Salava morava em Ambohipú — um bairro da periferia de Antananarivo — e os homens aproveitavam para jogar tênis na quadra do condomínio enquanto Antra e eu ficávamos conversando, íamos tomar banho de piscina ou cozinhávamos juntas.

Lalaïna por sinal, adquirira uma quitinete em um prédio confortável localizado no mesmo condomínio de seus amigos, onde passava parte do tempo antes de me conhecer.

As atrações começaram e eu dava a impressão de ter esquecido Fanilo e suas artimanhas, divertindo-me muito. Claramente demonstrava que quando leigos resolvem dominar o medo de se apresentar na frente de um público, podem obter ótimos desempenhos. E as pessoas vibravam e aplaudiam os artistas improvisados.

Em um determinado momento, virei um pouco a cabeça e vi que Fanilo tinha instalado a família em uma mesa no fundo e estava pedindo comes e bebes. Antra logo reparou que eu sempre acompanhava com um olhar indefinível o que acontecia em uma certa mesa. Procurou identificar o que me interessava tanto e acabou notando também a presença da família de Fanilo, encantada, se preparando para passar um ótimo domingo.

Em uma determinada altura, a cortina fechou-se com o término de uma peça de teatro muito divertida e só a parte da frente do palco ficou iluminada enquanto começava a tocar música de ópera.

E logo apareceu um cidadão muito bem-vestido que se propunha a cantar. Aproximou-se do público com um vasto sorriso para agradecer os aplausos e assobios de aprovação. E pela reação do público, era um artista conhecido e apreciado. Franzi os olhos para olhar melhor e, sim, não me tinha enganado, o cantor era mesmo Fanilo em carne e osso!

Tentei pensar nas coisas mais tristes possíveis e imagináveis para não cair na gargalhada e sentia ao meu lado o quanto Lalaïna estava tenso, perguntando-se com angústia qual seria o desfecho da comédia.

Fanilo agradecendo a recepção entusiasta do público, informou à plateia que queria dedicar sua prestação à mãe que fazia anos naquele dia.

Todos aplaudiram o cantor e sua mãe, que tinha se levantado e fazia reverências. Depois de alguns minutos, Fanilo concentrou-se para cantar.

Foi aí que olhou por acaso para as laterais e me viu aplaudindo-o com um sorriso de predador esfomeado, que vê a presa ao seu alcance. Mudou de cor, engasgou-se, mas começou a cantar assim mesmo, muito pouco à vontade.

Ele tinha uma voz bonita de barítono lírico e tive de reconhecer que estava impressionante no papel de Fígaro, no Barbeiro de Sevilha, uma ópera bufa em dois atos, do italiano Guiachino Rossi.

Vendo Fanilo naquele papel, lembrei imediatamente do meu desenho animado predileto quando criança, que também era uma comédia, como a que estávamos vivendo agora. O herói era o célebre pica-pau Woody Woodpecker, de Walt Lantz, cantando exatamente a mesma ópera que Fanilo, enquanto dava uma de barbeiro com um infeliz chefe indígena norte-americano! O desenho era tão hilário quanto a apresentação do motorista da ONSI, com a diferença de que a voz era bem melhor do que a do pica-pau!

≫≫≫≫≫≫≫≫

Enquanto lutava para controlar o riso,
Fanilo agradeceu os aplausos, cada vez mais sem graça
e com pressa de se retirar, ignorou os numerosos
pedidos de bis que se faziam ouvir na sala.

Contrariamente ao que Lalaïna pensava, não ensejei um movimento para me levantar e ir falar com o motorista. Fanilo sentou-se e devia se perguntar, angustiadíssimo, o que iria fazer. Fixava as minhas costas, e eu, divertida e relaxada, continuava a conversar com Lalaïna e vizinhos sem lhe dar atenção.

"A vingança é um prato que se come frio," como tão bem diz o ditado, pensei. Mas estou me divertindo muito hoje aqui e não tenho pressa em acertar as contas com o nosso cantor de ópera. Amanhã, Fígaro terá voltado a ser o motorista inútil e safado que é. Um pouco como a suntuosa carruagem de Cinderela que se transformou em abóbora no dia seguinte. Até que gostaria de ver Fanilo transformado em abóbora, ri. Devo-lhe hoje muitas risadas e isso é uma benção. Vendo que eu não reagia, Fanilo, em uma hora criou coragem, levantou-se e veio me cumprimentar. Felicitei-o pela voz e elogiei muito a escolha da ópera. Também disse que era uma pena não ter atendido aos pedidos do público e cantado novamente, pois eu muito teria gostado de ouvi-lo uma segunda vez.

Vi que Fanilo não sabia bem o que pensar dos elogios. Como eu não dizia nada, ansiosíssimo, ele acabou balbuciando no auge do desconforto: eu... eu posso explicar tudo.

Acho que vai ser um pouco difícil, retruquei. Sugiro que se divirta bastante hoje, que é domingo, dia de descanso e de diversão. Amanhã é segunda-feira, dia de trabalho e de acerto de contas. Falaremos mais, então, agora não é boa hora. Meu sorriso desapareceu de repente e as feições do meu rosto endureceram: Esteja, portanto, na minha sala amanhã às 9h, por favor. Passe muito bem até lá e mande meus parabéns à senhora sua mãe pelo aniversário.

Dispensado, Fanilo se retirou sem dizer mais uma palavra. Olhei discretamente para a sua mesa. Parecia não ter falado nada à família que despreocupada, aproveitava ao máximo o evento. Em contrapartida, ele estava com uma cara de enterro e não conseguia disfarçar o quanto estava agoniado de ter sido pego em plena mentira.

O evento terminou e Lalaïna e eu fomos ter com Antra e seu marido. Cumprimentamo-nos amigavelmente, não mencionei o que acabava de acontecer e minha colega entendeu que era preferível não falar nada. Sentia o quanto eu estava contrariada e não queria estar na pele de Fanilo na segunda-feira.

O rapaz veio me ver no dia seguinte. Não tinha como justificar o que acontecera. Passou péssimos momentos comigo que, calma e ferina, passei uma senhora descompostura além de enviar uma carta de reprimenda. Já tinha um arquivo grande documentando todas as irregularidades cometidas e, agora, estava certa de poder me desfazer dele mais para frente, mesmo ele tendo um contrato permanente. Mas não tinha pressa: sabia o quanto os malgaxes podiam ser vingativos e Fanilo tinha, tanto Faly, o motorista do representante residente, quanto Hery para protegê-lo.

Passaram-se alguns meses sem muitas novidades. Estava tudo tranquilo no PNSQV Antananarivo e em paz com Lalaïna e eu. Até que um dia, Antra veio me ver e parecia ter dificuldade em reprimir o riso.

Fanilo de novo, disse-me ela. Ele está morto de vergonha e provavelmente não vai se atrever a vir vê-la para contar-lhe o que aconteceu ontem à noite, depois do papelão que protagonizou na última festa.

Sempre se passava alguma coisa de divertida no escritório. Na verdade, eu nunca tinha dado tanta risada como no PNSQV Antananarivo. E eu que achava que este turno na administração ia ser um tédio. E o que será que aquele infeliz tinha aprontado agora? Entre ele e Mazden era difícil saber quem era o mais engraçado com suas trapalhadas.

E o que foi que ele fez desta vez? perguntei.

A sua mãe morreu, foi a resposta. De novo? espantei-me. Isso está começando a ficar um hábito.

Não, não, continuou a secretária. Desta vez é para valer. Morreu mesmo, esta noite de um AVC fulminante e Hery foi providenciar o atestado de óbito. Agora o coitado do Fanilo vai precisar tomar toda uma série de providências caras para o transporte do corpo e o enterro pois a família é *antakarana* (nome do grupo étnico significa aqueles do país das rochas).

Vendo a minha cara interrogativa, Antra continuou:

»»»»»»»

Os *antakarana* são uma etnia do norte do país e Fanilo deverá levar o corpo de sua mãe, primeiro para Antsiranana — que fica a cerca de uma hora de avião de Antananarivo — e depois transportá-lo por terra cerca de 90 quilômetros até a aldeia de Ramena onde se encontra o túmulo familiar.

Agradeci o complemento de informação e não disse mais nada. Notei com algum divertimento que cada vez que Antra falava de alguém, ela sempre indicava a que povo pertencia. A questão da etnia então parecia ter a sua importância na sociedade malgaxe além da casta e da linhagem.

Pensei em perguntar a ela se havia tensões no país entre todos esses povos, mas algo me impediu. Pensando melhor, devia certamente existir fricções entre as etnias majoritárias como a *merina* (das terras altas, que representam 26% da população e à qual Antra pertencia) ou a *betsileo* (os numerosos invencíveis, que representam 12%) e as minoritárias como as *antakarana* de Fanilo ou *antanosy* (aqueles da ilha). Aliás, eu tinha notado várias vezes, uma certa condescendência, muito sutil, dos *merina* quando falavam dos representantes das outras etnias. Eram, sem dúvida, malgaxes mas não eram *merina* — e isso fazia toda a diferença.

Refleti um momento. Diga ao Fanilo que peça as suas férias por escrito. Pelo que entendi, a morte de um membro da família, ainda mais tão próximo, é um assunto muito sério. Ajude-o, por favor, a redigir um pedido, que aprovarei quando você e o Hery acharem oportuno. Mas ele que não venha me ver pelo amor de Deus! Não estou nem um pouco certa de conseguir não cair na gargalhada.

À noite, jantando em casa, Lalaïna me perguntou se era verdade que a mãe de Fanilo tinha morrido. Parecia estar tão bem e animada no festival popular em que tínhamos ido.

É sim, respondi, começando a rir de novo. Mas saiba que sempre se está bem antes de ter um AVC fulminante como ela teve. Como sabe, é uma doença que mata em silêncio, o que aparentemente foi o seu caso e, muito raramente, dá sinais de alerta. Mas até ela ser enterrada, realmente, tenho as minhas dúvidas sobre seu passamento. Pode até ser que como os gatos, ela tenha sete vidas e apareça de novo qualquer dia no mundo dos vivos para ir toda produzida à próxima festa popular em que o filho cantar.

Lalaïna não respondeu, dividido que estava entre a vontade de rir e o profundo respeito que todo bom malgaxe tem pela morte.

Capítulo 15

AZAR CONTAGIOSO

Enzo andava muito feliz nos últimos tempos, convencido que sua relação com o governo melhorara depois do sucesso de algumas ações concebidas por Henrik, elogiadas pelo ministério da economia e do plano. Eu me perguntava se o chefe não estava tomando seus desejos por realidade. Os comentários que Lalaïna me fazia sobre o que ouvia no governo, sobre Enzo Perella, eram tudo menos lisonjeiros. Na realidade, se as autoridades nacionais tinham realmente apreciado certas ações tomadas pela organização, não mudava em nada a forte antipatia que sentia pelo representante residente desde a sua chegada.

Enquanto Enzo sonhava, ele era bem mais palatável. Até falava, agora, em um tom mais baixo e parecia bem-humorado, o que permitia trabalhar com mais descontração.

Ele estava ainda mais feliz com a perspectiva de sair brevemente de férias para a Itália e de ver no imediato, os gerânios das floreiras começarem a segunda florada do ano. E a visão dos arbustos que dobravam sob o peso de uma multiplicidade de botões coloridos o encantavam assim como a todos nós. E por último, esses felizes eventos coincidiam com a data do seu aniversário e ele decidira fazer uma grande festa para comemorar. Queria convidar todos os colegas para estreitar os laços entre chefe e pessoal, todos estavam encantados — e muito honrados — em festejar o evento na residência do coordenador do sistema. Enquanto isso, Mazden continuava a aprontar das suas e eu tinha novamente perdido a paciência com ele. Tínhamos tido uma discussão ríspida e ele queixou-se a Henrik da minha insolência. Henrik reconhecia que eu tinha razão no fundo, mas tinha de admitir que eu exagerara na forma.

Ele desceu para me ver, enquanto assinava pastas, visivelmente contrariada.

Eu sei que o Mazden pode ser particularmente exasperante de vez em quando, mas você tem de lembrar que ele é hierarquicamente superior e, portanto, deve tratá-lo com mais respeito, começou ele, enquanto se sentava. Também precisa levar em conta certas outras coisas que explicam o seu comportamento.

Eu já tive uma conversa similar, anteriormente, com você e me parece que não lembra do que discutimos. Você é nova e já passou em pouquíssimo tempo de profissional júnior a chefe de administração, o que mostra que terá uma carreira que promete ser longa e brilhante.

Para o Mazden, a situação é o oposto: ele já é quarentão, não consegue ter bons resultados pelo incrível azar que o persegue e ninguém sabe o que fazer com ele. Receio que depois de receber o relatório que Enzo está preparando sobre o seu desempenho aqui, a sede não vá mais ter a mesma paciência com ele. Está certo que ele tem padrinhos influentes, mas não rende nada e custa muito dinheiro à organização. Qualquer hora dessas, seu contrato não será mais renovado, pois o PNSQV está se deparando com restrições financeiras crescentes e não sei o que ele fará então para ganhar a vida.

Ele sabe disso e está entrando em pânico, tem gastos muito altos com a família, poucas reservas de dinheiro e suas tentativas de arranjar trabalho em outras organizações não dão em nada. Tente ser um pouco mais simpática com ele. Está muito angustiado e convencido de que você não gosta dele. A propósito, eu o convidei para ir conosco à casa de Perella, na semana que vem.

≫≫≫≫≫≫≫

Obrigada por lembrar-me e até dar informações adicionais que desconhecia. Eu nunca teria imaginado que ele se encontrasse em uma situação tão precária.

Quando você o vê desfilar pelos corredores como um pavão, ninguém pode imaginar que está em situação tão dramática. Pensando melhor, talvez seja até por isso que se porta daquela maneira... Prometo que vou pensar sobre o que me disse e rever meu comportamento.

Voltando ao fato de Mazden ir conosco à festa de Perella, você é um homem destemido, Henrik. Ninguém em sã consciência levaria o Mazden no seu carro para lugar nenhum. Este homem é um chamariz de azar, vai sem dúvida acontecer alguma coisa de desagradável. Mas respeito e até louvo a sua iniciativa. Continuarei indo para o evento com você, não sem antes pedir proteção aos meus santos brasileiros Nossa Senhora de Aparecida e Frei Galvão. Recomendo que faça o mesmo com os seus santos dinamarqueses.

Henrik me lançou uma olhada de desaprovação, eu era mesmo incorrigível. Segundo ele, as pessoas do terceiro mundo por mais educadas que fossem ainda acreditavam em superstições. Mas como gostava de mim, não respondeu e voltou para a sala.

No dia do evento, o chefe veio me buscar com o carro novinho que acabava de chegar na véspera, da Dinamarca, um Volvo branco, com um lindo estofamento creme. O administrador palestino já no assento da frente, me acomodei no banco de trás. Perella tinha convidado todo o pessoal do escritório, menos os seus cônjuges.

Um valete estacionava os carros para facilitar a vida dos convidados. Eu ia sair quando vi Mazden se agitar. Inclinei-me para ver o que estava acontecendo: tinha amarrado o cinto de segurança de tal maneira que conseguiu fazer o impossível, deu um nó no cinto, que não conseguia soltar. Os motoristas PNSQV vieram logo acudi-lo. Toyberg tentava esconder a contrariedade. Quando se aventou a possibilidade de cortar o cinto novinho, ele fuzilava de raiva. Tentei acalmá-lo, mas seria muito difícil desatar os nós. Se o colega quisesse fazer a façanha de novo — voluntariamente — jamais conseguiria...

>>>>>>>>>

Os motoristas se juntaram em uma última tentativa, só restava uma única escolha, ou o cinto era cortado ou o colega permanecia amarrado no carro.

Sugeri que ele contatasse a Volvo Copenhagen para conseguir um cinto avulso. Mas vendo que o semblante do chefe continuava tão carregado quanto antes, afastei-me diplomaticamente.

Todos ficaram aborrecidos em ver o quanto Toyberg estava afetado. Apesar do incidente constrangedor, o pessoal aproveitou ao máximo a festa que estava muito boa e bem organizada e se retirou muito satisfeito. Toyberg e eu fomos embora mais cedo e Mazden estava tão envergonhado que pediu carona a outra pessoa, sentia o quanto o adjunto estava irritado com ele.

Na volta, entrei no carro do chefe muda e de lá saí calada. Senti que ele não queria conversar e quando o fez, foi para novamente lamentar-se sobre a falta de sorte que tivera um dia após receber o seu carro novinho da Dinamarca.

Quando eu estava saindo do veículo, desolada com o contratempo, ele esboçou um sorriso:

Bom, Beatriz, peço imensas desculpas pelo meu mau humor. Afinal você não tem nada a ver com isso. Tenha uma ótima noite. Ele parou um momento de falar e olhou-me com o primeiro sorriso da noite. Devia ter seguido sua recomendação e pedido proteção aos meus santos dinamarqueses. Talvez assim o cinto de segurança tivesse sido poupado.

Nos próximos dias não se ouviu mais falar de Mazden. Ele ficava na sua sala, ocupado, ninguém sabia muito bem com o quê e só saía para almoçar e voltar para casa no final do expediente. Não tinha mais encontros com Perella ou Toyberg. Parecia uma espécie de pária que fingia estar sempre muito atarefado.

Comovi-me com a sua situação, primeiro, todos tínhamos nos zangado com ele e suas trapalhadas, depois começado a rir dele e agora, desejávamos a sua partida. Para um povo tão supersticioso quanto o malgaxe, o azar que perseguia Mazden podia ser contagioso e muitos colegas agora o evitavam. Estavam convencidos que o prejuízo de Toyberg se explicava unicamente pela presença do infeliz administrador palestino no veículo. Eu imaginava muito bem que neste contexto, a vida de Mazden, em Madagascar, estava virando um inferno.

Ele podia ser desastrado e avoado, mas era inteligente e logo entendeu que a chefia do escritório já devia ter pedido a sua partida. Resolveu então antecipar-se e ligar para várias pessoas influentes em Nova Iorque, pedindo encarecidamente para removê-lo de Madagascar. E desta vez, parecia mesmo ter se formado na sede um consenso de que era preferível acomodá-lo em um posto temporário em Nova Iorque até aparecer alguma outra posição, do que deixá-lo no país-ilha tão remoto, onde só causava problemas.

Assim, nas semanas seguintes, o PNSQV Antananarivo recebeu instruções para pagar os custos da viagem de Mazden e sua família para Nova Iorque. Em um tempo recorde, embalou seus bens pessoais e, para o alívio geral, partiu da grande ilha, com mulher e filhos deixando para trás a capital, que, a seu ver, mais parecia uma panela de pressão prestes a explodir.

Era sexta-feira à noite e já estava em casa pensando no escritório. Se agora estávamos livres de um problema com a partida do colega problemático, havia agora um outro, mais sério, que não parava de crescer e de prosperar que eram as más relações entre o governo e Enzo. Parecia que o chefe supremo tinha o dom de exasperar as autoridades nacionais e o último encontro que tinham tido, pelo que me dissera Henrik, quase beirara um incidente diplomático. Só esperava que o mau humor governamental não prejudicasse o trabalho que realizávamos no país.

Enquanto pensava, fui fazer um café e reparei que o meu

companheiro se esquecera de jogar fora o lixo. Fechei cuidadosamente o saco plástico e fui para o quintal, onde a porta dos fundos dava para a encosta dos ladrões. Um trilho de terra muito utilizado descia, paralelo ao meu muro, ligando a parte superior do morro à avenida Antsahavola mais abaixo, que passava na frente de casa. Já era quase noite e não se enxergava mais o vasto terreno baldio, que pertencia à família Andrianana.

Abri a porta e desci o trilho até chegar à avenida para jogar o lixo em uma grande lixeira coberta, um pouco mais à frente, e era esvaziada todos os dias.

Estava voltando quando vi as pessoas alvoroçadas. Ouvi as sirenes dos carros de polícia se aproximando e subindo o morro à toda velocidade enquanto o povo se recolhia prudentemente às casas. Uma das vizinhas me interpelou do alto de sua janela, em francês:

>>>>>>>>>

Senhora! Senhora! Não fique na rua, não. Volte imediatamente para casa. Isso aqui pode ficar muito ruim. Parece que o Grão-mestre Anko Bê, o líder supremo dos Kung Fu Wisa, está no bairro e a polícia está no seu encalço.

Capítulo 16

ENCONTRO MARCANTE

O<small>UTRAS VIATURAS CHEGAVAM MAIS DEVAGAR</small> e pararam em frente ao trilho, onde começava o mercado. Entendi que tentariam bloquear o acesso à rua Antsahavola ou então subir o morro por ali. Apressei-me a voltar para casa quando vi militares lá em cima, descendo o trilho.

Vi dois homens no meio do caminho, andando rápido e procurando abrigo. O que me chamou a atenção foi o fato de estarem muito calmos e concentrados, procurando qual era a melhor alternativa para escapar dos perseguidores.

Estudei rapidamente a situação, mesmo bem escuro, não via saída para os dois, que iam ser pegos no movimento de tenaz arquitetado pela polícia. O trilho tinha, na altura de minha casa, uma reentrância, que escondia por alguns instantes as pessoas, tanto das que subiam quanto das que desciam o morro. Se quisesse prestar alguma ajuda àqueles dois precisava agir imediatamente, mesmo sem ter certeza de que se tratava do Grão-mestre e de um discípulo.

Sem pensar, agarrei um deles pela manga e fiz sinal para entrarem no jardim comigo, fechando imediatamente a porta atrás de nós três. Quando um quis fechá-la à chave, o companheiro o impediu com um gesto, fazendo sinal de apenas colocar a trava com cuidado, para evitar qualquer barulho. E de fato, os perseguidores estavam agora tão perto, que teriam achado suspeito qualquer barulho no jardim.

Os policiais se aproximaram e tentaram abrir a porta que estava travada. Não insistiram e pararam um minuto para retomar o fôlego e esperar que os companheiros, que vinham no sentido contrário, viessem ter com eles.

Fiz sinal aos homens para ficarem junto de mim no meio da porta, pois havia de cada lado, frestas largas pelas quais podia se ver parte do quintal, iluminado pelas lanternas do jardim. Estávamos os três de pé, imóveis, quase nos tocando, no maior silêncio.

Aquele maldito homem além de mestre em artes marciais, também é bruxo, parece que se volatilizou, disse um deles, ofegante, em malgaxe. Mas tenho certeza de tê-lo visto descer o trilho com um dos seus discípulos. Será que alguém os abrigou?

Ouvimos os policiais tentando novamente abrir a porta.

Não adianta Salava, disse um deles. Já tentamos fazer isso, mas a porta está travada. E tudo parece tranquilo lá dentro pelo que dá para ver pelas frestas. Eles não estão aqui.

O outro caiu na gargalhada: você deve estar certo. Esses bandidos nunca teriam ido se abrigar nesta casa. É verdade que é uma das poucas residências que tem uma porta que dá para o trilho, mas eles estariam se jogando na boca do lobo. Esta, para sua informação, é uma das casas ancestrais da família Andrianana, onde moram parentes seus e gente de sua confiança. E se eles pusessem suas mãos em Anko Bê, nem precisaríamos nos incomodar com ele. Eles próprios dariam um jeito ou, no melhor dos casos, o imobilizariam e chamariam a polícia para entregá-lo.

Parece que a ideia de organizar a JC em brigadas de jovens a serviço do governo, emanou do mais ilustre membro da família, a saber, o Sr. Rivo Andriananana, o nosso grande político antananarivenho. Então todos odeiam o KFW de todo o seu coração.

Bom, pelo jeito, ainda não é hoje que o pegaremos, respondeu outro policial. Não sei por onde conseguiu fugir, pois não o vi sair do trilho. Mas com essa escuridão não dá para se ter certeza de nada. Deve certamente estar escondido em algum lugar ou então tem poderes mágicos, ironizou ele. Mas ele não perde nada por esperar, não vamos desistir até o pegarmos. Vamos embora.

Quando o silêncio se fez na encosta, nós três nos entreolhamos. Um dos homens, o mais alto, olhou para mim com cara divertida. A luz da lanterna do jardim bateu de frente no seu rosto e pude ver suas feições. Um homem alto, atlético, de tipo asiático, moreno claro com uma barbinha escura, bigode ralo e olhos rasgados com um olhar cheio de luz e compaixão. Estava calmo e relaxado e, além dos olhos, as suas mãos me chamaram particularmente a atenção, longas, finas e fortes.

Sou Anko Bê, disse-me ele. E muito agradeço a sua ajuda. Não podemos ficar aqui mais tempo sem correr o risco de comprometê-la, agora que sabemos que estamos no jardim da casa de membros da família de Rivo Andriananana. Se ele souber o que acabou de fazer, a senhora terá muitos problemas. Então, vamos embora agora. Fique em paz. A propósito, qual é o seu nome? Eu o olhei rapidamente e baixei a cabeça, mantendo-me em uma postura respeitosa. Boa noite, mestre, sou Beatriz de Val d'Or. Emanava daquele homem ao mesmo tempo uma grande autoridade e uma calma absoluta. Eu estava diante de um ser superior e me sentia um pouco inibida. O seu companheiro demonstrava alguns sinais de tensão.

Abri a porta e olhei para fora, os policiais já tinham ido embora e tudo estava deserto e escuro na encosta. Afastei-me para lhes dar passagem. Que Deus os proteja, murmurei quando estavam saindo para rua.

Boa noite, Beatriz, e obrigado, respondeu Anko Bê.

Desapareceram na noite. Fechei a porta que tranquei com chave e voltei a colocar a trava. Depois, regressei lentamente para casa, pensando no que tinha acontecido. Anko Bê me tinha impressionado muito, mas agora, mais do que nunca, estava convencida que o governo malgaxe faria de tudo para se livrar daquela força tranquila, aquele homem era realmente um perigo para ele.

Perguntei-me o que o teria levado a vir ao bairro. Lembrei então que ele tinha fama de ter conhecimentos médicos aprofundados que aprendera no monastério e, muitas vezes, ia tratar das pessoas doentes a domicílio. Talvez fosse o porquê viera à Ampamarinana.

Resolvi não dizer nada a Lalaïna sobre o encontro. Sabia que ele era simpatizante de Anko Bê, mas não confiava na sua discrição.

»»»»»»»

Quando meu namorado voltou, eu o recebi
com muita felicidade como de costume e notei nele
alguma preocupação, além de cansaço.

Abracei-o e dei-lhe um copo de água de arroz que acabava de preparar.

Diga-me, o que está o deixando tão preocupado? Aconteceu alguma coisa de desagradável? Lalaïna hesitou um minuto.

Não, não aconteceu nada de desagradável ou talvez fosse melhor dizer que não aconteceu nada de desagradável ainda. O fato é que hoje quando voltei da missão de Antsirabê, eu vim escutando o rádio. O governo está se aproveitando de alguns erros de Anko Bê para demonizá-lo e tentar fazer acreditar que ele está pretendendo dar um golpe de Estado. O último conflito entre a JC e o KFW causou muitos mortos, essencialmente no campo JC e o governo vem utilizando o fato para mostrar que o KFW está mesmo com a vontade e os meios de se opor. Sabemos todos que não é verdade, mas entrou na presidência um novo assessor que, além de odiar o Anko Bê, também é um ás em desinformação. Temo pela vida do Grão-mestre. O discurso das autoridades nacionais foi o mais violento que escutei em tempos. Não sei como vai acabar tudo isso. Também agora, quando estava estacionando o carro, os vizinhos vieram me dizer que o Grão-mestre estava hoje à tarde em Ampamarinana. O bairro deve agora estar sendo vigiado pela polícia e pelo exército e não sabemos se ele pretende voltar aqui. Neste contexto, gostaria que você restrinja, de agora em diante, os seus deslocamentos à noite na cidade, mesmo acompanhada. Está ficando muito perigoso.

E de fato, a situação de segurança continuava a se deteriorar e as liberdades dos funcionários do sistema das Nações Solidárias começaram a ser mais restritas, não se podia mais, por exemplo, ir a certos bairros e restaurantes e recomendava-se restringir as saídas de casa ou do escritório. O que era o mais inquietante para mim era aquele sentimento difuso de expectativa, angústia e ameaça. Os ânimos andavam exaltados e brigas de rua tinham virado rotina.

Apesar de toda a agitação e violência na cidade, tanto eu, quanto várias outras pessoas, sabíamos que quem corria mais perigo, no momento, era o Grão-mestre Anko Bê, seus seguidores e simpatizantes.

Mesmo nesse contexto conturbado, continuávamos, Lalaïna e eu, a viajar nos fins de semana, pois parecia que o lugar mais perigoso de se viver no momento era mesmo a capital. E, sempre tomávamos o cuidado de chegar à Antananarivo de manhã ou à tarde.

E pensando melhor, Mazden não estava tão errado assim quando definira a situação em Antananarivo como uma panela de pressão prestes a explodir, com o recrudescimento da delinquência urbana e crimes perpetrados pelo pessoal da JC. Também os enfrentamentos entre os jovens do grupo com os integrantes do KFW pareciam ficar mais frequentes e mortíferos. O governo continuava a não tomar uma atitude firme e deixava a segurança se deteriorar, o que não deixava de ser altamente preocupante.

Neste contexto, coube ao PNSQV tomar medidas drásticas para proteger o pessoal da Liga das Nações Solidárias. Um toque de recolher a partir das 21h foi decretado assim como a proibição de sair de casa a não ser para ir ao escritório, se reabastecer, ir ao hospital ou levar a cabo outras atividades essenciais.

Eu não podia deixar de lembrar de Angola, mesmo se em situação bem diferente. O pessoal do sistema na capital tinha medo e respeitava as medidas de segurança estabelecidas, perguntando-se com angústia quando o governo iria tomar medidas para assegurar condições mínimas de segurança aos seus cidadãos.

Parecia-me, que quando chegasse a este ponto, neutralizaria em primeiro lugar o grupo KFW, que estava representando uma ameaça crescente à sua autoridade pelo apoio, cada vez maior, que estava obtendo da população.

Lembrei da conversa que tinha tido a respeito com Riadh El Ouaer quando chegara a Madagascar. Ele me dissera naquela ocasião que ele não testemunharia uma ação do governo ao KFW em vista da sua partida nos próximos dias, mas que eu ainda estaria no país para assistir a um desenlace sangrento. E a probabilidade de acontecer parecia estar cada vez próxima.

Capítulo 17

O GRÃO-MESTRE SAI DE CENA

À NOITE, LALAÏNA CHEGOU PREOCUPADO, havia movimentação de para-comandos militares na cidade com blindados, armas automáticas e lança-chamas e ninguém sabia ao certo o que pretendiam. Ele estava convencido de que desta vez, o governo ia acabar com o KFW, pois a presidência tinha feito mais discursos acusando a organização de tentar um golpe contra o regime vigente e de ser um verdadeiro Estado dentro do Estado.

Amigos bem-informados tinham confirmado suas suspeitas e o tinham avisado para ficar em casa.

E Avo? perguntei preocupada. Ele está a par do risco que corre? Espero que não fique em casa esta noite.

Não, respondeu Lalaïna, não se preocupe com isso. Achamos um lugar seguro para ele ficar até sabermos exatamente as intenções do governo. Como aprecia muito o mestre Anko Bê, queria ficar no dojo — o local onde meditam e praticam artes marciais — ou na residência do Grão-mestre em Ambatomainty. Mas, aparentemente, foi o próprio Anko Bê que não quis que ficasse por uma razão sobre a qual não quis elaborar muito.

Por sua crescente associação com Anko Bê, não quero mais que ele seja tão visível quanto era antes na sua companhia. Afinal você trabalhando nas Nações Solidárias é obrigada a manter uma certa neutralidade. E não podemos esquecer que moramos em uma casa que pertence à Rivo Andriananana, um dos piores inimigos do KFW.

Eis uma obrigação que não tenho respeitado muito. Você está mais do que certo de me lembrar, respondi pensando na ajuda que prestara recentemente a Anko Bê. E você? Não corre risco? Afinal também é praticante de artes marciais.

Sim, isso é verdade, foi a resposta. Mas faz tempo que não tenho ido treinar na academia. De qualquer maneira, o pessoal que pratica Judô e Tae-Kwon-Do nunca se envolveu em arruaças e nossos mestres não tomaram partido no conflito JC/KFW.

Eu não disse nada, mas fiquei preocupada. Imaginava que para o governo qualquer adepto de artes marciais era suspeito e não devia ver grande diferença entre o Tae-Kwon-Do e o Kung Fu Wisa.

»»»»»»»»

Fui até o terraço e olhei a noite, lá fora. Era dia 31 de julho 1985 e o luar esverdeado dava um ar ameaçador. Tudo estava quieto demais, até a encosta dos ladrões, onde sempre havia muito movimento, estava morta.

Na minha terra, no interior de certas regiões quando tem um luar desta cor, dizem que não se deve sair de casa, pois lobisomens, bruxas ou maus espíritos estão à solta. E este silêncio pouco habitual também reforçava a impressão de ameaça. Creio que hoje à noite o governo vai acabar com o KFW, pensei. Fechei a janela e voltei para a sala, onde estava Lalaïna.

Se realmente o governo atacar o KFW é bem possível que amanhã não trabalhemos, disse-lhe. Meu chefe acabou de ligar antes de sua chegada. Ninguém sabe o que está acontecendo e todos estão sendo avisados para ficar em casa hoje à noite e, dependendo da situação, amanhã também.

Conversamos um pouco mais e fomos dormir. No dia seguinte, a cidade estava em ebulição, o exército tinha atacado, por ordem presidencial, o quartel do KFW, a casa e o dojo do Grão-mestre Anko Bê e estimações não oficiais fidedignas alegavam que pelo menos 60 pessoas tinham sido mortas, entre as quais figurava o líder do movimento. Havia relatos de que todo um armamento pesado tinha sido usado contra jovens que estavam equipados apenas de armas brancas. Civis tinham sido queimados vivos por lança-chamas ou mortos nas suas residências.

Fiquei pesarosa. São sempre os bons que desaparecem em primeiro lugar, pensei. Pelo que entendi de muita gente confiável, Anko Bê ainda tinha uma grande contribuição a dar ao povo e eu mesma pude verificar que se tratava de uma pessoa de exceção. Enquanto inúteis gananciosos como o atual presidente e sua corja de súditos corruptos estão bem vivos e presentes, dando ordens para massacrar a população. Bem que Lalaïna me fala que o país está à deriva faz muito tempo e não há perspectiva de melhora no horizonte. Suspirei enquanto revia o Grão-mestre aquele dia em casa, calmo, poderoso, agradecendo pela ajuda.

No dia seguinte, o PNSQV achou preferível decretar feriado, pois havia ainda muita movimentação de militares na cidade. O objetivo, agora declarado, do governo era colocar um termo definitivo ao conflito JC/KFW ou, melhor dizendo, aniquilar o KFW.

O bairro de Ampamarinana estava parcialmente interditado e Lalaïna tinha saído à procura de notícias. Eu dispunha de tudo o que precisava para almoçar e jantar sem precisar fazer compras adicionais. Mas se faltasse algo, era só sair, o mercado à minha porta continuava a funcionar normalmente.

O tempo passava e alguns amigos malgaxes vieram me dar notícias, membros do Kung Fu Wisa continuavam a ser presos em diferentes pontos da cidade, mas, provavelmente, já amanhã a situação se normalizaria e poderíamos retomar à rotina.

Pensava em tudo o que acabava de acontecer enquanto preparava o jantar. O meu namorado ligara para avisar que talvez não voltasse para casa hoje e pernoitaria na residência de sua mãe. Acontecimentos imprevistos tinham ocorrido naquela vizinhança. Estava tudo bem com ele e sua família e tinha informações de que eu estava perfeitamente segura em Ampamarinana. Ele só me pedia de ficar em casa.

Acabei de jantar e fui lavar a louça, quando ouvi tocar a campainha de casa. Eram peritos de um dos projetos financiados pelo PNSQV e estavam bem nervosos, acabavam de retornar da província e no caminho de casa foram parados pela polícia militar e um dos colegas fora levado à delegacia de Ampamarinana. Tinham medo de lá ir sozinhos e vinham me pedir ajuda.

Refleti um instante, precisava imediatamente retirar o colega daquele lugar. Quando exército e polícia estão em ação e nervosos, não era boa ideia em país nenhum cair em suas mãos, pois todos os abusos são possíveis. Sabia, todavia, que não era muito recomendável a uma mulher de ir ao posto de polícia sozinha, sobretudo naquele momento. Mas não queria chamar Hery, que morava longe, só para isso.

A delegacia de Ampamarinana não era muito distante de casa e resolvi ir até lá com os outros peritos e de só chamar o chefe dos serviços gerais, caso não conseguisse libertar o colega preso. Levei minha identidade e o passaporte diplomático, que era altamente respeitado no país e fomos os três para lá.

Havia muitos malgaxes presos sendo interrogados e perguntei se poderia falar com o responsável. As pessoas ficaram espantadas com a minha tranquilidade e depois de me ter apresentado, mandaram me sentar e foram chamar o delegado.

≫≫≫≫≫≫≫≫

> Não demorou muito e um homem
> de meia-idade, alto, moreno claro, com tipo bem
> *merina*, emergiu de uma das salas e veio ao meu
> encontro. Estendeu-me a mão.

Boa noite, Sra. de Val d'Or. É um prazer conhecê-la pessoalmente. O que posso fazer pela senhora à esta hora da noite?

Boa noite, delegado. Vejo que está com bastante trabalho e não quero incomodá-lo por muito tempo. Mas os seus homens prenderam hoje à noite o Sr. Matthieu Rocaille, um dos peritos de um projeto PNSQV, que estava voltando da província com dois dos seus colegas. Gostaria de saber do que foi acusado e se pode ser liberado esta noite ainda. Peritos das Nações Solidárias nunca são levados a delegacias e jogados na prisão assim sem mais nem menos.

A senhora tem razão. Os meus homens não sabiam quem era o Sr. Rocaille, acharam o seu comportamento suspeito e o prenderam por engano. Mesmo se tem um nome francês, é muito parecido fisicamente com um malgaxe e, para piorar as coisas, tem muitas semelhanças físicas com um dos chefes Kung Fu Wisa, que estamos tentando capturar. Foi um erro, sem dúvida. Mas a senhora sabe que as pessoas andam meio nervosas, nesses tempos e não tomam as devidas precauções. Já vou mandar soltá-lo. Peço-lhe desculpas pelo incômodo, pois imagino que os colegas a tiraram de casa a esta hora só para resolver esta questão.

Quero agradecer a sua cooperação delegado, mas como sabe o meu nome? Perguntei com um certo espanto.

O delegado caiu em uma gargalhada gostosa, conhecemos bem a senhora mesmo se não sabe disso. Sabemos o seu nome, onde trabalha, onde mora. Também a vemos muitas vezes andar a pé no bairro. Por último, sabemos que goza de uma reputação de integridade que infelizmente a maior parte dos seus colegas internacionais não têm. Nunca é vista trocando dinheiro no mercado negro, nem tentando tirar de Madagascar objetos de arte confeccionados com ossos de dinossauro ou carros dos anos 20. Também sabemos que se recusou a alugar o apartamento do *karana* Singh por ele ter pedido o aluguel em francos franceses, o que é contra a lei, como bem sabe. Para sua informação, estamos sempre de olho para saber o que fazem os estrangeiros na nossa terra.

Impressionada, eu agradeci, cansada. Tão logo o Sr. Rocaille emergiu, um pouco assustado com a aventura, entramos todos no carro e me levaram para casa. Eles me perguntaram o que estava acontecendo em Antananarivo e dei as últimas notícias. Durante o trajeto, perguntei aos peritos a que exatamente o delegado se referiu quando falara de exportação ilegal de ossos de dinossauro e de veículos dos anos 20.

Matthieu Rocaille, já recomposto do susto, deu risada. De fato, Madagascar é um país muito particular. Existe aqui uma profusão de carros antigos, que datam dos anos 20 e até antes disso, que podem ser comprados, mas não podem ser exportados, pois são considerados patrimônio nacional. Mas sempre há quem os desmonte e tenta exportá-los por mar, estocados em caixas.

Também em virtude da formação de Madagascar, tem aqui uma enorme variedade de ossadas de animais pré-históricos de todos os tamanhos e jeitos, que também são considerados patrimônio nacional. Mas aí ainda tem pessoas sem muitos escrúpulos, entre as quais podemos incluir o embaixador anterior da Grã-Bretanha, que adquirem ilegalmente jogos de xadrez de grande beleza, que são confeccionados com os ossos. A senhora pode não acreditar, mas após terem sido trabalhados e polidos, adquirem uma coloração âmbar maravilhosa e se transformam em verdadeiras obras de arte.

E o que foi que aconteceu com o embaixador da Grã-Bretanha? Perguntei.

Bem, ele passou por uma grande vergonha, foi a resposta. Tentou tirar do país por navio, vários jogos de xadrez esculpidos nos ossos de dinossauros. E quando estava para embarcar, a bagagem foi revistada, os jogos de xadrez identificados e imediatamente confiscados. Mesmo sabendo que estava infringindo a lei, o embaixador se queixou ao seu país dizendo que fora submetido a uma perquisição vexaminosa no porto. Mas os superiores resolveram investigar mais a fundo e acabaram descobrindo o que realmente tinha acontecido. E apresentaram um pedido de desculpas ao governo pela indelicadeza e o embaixador sofreu sanções.

Quando cheguei em casa, agradeci e pedi que fossem imediatamente para suas respectivas residências: não era boa ideia circular na cidade a esta hora, sobretudo neste momento.

Entrei em casa aliviada. Henrik ligou para avisar que o trabalho seria normal no dia seguinte e pedindo para eu informar todos os funcionários do PNSQV.

Lalaïna apareceu no dia seguinte para tomar café da manhã. Queria saber como eu tinha passado a noite. Discutimos rapidamente o que acabava de acontecer e notei que ele estava muito pesaroso.

É, disse-me ele. Eu, hoje, como muitos malgaxes, estou de luto. Anota o que eu estou falando, este ataque sangrento e desnecessário vai acarretar um divórcio definitivo entre a população da capital e o presidente. Anko Bê era um pouco o nosso Robin Hood. Ele próprio e seus adeptos sempre defenderam a população contra os abusos do JC e as autoridades nada faziam para protegê-la.

Muitas vezes cometeram abusos e incorreram em erros que o governo usou para alegar que o KFW estava na realidade fomentando um golpe. A filosofia e espiritualidade do Kung Fu Wisa estão profundamente entranhados e não é este massacre sem sentido que vai aniquilá-los. Estou convencido que depois desta chacina, o presidente não conseguirá se manter por muito mais tempo no poder.

Lembra da nossa conversa em que eu lhe disse que o nosso país estava à deriva? Pois então, esse magnífico micro continente malgaxe abençoado pelos deuses está sendo sistematicamente saqueado e destruído e nada indica que teremos uma resposta efetiva e sustentável para colocar um termo aos abusos. Nossa luz no fundo do túnel era Anko Bê e ela acaba de ser apagada com brutalidade. Repito mais uma vez, estamos em um barco sem governo que deriva ao sabor das correntes até que seja lançado sobre escolhos e mergulhe nas profundezas oceânicas com as 18 etnias malgaxes a bordo.

≫≫≫≫≫≫≫

Escutei pesarosa. Lalaïna parecia muito afetado com as notícias. Limitei-me a dar-lhe um forte abraço. Conversaríamos mais à noite.

Fui ver os colegas e conversar um pouco com eles, sem opinar sobre os acontecimentos ligados ao KFW. Depois de algum tempo, fui ver Henrik para informá-lo sobre o que tinha acontecido na véspera. Ele disse que o escritório inteiro estava a par da minha façanha e estavam todos muito orgulhosos de mim.

Capítulo 18

UM ACONTECIMENTO INFELIZ

Passaram-se vários dias depois da morte do Grão-mestre e seus discípulos, quando o Sr. Rocaille veio me ver. Acabava de voltar de Fianarantsoa e tinha um presentinho para mim. Já fazia tempo que ele ensaiava me dar alguma coisa cara e bonita para agradecer a ajuda quando foi preso.

Ele era um bom jogador de cartas e animava todas as festas e encontros sociais com essa paixão, partilhada por muitos expatriados e também alguns malgaxes. Tinha a reputação de passar o fim de semana jogando a dinheiro com um grupo de pessoas tão loucas por cartas quanto ele e parecia que as apostas podiam chegar a montantes elevados. Era mais do que evidente para ele, de que eu devia gostar de cartas, pois, a seus olhos, era impossível alguém não gostar delas. Portanto, tão logo regressou do Sul, trouxe para mim um baralho.

As cartas, desenhadas por um artista malgaxe com as lendas e histórias da terra eram lindas e muito originais, se encontravam em uma caixinha primorosamente entalhada de palissandre — uma madeira preciosa local parecida com o jacarandá brasileiro. Era um presente muito bonito e que devia ter custado uma fortuna.

Agradeci a prenda, que era de fato linda e fiquei sobretudo sensibilizada pela atenção. Não achei indispensável dizer que, além de não jogar, tinha horror a cartas, depois de ter visto vários amigos queridos se arruinarem no vício. Como não ia demorar para voltar para casa, coloquei o baralho na bolsa e acabei me esquecendo dele.

Cerca de uma semana depois da festa de aniversário, Enzo parecia ter chegado de mau humor, andava de cenho carregado e eu o tinha ouvido gritar repetidas vezes na seção do programa. Suspirei. Este breve respiro de paz do qual o escritório desfrutava já fazia algum tempo, não tinha como durar muito, o pessoal ia novamente voltar para casa estressado com as broncas do chefe temperamental.

Por volta das 9h, Meva, a secretária de Perella, veio avisar, sem graça, que ele queria convocar em dez minutos uma reunião na sala de conferência, eu e os três chefes de setor pois tinha de nos falar imperativamente. Avisou-me também em voz baixa que ele estava de péssimo humor.

》》》》》》》》

Fomos para a sala de reunião no horário marcado e cerca de cinco minutos depois, o chefe supremo irrompeu, vermelho, descontrolado. Até parecia ter dificuldade para respirar.

A conversa que tivemos ia ficar um bom tempo na cabeça de todos nós. Aparentemente, segundo ele, gente que tinha ido à sua festa havia feito fofocas maldosas sobre a sua casa, sua esposa e exigia saber quem era o propagador de tais rumores.

Sabia de boa fonte que era uma pessoa da administração a responsável pelos comentários e exigia que o(a) culpado(a) se denunciasse imediatamente. Tentei controlar a indignação e tomei a palavra para perguntar se tinha provas concretas que incriminassem alguém da minha seção e justificassem o fato de fazer este tipo de acusação com tanta certeza.

Perella recusou-se a responder, ficou ainda mais vermelho e, de repente, descontrolou-se de vez e desandou a gritar com toda a força dos seus pulmões. As suas mãos tremiam e a voz parecia se quebrar em gritos de mil pontas, que feriam tanto pelo volume quanto pelo significado das palavras, que vinham montadas neles. Parecia ter ficado completamente irracional e fiquei com medo dele enfartar.

Todos estávamos em silêncio e não acreditando que o representante residente do PNSQV e o coordenador do sistema das Nações Solidárias, no país, se entregasse a uma demonstração de falta de controle tão lamentável.

Quando ficou rouco de tanto gritar e não sabendo mais como se portar frente à uma assembleia muda, que se limitava a olhá-lo com um desprezo crescente, Perella levantou-se e saiu da sala, xingando em dialeto napolitano, não sem antes bater a porta com tamanha violência que ela emperrou.

Consternados e indignados, nós nos entreolhamos.

Calma, pessoal, disse, tentando dissimular os meus próprios sentimentos. Fiquem tranquilos. No que me diz respeito, não me sinto atingida por nada do que o Enzo falou, porque no estado em que se encontrava, acho que em momento algum tenha pesado o que nos disse. Além do mais, tenho certeza de que as fofocas às quais faz alusão não foram lançadas pelo nosso setor. Tem certamente um mal-entendido que vou esclarecer mais tarde. No momento, a única coisa a fazer é esperar. Meva já chamou um profissional para abrir a porta. Estaremos fora daqui brevemente.

Perguntava-me com alguma aflição o que poderia fazer para alegrar um pouco os colegas, petrificados, que me olhavam com cara de enterro. E de repente, lembrei que ainda tinha na bolsa o baralho que Matthieu Rocaille me dera.

Olhei sorridente para meus colegas: bom, já que vamos ficar aqui algum tempo, precisamos nos distrair. A propósito, tenho aqui um baralho. Alguém vai querer jogar cartas comigo?

Depois de um momento de surpresa, os três começaram a rir e quiseram jogar, nem que fosse para aliviar a tensão. E quando cerca de uma hora depois o serralheiro conseguiu abrir a porta, a primeira pessoa que vimos atrás dela era Henrik Toyberg, muito pálido e consternado.

Ficou estupefato quando nos viu, sentados ao redor da mesa, relaxados e sorridentes, jogando cartas e nos divertindo uns com os outros, enquanto Perella ainda esbravejava lá em cima contra o país e seus colegas.

A raiva acabou se amainando, mas ele nunca voltou a ser tão cordial como antes com o pessoal da administração. Ele sentia-se traído, estava certo de que os rumores provinham da minha seção, mesmo se não tivesse provas e ficou ressentido. Considerava que a sua confiança fora traída.

Do lado da administração também houve uma reação contra a humilhação imposta e uma fratura se instalou entre os colegas da administração e o chefe, que nem os esforços de Toyberg e os meus conseguiram sanar. O respeito que as pessoas sentiam pelo representante residente e coordenador do sistema se tinha definitivamente perdido, mesmo que mantivessem as aparências.

Muito tempo depois e por um mero acaso, descobri que as fofocas que tinham desencadeado tamanha fúria, haviam sido originadas por Hanta, aquela colega do programa, responsável pelo setor de bolsas. Partilhei a informação com Henrik, mesmo que, à esta altura, nada mais havia a fazer para remediar o trincamento das relações.

E vingativos como sabia que os malgaxes podiam ser, já imaginava que este fato teria a sua importância no dia em que as autoridades nacionais estivessem inclinadas a declarar Enzo Perella *persona non grata* no país. Pensava mais particularmente em Hery, cuja opinião era sempre levada em consideração pelas altas rodas governamentais no que dizia respeito a todos os assuntos ligados ao PNSQV.

Alguns dias depois, quando Henrik e eu estávamos discutindo o meu programa do dia, perguntei se Enzo se tinha acalmado um pouco com aquelas histórias de fofocas ou se continuava furioso com o pessoal da administração. Notei que ele continuava distante do pessoal da seção, mas no corredor hoje de manhã, tinha me cumprimentado amavelmente e até perguntou como estava.

Henrik deu risada. Enzo tem um bom coração e se preocupa com os outros, mesmo sendo muito colérico. No caso da bronca, que foi dar na administração, está bem envergonhado pelo papelão do outro dia. Sei que Meva o informou confidencialmente sobre a identidade da colega que lançou as fofocas que tanto o atingiram e confirmou que não trabalha na administração.

Mas ele é orgulhoso demais para reconhecer que errou e pedir desculpas a você e aos chefes de setor, o que acho pessoalmente uma pena. Seria talvez a única maneira inteligente de resgatar o respeito do pessoal e evitar vinganças futuras por parte dos malgaxes que humilhou desnecessariamente.

Mas este é apenas um dos problemas que ele está encontrando no desempenho de suas funções: o principal deles reside no fato de que não está conseguindo se entrosar com o governo de jeito nenhum. É a água e o fogo, as autoridades nacionais fazem de tudo para não o ver.

Quando são obrigadas, tratam-no com grande frieza sem deixar de ser perfeitamente corteses. É muito desagradável. Quando vou vê-las sozinho, o relacionamento é bem melhor, sempre dão um jeito de deixar claro o seu desafeto pelo Enzo. Ele é muito rígido e quer moralizar tudo à sua volta, o que é impossível fazer em um país tão corrupto quanto o nosso. Continua focado obsessivamente na questão de pôr ordem na utilização de veículos tanto das representações quanto dos projetos, o que como sabe, é dinamite. Também tem muitas dificuldades de relacionamento com certas agências do sistema como com o MSF cujo representante, Alessandro "Sandro" Visconti, é um conterrâneo seu, um florentino aristocrata, requintado e cultíssimo.

Sandro, como sabe, é casado com uma malgaxe e se dá muito bem com as autoridades nacionais com as quais se diverte, colocando ênfase particular na rusticidade de Enzo com sua proverbial falta de tato e sutileza. Digo a você porque sei que está a par dos conflitos que opõem os dois e é discreta. Mas vejo aos poucos, nuvens começando a se concentrar sobre a cabeça do nosso chefe e tenho dúvidas de que consiga terminar o seu mandato de representante residente em Madagascar.

    Queimadas e culturas realizadas sobre queimadas continuavam.

Capítulo 19

CARRO E JANTAR DE HONRA

Eu estava radiante. Acabara de ser notificada de que, depois de muitos atrasos, o meu carro chegara ao porto de Toamasina. Fui falar com Lalaïna e resolvemos descer para o porto com um carro do escritório e Tahadray, o motorista responsável por todos os desembaraços aduaneiros do escritório.

Nunca tinha ido à costa leste antes e tinha medo de tomar banho naquelas praias depois da morte de Lucie. Parece que no passado, os habitantes tinham construído matadouros no topo de morros e jogado ao mar todas as partes do boi que não utilizavam. Aos poucos, cardumes de tubarões famintos adquiriram o hábito de conseguir a refeição cotidiana e, mesmo depois dos matadouros terem sido desativados, continuaram bem perto da costa.

E, de fato, na região de Toamasina, era só entrar na água até a batata da perna e andar um pouco, que imediatamente se distinguia uma barbatana emergindo e um daqueles animais se aproximava para ver qual era o cardápio do dia.

A viagem de descida da capital para o porto era muito bonita. Notava-se claramente, além da pobreza, as consequências do desmatamento praticado na região, como aliás no país todo. Queimadas e culturas realizadas sobre queimadas continuavam a eliminar um número elevado de quilômetros quadrados de floresta por ano, segundo o que Lalaïna me tinha dito. E os efeitos desta exploração predatória, aliada à demografia galopante estavam muito visíveis, a erosão parecia morder e arrancar pedaços das colinas e vales deixando voçorocas cavadas pela água e pelo vento chamadas localmente de *lavakas*, que expunham o vermelho da laterita — aquela crosta dura vermelha que cobre o solo desprovido de nutrientes.

»»»»»»»»

Eu tinha visto nos livros de geografia mais antigos que Madagascar era apresentado naquela época como uma ilha verde. Agora vendo a paisagem, entendia cada vez melhor porque hoje era cada vez mais frequente ser chamado de Ilha Vermelha.

A serra, com declividades abruptas, típicas da costa leste, era coberta por uma floresta tropical bastante deteriorada, mas ainda bela onde existiam uma multiplicidade de cachoeiras.

As ravinalas, que mais parecem ser grandes bananeiras que se abrem em forma de leque, além da beleza, também têm uma função utilitária, pois os troncos representam uma maravilhosa reserva de água pura. As folhas são utilizadas como material de construção e a gordura do caule também é aproveitada. Este tipo de bananeira é tão comum que até virou símbolo do país e é chamada de árvore-do-viajante. Também fiquei maravilhada com a fantástica palmeira ráfia, que também exibe a sua imponência na floresta com longas folhas que podem atingir o tamanho exagerado de um metro e vinte de comprimento.

Logo chegamos à costa. Parecia ser estreita e coberta de capim alto e uma vegetação secundária degradada com um tipo de coqueiro particular, baixo e troncudo, que se intercalava com áreas de mangue e riachos, que desaguam no mar.

Toamasina é capital do leste malgaxe situada em pleno país *betsimisaraka* (aqueles que nunca se separam — uma etnia costeira importante, com 15% da população, também berço do presidente da república). Situa-se pertinho do canal de Pangalanes, que é um eixo importante de transporte de mercadorias ao longo da costa. É o maior porto de Madagascar e exporta os produtos das culturas comerciais da região como baunilha, cravo e café.

Chegando à cidade, fiquei impressionada pelo incrível número de *pousse-pousses* ou riquixás.

Eu morria de vontade de dar uma volta, mas logo desisti, Lalaïna e eu estávamos pensando no próximo feriado prolongado de voltar para Toamasina. Então talvez fosse uma melhor ideia descobrir depois todas as belezas e delícias da cidade.

Muito bonita e exótica, a cidade tinha forte influência oriental presente, tanto nas feições da população, quanto na sua arquitetura. Quando conversei com Lalaïna, ele me disse que o meu sentimento era correto, a urbe abrigava importantes comunidades chinesa cantonesa e indo-paquistanesa que tinham dado as feições orientais pitorescas.

Indo à alfândega do porto, passamos pela praia grande da cidade e imediatamente lembrei de Lucie. Se o local era belíssimo, nunca me passaria pela cabeça entrar na água, as ondas eram muito grandes, o mar agitadíssimo e, pelo que Lalaïna dizia, tinha fama de ser imprópria para banho pela presença de escolhos, redemoinhos, correntes fortes e, sobretudo, da presença maciça de tubarões.

Como é que Lucie arranjou coragem para entrar? Pensei vendo aquele mar furioso. Realmente, como aquela moça da recepção do hotel Colbert falou, ela foi mesmo muito imprudente.

Quando chegamos ao destino, Tahadray e Lalaïna foram conversar com os responsáveis da alfândega. Meu namorado voltou contrariado. Aparentemente houve um incidente com o seu carro, disse-me ele. Quando o desembarcaram, quiseram ligar o motor para levá-lo à alfândega e ele se incendiou. Calma! Não é muito grave, o incêndio foi imediatamente controlado, o motor não foi atingido, mas não conseguiram impedir o fogo de escurecer a parte interna do capô.

Foi o roubo de uma peça importante do veículo durante a travessia que desencadeou o incêndio. É mais prudente trazê-lo até Antananarivo por caminhão para que não sofra danos adicionais até que a peça tenha sido substituída e que ele tenha passado por uma vistoria completa. Conheço um bom mecânico, o Sr. Yu Wang Tchou, que aliás mora pertinho da nossa rua. Além de ser muito competente, sei que tem em estoque a peça do carro de que precisamos. Ainda bem que o seu chefe quis que você descesse com um motorista do escritório, que conhece bem as autoridades do porto. Facilitou muito a tarefa, ele sabe das manhas do pessoal.

Já está tomando providências para arranjar um caminhão e parece que o veículo estará em Antananarivo em dois dias. Eu já lhe dei o endereço do mecânico chinês que, coincidentemente, é também usado pelo PNSQV. Agora é só voltar para a capital e esperar.

Tahadray, enquanto falávamos, examinou o carro e confirmou que o único problema que apresentava era o roubo da peça e o começo de incêndio, que danificara a parte interna do capô.

Tirando isso, ele está ótimo, novinho em folha e é deste ano, tinha me dito o rapaz. É um carro muito disputado aqui por sua robustez e qualidade. A senhora poderá vendê-lo por um bom preço quando for embora.

Voltamos desapontados para Antananarivo e, como o motorista PNSQV nos tinha dito, o carro chegou no mecânico chinês no prazo previsto.

Alguns dias depois, fomos os dois à oficina do Sr. Yu, que estava fazendo a última revisão do carro.

Ele está em perfeito estado de funcionamento, não pude tirar completamente a mancha escura de queimado da parte interna do capô. Mas como podem ver, ela diminuiu bastante e não dá para perceber nada por fora. Podem ficar sossegados que o incêndio não teve outras implicações. Gostaria também de agradecer a preferência.

>>>>>>>>>

Na hora em que estávamos para nos retirar, o Sr. Yu convidou-nos para um jantar exótico típico da sua região de origem, na China, em que são servidos oito pratos.

Agradecemos o convite e quando estávamos voltando para casa, perguntei a Lalaïna, um pouco preocupada, se ele sabia quais eram os ingredientes do jantar típico chinês. Ele sabia que o cardápio era exótico, mas não soube — ou não quis — dizer. Apenas frisou que o jantar de oito pratos era uma grande homenagem e só era preparado para pessoas muito importantes.

Na noite do jantar, fomos a pé para a casa do Sr. Yu, contígua à oficina, onde fomos recebidos, muito amigavelmente pelo casal. Enquanto estávamos em um vasto corredor que ligava a oficina à casa, notei toda uma série de pregos no muro.

O mecânico sorriu, ah, a senhora está reparando nos pregos? É neles que colocamos as cobras para relaxar. E deu uma risadinha enquanto nos abria a porta.

Entrei perplexa sem entender como as cobras podiam relaxar em cima de pregos, será que são cobras faquires? O faquir é um termo iraniano que designa um asceta que executa fatos de resistência ou de suposta magia, como caminhar sobre fogo, engolir espadas ou deitar-se sobre pregos. Mas não pedi esclarecimentos. Foi a esposa do mecânico que me deu a resposta de que precisava.

Querido, a Sra. de Val d'Or não deve ter entendido muito bem o que disse. Ela é brasileira e imagino que não deva existir a iguaria na sua terra. Pois, então, deixe-me explicar, penduramos as cobras de cabeça para baixo, presas no prego pelo ânus, para que fiquem bem esticadas antes de prepará-las. É isso que o meu marido quis dizer.

Agradeci a explicação e dei uma olhada preocupada ao meu namorado. Depois de cerca de meia hora e após termos provado uma infinidade de petiscos, a anfitriã levantou-se e foi para cozinha, deixando o seu esposo nos entreter. Logo passamos à mesa.

O primeiro prato era uma sopa onde flutuavam rodelas finamente cortadas de uma carne branca, perfumada por pétalas de crisântemo e outros condimentos. A mistura era saborosa e logo entendi que era melhor tomar a sopa e só perguntar depois os ingredientes.

O anfitrião sorriu: vejo que parecem ter gostado da sopa. Chama-se ta-pin-lou. É realmente muito boa e é preparada com rodelas de carne de cobra, pétalas de crisântemo e diferentes temperos que dão esta cor dourada, explicou ele.

Sorrimos educadamente, perguntando-nos com certa apreensão qual seria o próximo prato. Imediatamente depois, foi servido algo pequeno, cortado em pedaços, onde, ao lado do que devia ser a parte central de um corpinho rechonchudo, havia umas asinhas que pareciam ser de frango, apesar de serem mais largas e mais compridas. Eu estava certa de que devia ser algum tipo de avezinha, à qual os temperos davam um gosto diferente, mas, que de certa forma lembrava frango.

Quando a anfitriã levantou-se para retirar os pratos, ela sorriu e disse que era uma iguaria malgaxe, basicamente composta de morceguinhos frugíveros assados, depois de terem sido marinados por algum tempo em uma mistura especial de temperos e especiarias para abrandar o gosto muito forte.

Em seguida vieram outras travessas lindamente apresentadas. Aliviada, eu pensava que o pior já devia ter passado, pois agora iríamos provavelmente comer frango, peixe, porco, carne de vaca, pato e quem sabe lagarto, pois já tinha visto com frequência nos mercados aqueles lagartões de beira-mar, dos quais gostava muito.

E não me tinha enganado, todas as melhores partes das carnes nas quais havia pensado foram servidas. O último prato, peitos de pato salgados servidos com arroz e legumes ao vapor, estava particularmente gostoso.

Realmente, estava mais do que comprovado que a anfitriã era uma cozinheira de mão cheia, conseguia trazer à tona o melhor das carnes e as realçava agradavelmente com toda a variedade de temperos malgaxes e chineses, fartamente disponíveis na ilha.

Quando chegou a sobremesa, tanto Lalaïna, quanto eu, não conseguíamos mais comer nada. Uma grande travessa de lichias e um bom chá veio nos ajudar a digerir.

Conversamos ainda um bocado de tempo com o casal, estávamos comovidos com a homenagem, considerando o custo daquele banquete e o tempo investido na preparação. E bem mais tarde, após muitos agradecimentos, tivemos a alegria de voltar para casa no carrinho que estava maravilhoso.

Capítulo 20

VIAGEM AO PARAÍSO

Agora que estávamos motorizados, resolvemos viajar pelo país. Lalaïna sugeriu que eu tirasse uns dias de férias para prolongar o feriado de quatro dias, na semana seguinte, para irmos à praia em um local de sonho que se chama Mahambo.

Segundo Lalaïna, parecia-se estar na Jamaica ou no Tahiti e as praias eram de uma singular beleza com águas azul turquesa e muitos coqueiros.

Para ir à Mahambo devíamos passar por Toamasina de novo e, desta vez, resolvi visitar um pouco a cidade. Entre suas características particulares havia os riquixás que já havia visto e nos quais eu queria andar. Portanto, resolvemos passar lá uma manhã e sair à tarde para Mahambo.

A descida de Antananarivo para a costa já tinha chamado muito a atenção a primeira vez e estava feliz de rever esta singular beleza da serra. Assim, olhava encantada para os coqueiros de diferentes tipos, cachoeiras e árvores exóticas, entre outras maravilhas.

Chegando em Toamasina, fizemos um breve tour pela cidade e pude enfim andar de riquixá, em um lugar plano, pois fiquei com dó do homem, achava que era muito pesada para fazê-lo subir uma encosta até a praça principal. Fomos depois ao museu do porto, com muitas fotos e diversos objetos dos séculos XVIII e XIX que contavam a história do porto e fomos almoçar.

»»»»»»»»

Estávamos saindo do museu em direção à costa norte, quando vi Hery saindo de um hotel de luxo acompanhado por Antra. Fiquei sem voz e olhei interrogativamente para Lalaïna.

É, você está entendendo direito o que viu, respondeu ele, enquanto acelerava o carro para se afastar o mais rápido possível. Antra aproveita as viagens de trabalho de Salava para as ilhas da Reunião e Maurício, para fazer excursões românticas com Hery em Toamasina. E o Hery não é o único amante que tem. Parece, minha querida, que sua secretária gosta muito de sexo e o coitado do Salava precisa cumprir, toda santa noite, o dever conjugal. Ele me confessou que se não quer ou não pode, ela vai procurar sexo fora de casa. Aliás, dizem as más línguas que até o Didier Lorgeay — aquele seu perito MSF insuportável — foi seu amante por algum tempo. Ela o deixou depois de quase tê-lo arruinado com suas extravagâncias. Antra gosta de luxo.

Mas será que Salava desconfia do que a esposa anda fazendo durante as suas viagens no exterior? Perguntei.

Não sei. Acho que sabiamente prefere não perguntar à esposa o que faz para aplacar a incrível necessidade de sexo quando ele está viajando, com o único intuito de manter o casamento, foi a resposta. Se tivesse certeza de que ela é infiel, certamente me teria dito alguma coisa e também teria sido obrigado a tomar uma atitude. Mas ninguém vai falar nada, pois fingir que não vê e não sabe de nada é muito conveniente para todos. A família de Hery é muito poderosa e a de Antra não fica muito atrás. Esta também é a razão pela qual Hanta a detesta e fica caladinha quando assuntos referentes à sua secretária vem à baila. Ela sabe que é do Sul, está portanto longe do seu grupo, enquanto que a secretária assistente do pessoal é *merina* de Antananarivo e bem presente. Se Antra quisesse se vingar de Hanta, seria muito fácil fazer, pois conhece tudo e todos na capital.

Reconheço que Antra tem muita personalidade e um gênio difícil, mas não a via como uma Messalina. Mas já tinha notado que ela dá de vez em quando olhadas para representantes do sexo masculino que não convidam exatamente para ir à missa. Imaginei na minha inocência que ficasse no nível da provocação, ri. Você fez muito bem de não deixá-los nos ver. Teria acarretado situações embaraçosas no escritório e, sobretudo quando formos os dois a Ambohipú ver Antra e Salava.

Mudamos o assunto da conversa e fomos visitar o parque Ravinotra onde havia uma variedade de animais entre os quais lêmures. Os lêmures são um grupo de primatas espalhados pela ilha e pelo que Lalaïna me contava, devia ter mais de 60 espécies no país, muitas delas ameaçadas de extinção pela ação antrópica.

Naquele parque havia um grande número deles e me enterneci vendo muitas mães lêmures, carregando os seus filhotes nas costas. Eram mansos, curiosos e logo achegaram-se para ver se tínhamos algo a lhes dar de comer. Pude então observá-los melhor: era uma espécie diferente de macaco e tinham longas caudas aneladas que os ajudavam a manter a estabilidade nos incríveis pulos que davam de árvore em árvore. Andavam nas patas traseiras, saltitando e eram muito belos. Fiquei particularmente impressionada pelas espécies *aye-aye* e *indri*.

O lêmure *aye-aye* é um animal tão improvável quanto o ornitorrinco oceânico pois parece ser uma combinação de partes de animais diferentes: parece um gato com cabeça de fuinha e olhos de morcego, dentes de roedor e mãozinhas pretas parecendo garras. Tem fama de ser muito inteligente e se alimenta de larvas escondidas dentro de troncos e frutas.

O *indri* por sua vez, é o maior tipo de lêmure: é preto e branco e famoso por causa do seu rabo inquieto que faz um barulho parecido com o chamado das baleias.

Então, gostou dos nossos "espíritos das florestas"? Perguntou-me Lalaïna, notando o quanto estava deslumbrada com todos aqueles seres saltitantes que me rodeavam.

Essa é a apelação que damos aos lêmures aqui. E as queimadas e desmatamentos estão matando os nossos "espíritos da floresta". As nossas florestas correm o risco de morrer duas vezes: primeiro com a morte das árvores e depois com a morte dos lêmures. Eles são tão representativos da terra quanto os zebus e se tivesse mais espaço na nossa bandeira, aposto que um lêmure também teria sido representado ao lado do boi.

Rimos os dois e, após mais algum tempo, fomos para outra reserva vizinha que abrigava cerca de cem mil palmeiras e orquídeas maravilhosas.

Sorri interiormente enquanto olhava as flores, o meu pai tinha uma verdadeira paixão por orquídeas e mandara vir a São Paulo muitas espécies exóticas de lugares distantes, talvez até do próprio Madagascar.

Seguimos depois para Mahambo e de fato, o sítio era excepcional e o lugar paradisíaco. Tratava-se de um bangalô construído metade em madeira e metade em fibras vegetais, com telhado de uma variedade de sapé, terraço e jardim individuais, cheios de flores. Tão logo trouxeram as malas, fomos nos trocar rapidamente para ir à praia.

O mar estava calmo, com areia branca e pequenas ondas e não parecia ter correnteza. Nada a ver com o mar furioso de Toamasina. Se Lalaïna já tinha entrado na água e estava se divertindo pulando ondas, eu, desconfiada, olhava para todos os lados, tentando me assegurar que não havia barbatanas suspeitas emergindo da água.

»»»»»»»

Para com isso e venha aqui, junto de mim.
A água está uma delícia! gritou Lalaïna.

Há um grande recife que isola a praia do alto mar e é intransponível para os tubarões. Está tudo bem. Você acha que tenho vocação para o suicídio?

Entrei na água mais fundo e fui nadar um pouco. O tempo estava maravilhoso e a água morninha. Brincamos muito no mar e depois fomos dar um passeio pela praia. Não parecia em nada com as praias que eu conhecia. Parecia mais mesmo ser uma praia saída de um cartão postal do Tahiti ou de alguma região vizinha em vista da cor da água. Eu nunca tinha visto, nem no Brasil e nem em Angola, esta coloração turquesa. E os bangalôs, assim como os quiosques lembravam muito as construções orientais de beira-mar, que vira em fotos da Indonésia ou Filipinas nas agências de viagem e em filmes.

Nos dias seguintes, resolvemos explorar mais a costa ao norte até chegarmos em um local, perto de Mahavelona onde havia um grande penhasco que dominava a baía. Havia muitas pessoas aglomeradas ali, que olhavam para o mar e pareciam estar fazendo apostas.

Capítulo 21

APOSTAS

Acontecia alguma coisa lá embaixo, nas águas transparentes e calmas da baía na qual vários rios vinham desaguar.

Um dos homens locais, respeitosamente, acomodou-me em um lugar de onde dava para ver perfeitamente o que se passava.

A senhora é francesa? Perguntou ele.

Metade, ri. Meu pai é francês e minha mãe brasileira.

Então, preste bem atenção no que vai ver, disse-me. Creio que só verá esta cena aqui. Os animais estão no momento se estudando e vão combater. Aquele ali é um crocodilo marinho. É o maior da espécie e o mais feroz e territorial. E do lado oposto, temos um tubarão de grande porte. Os dois têm mais ou menos a mesma força e sempre há embates nesta época do ano.

Lalaïna, que estava junto de mim escutando, perguntou: quem sai ganhando nesses confrontos?

O homem deu de ombros: depende. Depende da força, da coragem e da inteligência de cada indivíduo assim como da abordagem que vai usar. Ambos estão acostumados a lutar uns com os outros e exploram os respectivos pontos fracos. O crocodilo vai sem dúvida tentar arrancar uma barbatana do tubarão para desestabilizá-lo e o tubarão vai tentar fazer o mesmo com as patas do crocodilo, ou talvez, procurará atingir a sua barriga que é a parte mais vulnerável.

E de fato, o primeiro embate foi muito violento, o crocodilo marcou pontos cravando os dentes no focinho do tubarão, que se contorceu e acabou se soltando, aparentemente sem muitos danos, pois não houve sangramento visível. Imediatamente se separaram, nadaram um pouco em direções opostas e voltaram a se enfrentar.

Desta vez, o tubarão foi mais cauteloso e não voltou a bater de frente com o oponente. Quando estava para atingir o adversário, conseguiu driblá-lo, mergulhou um pouco abaixo dele e subiu para abocanhar uma das patas dianteiras do rival que se contorceu, tentando ao mesmo tempo liberar-se e atingir o oponente com os poderosos rabo e mandíbulas. O tubarão aguentou firme e logo os espectadores viram o mar se tingir de sangue, enquanto a pata arrancada do crocodilo afundava lentamente e o animal se afastava, enlouquecido de dor e de raiva para encetar uma nova ofensiva.

No confronto seguinte, o peixe conseguiu proteger as barbatanas, mas o crocodilo acertou o ataque e cravou os dentes no nariz do tubarão, que novamente deu várias voltas sobre si mesmo, em uma tentativa de se soltar, sem muito sucesso desta vez.

De repente, o peixe resolveu mudar de tática, ficou imóvel e os espectadores viram-no afundar lentamente, o nariz preso no bocão do crocodilo, levando o oponente para as profundezas da baía até que não se viu mais nenhum dos dois animais.

Nossa! O que foi que aconteceu com eles? perguntei. Os dois se imobilizaram por completo e afundaram como pedras, um atracado ao outro. Será que se afogaram?

Não, não, divertiu-se o pescador. Este tubarão além de muito forte é também inteligente. Ele é que vai sem dúvida ganhar o combate, mesmo que morra mais tarde dos ferimentos no focinho.

Ele sabe que o crocodilo precisa respirar, se não, vai se afogar. Também entende que ao se mexer, os dentes do adversário vão machucar cada vez mais o seu focinho. Então, é melhor para ele ficar imóvel, levar o adversário para o fundo e segurá-lo lá embaixo o máximo de tempo. Essa tática pode até dar bons resultados, muito em breve, o crocodilo vai começar a sufocar. Terá então de soltar o nariz do tubarão e subir à superfície para respirar e na pressa pode ficar descuidado. Isso dá uma chance ao tubarão de se reposicionar e atacá-lo por baixo. Estou agora convencido de que ele é que vai ser o vencedor e fiz muito bem em apostar nele.

E de fato, logo se viu aparecer a silhueta do crocodilo, subindo apressado. Atrás dele, logo apareceu outra forma com as mandíbulas abertas ao máximo, que se fecharam com um barulho que deu para ouvir lá de cima, na barriga do oponente. Um mar de sangue tingiu desta vez a água da baía e o combate terminou, depois de alguns sobressaltos, o crocodilo ficou inerte e começou a afundar. Quanto ao tubarão, após algumas voltas nervosas, saiu da baía e foi para alto mar.

>>>>>>>>>

A multidão se dispersou, elogiando a coragem dos animais que lhes proporcionou um belo espetáculo e foram acertar as apostas.

Continuamos o nosso passeio pela costa e logo chegamos a um descampado onde estava uma pequena arena de barro socado, protegida do sol por um telhado de zinco onde, aparentemente, havia outros animais se enfrentando. Os olhos de Lalaïna brilharam e ele logo estacionou o carro e dirigiu-se rapidamente para o local.

O que está acontecendo aqui? Perguntei com curiosidade.

Eu adoro este esporte, riu Lalaïna. Vou quando posso ver esta valsa de gladiadores alados, como se diz aqui, poeticamente. É uma rinha de briga de galos, emendou.

Torci o nariz, mas segui, relutantemente, o namorado. Não gostava deste esporte que achava cruel em que os proprietários dos animais os faziam combater, às vezes, até a morte para não perder suas apostas.

E era exatamente o que estava acontecendo. Os animais, exaustos já estavam muito machucados, e continuavam a combater no forte calor sem que ninguém os separasse. Parecia que esta gente queria ver sangue e todos, Lalaïna inclusive, gritavam e faziam apostas.

Saí e fui ver a paisagem. Não queria estar ali e me sentei debaixo da sombra de uma árvore-do-viajante, cuja beleza pude admirar tranquilamente. Comprei de um vendedor ambulante duas *mofo ananas* — ou rosquinhas de agrião bem apimentadas, que eu adorava — e as comi acompanhadas de um copo de *betsabetsa*, que é vinho de palma, tipicamente, produzido na costa leste com os frutos e a casca daquela árvore. E lá fiquei, confortável, comendo e bebericando, feliz da vida por estar vivendo uma experiência tão interessante. Pouco depois, Lalaïna saiu entusiasmado.

É realmente uma pena que não goste de brigas de galo. Estava torcendo para que viesse comigo nos fins de semana ver este espetáculo emocionante. É um esporte que todos os malgaxes adoram e não sou exceção à regra, disse-me ele. Mas sua reação me espanta muito, pois os melhores galos de briga vêm do Brasil. Eu até tinha pensado em pedir na sua próxima viagem para sua terra natal que me traga ovos, para um dos meus amigos melhorar a qualidade da criação de galos de rinha. Mas agora é que estou reparando, onde foi que comprou as rosquinhas e o *betsabetsa*?

Lamento, mas não aprecio este esporte e nem sabia que o Brasil criava estes animais de combate, respondi. Você vai ter de arranjar os seus ovos de alguma outra maneira. Não conte comigo. E você tem toda liberdade de frequentar rinhas em Antananarivo, com seus amigos, se gostar mesmo deste esporte. Enquanto isso, faço outro programa com os meus. A propósito, comprei a comida e a bebida de um vendedor ambulante. Quer um pouco? As rosquinhas estão deliciosas. Ele declinou, não estava com fome.

No final do dia, depois de termos levado a cabo o programa que queríamos fazer, voltamos para Mahambo onde passamos o resto de nossa estadia.

Após um dia maravilhoso, estávamos os dois sentados sobre umas rochas na ponta da praia vendo o sol se pôr em uma explosão de cores, quando Lalaïna murmurou que tinha algo para me contar. Ele estava muito sério e parecia um pouco acanhado. Tinha, sem dúvida, algo de importante a me dizer sobre o qual não parecia ser fácil conversar. Esperei que ele não fosse estragar o dia com um pedido de casamento.

Não sei como dizer-lhe isso, começou ele. Eu me sinto tão bem e tão realizado ao seu lado que não consigo mais esconder de você. Lembra quando nós nos encontramos?

Anuí sem entender onde queria chegar.

Pois então, tenho uma confissão a fazer. Fiquei, na hora, fascinado por você, mas o nosso encontro não foi um acaso. Foi arranjado com o propósito de ter uma chance de seduzir você e obter algumas informações que interessavam mais particularmente certas pessoas. Não me pergunte quem são, pois não posso dar nomes.

Imediatamente pensei em Rova.

Mas se tinha concordado no começo com isso, logo apaixonei-me sinceramente por você e não quis saber de mais nada além disso, continuou ele. Mas faço questão de você saber deste meu deslize. Fiz apenas um movimento de cabeça, mas não respondi.

Lalaïna se espantou: você não reage? Desconfiava de alguma coisa?

Bem, eu sempre pensei que havia alguma coisa atrás do seu sentimento, disse depois de um momento de reflexão. E depois ouvi uma conversa, altamente suspeita, que você teve com uma pessoa que não conheço, em uma festa na casa da Marie Jeanne. Se era para obter informações sobre o escritório, você subiu em morro errado, como dizemos na gíria brasileira, eu nunca falo de trabalho fora do ambiente profissional. Mas agradeço muito a confiança em me fazer a confissão.

Lalaïna não sabia bem o que responder quando levantei e toquei-o levemente no ombro.

Este vento está ficando meio frio agora que o sol se pôs. Vamos voltar ao bangalô? Quero tomar banho, me agasalhar um pouco e depois poderemos ir jantar. Vi no cardápio, pratos suculentos.

Ele não insistiu e levantou-se também falando de outras coisas. Então, eu vira o seu jogo com clareza desde o começo, mas não falara nada por alguma razão que ele não entendia. Curiosamente, sentiu-se um pouco decepcionado com ele mesmo.

Não voltamos mais a tocar neste assunto e nem havia razão para isso, eu me comportava normalmente com ele, rindo e contando piadas como se de nada fosse.

Na véspera de nossa partida de Mahambo, resolvemos visitar o parque zoológico de Ivoloina e a reserva Vohibola onde se encontra o último resto intocado de floresta tropical litoral da costa leste. Eu amava a natureza e não me cansava de ver a fauna e a flora locais. E parecia sempre haver coisas adicionais para admirar naquele país.

No dia seguinte, estávamos voltando para Antananarivo, quando passamos por um parque pequeno, perdido na mata e resolvemos visitá-lo. Havia uma grande variedade de lêmures e, mais uma vez, vimos algumas espécies que não eram representadas nos locais que tínhamos visitado, anteriormente. De repente, vi um animal diferente movimentando-se nos galhos de uma árvore. Não era um lêmure, mas um animal parecido com um pequeno puma com cabeça de mangusta.

Lalaïna, olha para aquilo! O que é este animal tão insólito? Perguntei, encantada com o aspecto bizarro daquela criatura.

»»»»»»»»

Ele olhou onde eu apontava: é um *fossa*. Tem jeito de felino, tem aquela cabeça esquisita de fuinha e é o maior mamífero carnívoro de Madagascar.

É um animal pré-histórico que soube adaptar-se muito bem e sobrevive, unicamente, aqui na ilha. Ele tem uma dieta variada, mas é o principal predador dos lêmures e, como eles, demonstra uma grande habilidade para descer e subir das árvores assim como executar grandes saltos. Não é muito popular entre os camponeses, pois costuma atacar as suas galinhas e filhotes de porcos e carneiros. E talvez seja por esta razão que poderá vir a ser uma espécie extinta no futuro. Mas no momento é ainda bem abundante na terra, pois é frequentemente protegido por um *fady* (tabu) que o preserva da caça em diferentes lugares e temos muitos exemplares em parques protegidos como este.

Capítulo 22

QUESTÕES DE SAÚDE

Estava gostando muito da vida em Madagascar não fossem os pequenos problemas de saúde, com os quais me defrontava e exigiam força de vontade e paciência para não interferir no dia a dia. Na verdade, nunca falava deles e os ignorava, mesmo sendo muito incômodos.

As crises de cansaço eram constantes e eu precisava fazer um esforço considerável toda manhã para estar no escritório na hora. Quando os sintomas eram mais intensos, eu aumentava a minha atividade física e melhoravam um pouco.

Eu tinha me acostumado a andar a pé pela cidade, apesar dos receios do meu namorado, e até subia com rapidez algumas das escadarias localizadas perto de casa. O que parecia ajudar bastante era o hábito que tínhamos adquirido de sair da capital todo fim de semana como tinha sugerido Elef, no primeiro encontro comigo. Assim, começava bem a semana de trabalho após ter tomado muitos banhos de mar e visitado tesouros culturais e joias arquitetônicas dos arredores da cidade e até de lugares ainda mais distantes.

>>>>>>>>>

Além do cansaço, também estava desenvolvendo crises de alergia com manchas vermelhas e coceiras no corpo, edemas no rosto e nos pés, e rinites.

Um belo dia, particularmente, afetada pelo cansaço e por uma rinite persistente, Lalaïna sentou-se na cama onde eu estava descansando. Era um sábado de manhã e teria gostado imenso de ficar em casa e passar o dia dormindo. Mas Lalaïna tinha outros planos. Minha querida, vou querer que você consulte tia Kintana. Ela é uma excelente médica e espero que possa, se não curar este mal, pelo menos amenizá-lo. Falei com ela ontem à noite e está disponível para uma consulta hoje no começo da tarde na clínica Sainte Marie. Se quiser, poderemos lá ir e depois almoçar em algum lugar interessante. Em seguida, sugiro sair um pouco da cidade, ainda tem muita coisa para ver nos arredores de Antananarivo, então o que me diz?

Lalaïna estava com tantas expectativas com a tia e os passeios que concordei com um sorriso. Levantei-me relutante para tomar banho e me vestir.

Como já era tarde, resolvemos ir diretamente para a clínica Sainte Marie.

Perguntei ao meu namorado enquanto estávamos indo à consulta médica, Kintana, em malgaxe, não quer dizer estrela? Que nome mais lindo! Ele sorriu, divertido. É isso mesmo. Vejo que o seu malgaxe está melhorando. Mas também você recebe ajuda de muitas pessoas além de mim para melhorar o seu conhecimento da língua.

Quando vi a tia, imediatamente gostei dela, alta, magra, olhos inteligentes e sorriso fácil, Kintana tinha um tipo oriental bem marcado, com olhos rasgados e uma longa cabeleira preta lisa presa em um coque. Tinha um ar familiar com Dera, mas não era parecida com a irmã em nada, além disso.

Ela escutou atentamente o que eu falava e me examinou, sempre com muita gentileza e amabilidade.

O que você tem não é nada sério, sorriu ela. Este cansaço, infelizmente, aflige muitos expatriados, às vezes em graus ainda mais elevados. Posso dar alguma medicação para manter sob controle, mas não vou conseguir eliminá-lo. Vou então pedir que você faça algum exercício físico, regularmente, tanto de manhã quanto à noite, antes de dormir. No pior dos casos, suba alguma escadaria regularmente aqui na cidade e leve o Lalaïna com você. Você parece tratá-lo bem demais e ele precisa perder peso, acrescentou ela.

Há muitas escadarias no seu bairro e há vendinhas bem interessantes que lá se instalaram e são bem típicas. Agora. não precisa exagerar e subir a escadaria de Razafindrazay, por exemplo, que tem 480 degraus, se não me engano. Pode escolher uma menor. Se assim fizer, vai se sentir bem melhor, posso assegurar.

No que diz respeito aos edemas e outros sintomas alérgicos, sugiro que sempre tenha à mão este remédio, que é um anti-histamínico poderoso e de fácil aquisição aqui. Os seus últimos exames indicam que está com boa saúde, mas deverá dar atenção ao peso, está com um início de varizes nos pés. O que mais me deixa perplexa é deste mal-estar só acontecer aqui em Antananarivo. Quando estamos fora da cidade, Lalaïna e eu, estou ótima. Como explica? perguntei.

Teve um estudo feito pela Organização das Nações Solidárias para o Trabalho (ONSPT) sobre o sítio de Antananarivo. A conclusão é que há dentro das colinas e montanhas que cercam a cidade, uma impressionante quantidade de urânio e o metal seria a causa deste cansaço. Eu tive acesso a este relatório e lembro bem das suas conclusões e recomendações. Publicá-lo, todavia, poderia provocar pânico na população, a exposição excessiva ao metal pode acarretar muitos danos ao corpo humano. Afinal das contas, há urânio em tudo aqui, no ar que respiramos, na água que bebemos, nas frutas e verduras e até nas poeiras que inalamos e que podem ser responsáveis pelas alergias.

O relatório foi submetido às autoridades e, misteriosamente, desapareceu. Nunca se falou mais nele. Assim, pouquíssimas pessoas tiveram acesso ao conteúdo e calaram-se pela posição contrária do governo. Então, seria recomendável, no dia em que você deixar definitivamente Madagascar, fazer um exame para medir o teor de metais pesados no organismo. Mas não se preocupe em demasia. Com as dicas e remédios, dá para você viver muito bem em Antananarivo.

Agradeci muito à Kintana, e saímos da clínica para fazer o nosso programa do dia.

Havia a cerca de 15 quilômetros do aeroporto, uma fazenda de criação de crocodilos e fomos para lá. Segundo Lalaïna, o local também abrigava uma loja de artesanato e um restaurante, onde serviam pratos com carne do animal. Eu tinha rido muito quando meu namorado me propusera este programa.

Vamos, sim. Vai me lembrar dos tempos em que trabalhava na Serra do Cachimbo e nos arredores do rio Araguaia, disse-lhe. Naquela época, comíamos muita carne exótica e o crocodilo fazia parte do cardápio. Mas pelo que me lembro, comíamos o rabo, porque o resto tem muito osso e cartilagem. Você vai ver, a carne é muito boa.

E as piranhas das quais se contam histórias tão terríveis, vocês também as consumiam? perguntou Lalaina, divertido.

Mas é claro! respondi caindo na gargalhada. Saiba que a piranha é muito saborosa, mas deve-se tomar muito cuidado com o manuseio por causa daqueles dentes triangulares afiadíssimos. Também preparávamos pirão e sopa com a carne, que tem a reputação de ser afrodisíaca.

>>>>>>>>>

Mas também havia muitos outros animais
além de peixes; aves, macacos, tatús e caititus, que são
porcos do mato, entre outros. E fomos almoçar
na maior alegria.

Lalaïna também tinha planejado ir ao Parque Garikara, a 25 quilômetros no sul da capital para ver numerosas espécies de animais típicos da fauna malgaxe. Voltei enleada para a capital, já me sentindo bem melhor. Queria também ver se dava para ir mais vezes à praia, pois quando voltava à Antananarivo, depois dos banhos de mar, sentia-me renovada. Calculei que se saíssemos na sexta-feira no final do expediente para ir dormir em Toamasina, teríamos dois dias para fazer passeios pela costa e tomar banho no Oceano Índico. Depois de ter adotado este hábito por algum tempo, o meu mal-estar melhorou e as alergias quase não se manifestavam mais.

Capítulo 23

O CONVITE

Lalaïna já me tinha avisado que, provavelmente, daqui a alguns meses, teria um *famadihana* na sua família próxima e seríamos convidados para participar da cerimônia, que teria lugar em Betafo, no maciço central do Ankaratra (centro do país). A aldeia de montanha, situada na espinha dorsal da ilha, era o berço natal da família de Lalaïna.

Dera, a mãe do meu namorado, avisou o filho que queria falar um pouco sobre a cerimônia para que eu entendesse melhor o seu significado e beleza. Assim, convidou-nos para um almoço no próximo sábado ao meio-dia, o que supunha que não íamos poder sair de Antananarivo naquele fim de semana, ou deveríamos fazer um passeio mais curto.

A mãe de Lalaïna reconhecia que era um pouco cedo para me falar a respeito do evento, que só teria lugar daqui a vários meses. Mas ela queria, desde já, se desincumbir da tarefa, pois iria viajar à França para ficar na casa de uma das suas irmãs por uma temporada longa, aproveitando o fato de estar agora aposentada. E eu, do meu lado, também ia sair de férias anuais para França, mas voltaria a Madagascar bem antes de Dera.

Dera e eu nos respeitávamos muito — e até tínhamos uma secreta admiração uma pela outra — mesmo que não se pudesse dizer que nos déssemos bem. O relacionamento alternava períodos de calmaria em que mantínhamos uma trégua e outros em que trocávamos farpas com muitos sorrisos e amabilidades. No fundo, éramos muito parecidas, com gênios fortes, independentes e teimosos.

No sábado em questão, lá fomos Lalaïna e eu para casa de Dera que, além de nós dois, também tinha convidado as duas filhas e respectivos genros. Depois de cerca de uma hora de conversa protocolar, Dera informou que no segundo semestre teria uma cerimônia de *famadihana* e queria que as duas filhas, os genros, Lalaïna e eu estivéssemos presentes. Afinal, eu fazia de certa forma parte da família por ser a namorada do seu único filho.

»»»»»»»»

A matriarca marcou uma pausa e
convidou todos os presentes a passar à mesa.

Dera, então, começou a falar sobre a cerimônia e eu não dizia nada e escutava tudo com muita atenção. Dera me perguntou com ironia: então, Beatriz? O que conhece ao certo sobre a cerimônia da qual estamos falando? Levantei o rosto do prato e encarei-a: bem, senhora, não muito. Eu li a respeito antes de vir para Madagascar e até mesmo depois. Pareceu-me ser uma cerimônia interessante.

Interessante? Respondeu Dera, com um sorriso de escárnio. Muitos estrangeiros ficam chocados com o *famadihana*, pois atêm-se demasiadamente à forma. Eu gostaria de saber se é o seu caso.

Senti a provocação no tom da velha senhora.

Não vejo nada de chocante na cerimônia, respondi. Acho que cada sociedade honra seus mortos à sua maneira e tem de ser respeitada. E muitas vezes, por meio dos continentes, a motivação é similar.

Creio que sempre há atrás de toda celebração dos mortos um profundo desejo de reunião entre mortos e vivos que se manifesta de maneiras diferentes. Nunca participei de um *famadihana*, mas quando trabalhava com os índios brasileiros, eles me convidavam sempre para participar de cerimônias funerárias e sempre as achava muito bonitas por entender o seu sentido, como a senhora tão bem diz.

E você pode me descrever uma destas cerimônias? Perguntou Dera, aparentando interesse.

Bem, respondi. Acho melhor talvez contar esta experiência depois de termos terminado de comer.

Não, não. Pode contar agora. Nesta casa, respeitamos e vemos a beleza de todas as manifestações que podem existir no mundo sobre tradições mortuárias. Estou curiosa em ouvir o que vai falar, respondeu a anfitriã.

Lalaïna gelou. Sua mãe não sabia com quem estava lidando e ele só esperava que eu não passasse dos limites na minha resposta.

Uma das cerimônias passava-se em uma tribo do norte da Amazônia chamada *kaxinawá*, que praticava o canibalismo funerário. Contrariamente ao que se pode pensar, neste caso, não é um gesto de ódio, mas de amor.

Assim comia-se, tradicionalmente, os mortos queridos. O finado era cozinhado por três dias. Depois era quebrado em pedaços e assado. Todos comiam a sua carne com mandioca e banana verde cozida. Representava um último ato de amor para ajudar as almas a viajar até o céu pela estrada do arco-íris e se tornarem divindades.

Ouvi o barulho seco dos talheres sendo depositados nos pratos e quando olhei inocentemente para a assembleia, vi que todos pareciam estar bem incomodados, incluindo a anfitriã, com o meu relato. Todos faziam um esforço para não devolver a comida que, como por acaso, também estava acompanhada por purê de banana da terra e mandioca.

Caiu um silêncio profundo e eu era a única que continuava a comer tranquilamente. Reparei que a matriarca empalideceu, disfarçou uma careta de nojo e logo voltou a comer o seu filé de peixe — com certo esforço, diga-se de passagem.

Enquanto isso, Lalaïna pensava nas coisas mais tristes do mundo para não cair na gargalhada e evitava olhar para mim.

Dera logo entendeu que se ficasse em silêncio, eu podia achar que ficou desagradada com a descrição que fiz a seu pedido e logo emendou, aparentando serenidade:

E o que fazem eles com os mortos de que desgostam ou que lhe são indiferentes? Perguntou ela.

Oh, esses, eles se limitam a queimá-los, respondi.

Então, vejo que não tem como você se chocar com o *famadihana* continuou Dera, impassível. Mas você disse algumas coisas importantes, que também podem se aplicar à nossa viração dos mortos. A nossa cerimônia permite a reunião entre mortos e vivos. É, de certa forma uma maneira dos mortos poderem experimentar novamente as alegrias da vida. Mas como você tão bem mencionou é um ato de amor e gostaria de completar dizendo que também fortalece a família entre gerações e a sua ligação com a terra.

Este costume se pratica em duas ocasiões: a primeira é quando uma pessoa morre longe da região de origem e deve ser rapatriada para descansar ao lado dos parentes. Os restos poderão até ter sido enterrados antes. Neste caso, são desenterrados, a mortalha é trocada e são novamente enterrados no túmulo familiar.

A segunda ocasião para praticar o *famadihana* é na realidade uma maneira de honrar os ancestrais trocando sua mortalha antiga por uma nova, chamada de *lambamena*. E é a este segundo tipo de cerimônia que fomos convidados e comunicarei a data exata mais tarde quando tiver recebido mais informações.

Como ninguém mais estava com fome, Dera sempre fingindo que nada demais tinha acontecido, convidou-nos para o café no salão e, pouco depois, agradecemos muito o convite e nos retiramos. Tínhamos a intenção de ir passar o resto do fim de semana em Mantasoa. Um local de lazer situado a 69 quilômetros de Antananarivo onde costumávamos ir, quando não dispúnhamos de muito tempo, para visitar sítios históricos ou fazer longas caminhadas.

Só foi entrar no carro e se afastar um pouco da casa de Dera, para Lalaïna cair na gargalhada:

Você é completamente louca de contar histórias do gênero na mesa, mas reconheço que a minha mãe insistiu para que partilhasse sua experiência brasileira. Foi muito engraçado, ficaram todos horrorizados com aquela sua história de canibalismo funerário. Até a mamãe que é muito controlada, vacilou por um momento. Mas ela foi cutucar a onça com vara curta e mereceu ouvir a resposta. Essa história é verídica pelo menos?

A história é verídica sim, mas na verdade, nunca assisti a tal cerimônia. Quando trabalhava no Xingú, fui sim, assistir a cerimônias de canibalismo funerário, mas eram apenas as cinzas do morto que eram ingeridas, misturadas com palmito pupunha. Falei sobre a que é descrita minuciosamente no livro de uma antropóloga, acho que é Cecilia Mccallum.

Para sua informação, os índios *kaxinawá*, como os de tantas outras tribos brasileiras, foram praticamente exterminados por doenças de branco, em 1955. Nada sei sobre o estado em que se encontram agora, mas os rituais devem ter sido abolidos.

Mas como queria dar um tapa com luva de pelica em Dera, por suas ironias, fiz questão de dar os detalhes de que lembrava. Gostei muito da ingestão da carne humana com mandioca e banana verde. Acho que é por causa deste detalhe esquisito, que lembro tão bem da história, pessoalmente, adoro comer peixe ou frango com os dois acompanhamentos.

Capítulo 24

VIAGEM À FRANÇA

MADAGASCAR É UM PAÍS ISOLADO, distante de tudo com exceção da África do Sul, de Moçambique, de um punhado de ilhas como Reunião, Maurício, União de Comoros ou do rosário das Ilhas Esparsas. Perderia muito tempo e me cansaria bastante para ir simultaneamente à França e ao Brasil nas minhas férias anuais de 60 dias.

Em vista do apartheid, que vigorava na África do Sul, o pessoal das Nações Solidárias não estava autorizado a usar Johannesburg, como escala para a América do Sul, o que teria reduzido pela metade o número de horas de voo para ir a São Paulo em relação à Europa. Precisava, então, escolher ir a um só país, a cada ano. Depois de pensar um pouco, resolvi sacrificar o Brasil enquanto servisse em Antananarivo e concentrar minhas férias na França — pois não queria abrir mão de ver tia Bia e Martim pelo menos uma vez ao ano.

Este arranjo interessava ao meu chefe Henrik Toyberg, que precisava imperativamente estar em dois eventos familiares importantes em Copenhagen, só que marcados em datas distantes uma da outra. Tínhamos assim, acertado as nossas férias de tal maneira que eu passaria a maior parte das minhas em Paris, no final do mês e voltaria quando ele viajaria para Dinamarca. Pretendia tirar os 20 dias restantes para conhecer melhor Madagascar quando Henrik voltasse do seu segundo compromisso inadiável.

Neste contexto, já vinha fazendo os preparativos para que Toyberg pudesse gerenciar a administração, sem problemas, deixando notas compreensivas. Tudo tinha sido bem planejado e organizado e na hora de viajar, embarquei leve e solta neste longo voo Air France para Paris.

»»»»»»»»

Quando cheguei no aeroporto Charles De Gaulle, minha amada tia estava me esperando e notei que aquela longa silhueta magra, invariavelmente vestida de preto, encontrava-se no mesmo lugar de sempre.

Fui correndo dar-lhe um abraço carinhoso. A tia estava com um bom aspecto e encantada em me ver. Em minha homenagem, usava na mão esquerda, o enorme rubi solitário que ela adorava, pintara as unhas e colocara um batom exatamente da mesma cor da pedra.

Nossa, tia! Comentei, a senhora está realmente muito elegante, toda de preto com as unhas, o anel e o batom combinando.

A tia me abraçou: pois é, tenho de fazer algumas coisas que saem do ordinário quando você vem. Você está com uma cara ótima. Tem o mesmo aspecto de quando estava em Angola.

Sim, respondi. Estou muito feliz, mesmo não indo nadar com tanta frequência. Tem muitos tubarões nas praias mais próximas da capital e as mais seguras são mais distantes. Mas, mesmo assim, vou quando é possível para não perder os bons hábitos.

Aqui do nosso lado está tudo bem, continuou tia Bia. Encontrei a sua tia Maria Adelaide, na rua e avisei-a que ia chegar brevemente. Pensando melhor, talvez não devesse ter falado de você. Ela quer muito vê-la e já deve estar encomendando aquele rosbife mugente com vagem de que tanto gosta. No que diz respeito aos seus pais, estão ótimos. Fui passar com eles 15 dias em Belvès e foram gentis como sempre. Eles têm muito orgulho de você, mesmo que sua mãe só diga bobagens quando a vê. Voltaram os dois para o Brasil a semana passada e está tudo bem também com os seus irmãos.

Enquanto viajávamos, íamos trocando as novidades com muitas risadas e logo chegamos à Rue de l´Université.

Não vou entrar, minha querida, disse-me, pois mesmo que esteja em grande forma, está com uma cara cansada. Afinal 14 horas é uma viagem muito longa. Precisa relaxar e fazer uma sesta. Quero convidá-la para vir almoçar comigo este domingo, no hotel. Despedimo-nos carinhosamente e entrei em casa.

Abri as malas e fui tomar banho antes de ligar para Martim. Combinamos de nos ver sábado, assim teria tempo de cortar o cabelo e de fazer uma boa limpeza de pele.

Quando o vi, achei-o em excelente forma. Aparentemente, muitos anos tinham passado desde que o conheci e ele parecia ter parado no tempo, tanto no sentido próprio como no figurado. Fisicamente, continuava idêntico ao rapaz que conheci nove anos atrás. Usava exatamente a mesma roupa, não engordara uma grama, não tinha uma ruga no rosto e não havia sequer um fio de cabelo branco na sua vasta cabeleira castanha escura. Parecia que tinha tomado uma injeção de formol!

Tínhamos resolvido jantar e depois ir comprar livros, no Quartier Latin e estávamos no restaurante quando me pediu para contar as novidades e indagou se estava feliz em Madagascar.

Sim, pensando bem, estava feliz lá. Não era mais o delírio do primeiro posto, mas estava gostando do que fazia tanto mais que sabia que mais tarde, poderia voltar ao programa. Contei todas as novidades desde a última vez que o tinha visto, o fiz dar risada com as histórias de escritório, mas preferi não elaborar muito sobre Lalaïna.

Você, então, está animada em lá passar quatro anos? perguntou ele.

Sim, estou, respondi. É um país tão diferente e distante que precisaria de muito mais tempo para conhecê-lo minimamente bem. Acho que é único a estar na encruzilhada de mundos, essencialmente o africano e o asiático, mesmo que haja comunidades com forte influência árabe e até judia. Na verdade, é uma simplificação abusiva, pois lá houve uma incrível mistura de povos e Madagascar continua a ser uma terra de imigração, mas este é o contraste que mais me chamou a atenção.

Tenho um supervisor imediato — o Henrik Toyberg — que adoro e que além de muito competente é amigo e me dá todo o apoio de que preciso. No escritório, o único problema, se é que podemos chamá-lo assim, é o representante residente. Ele não é o representante de que teríamos precisado naquele país e, sobretudo, naquele momento. Seria recomendável enviar alguém de mais requintado, mais sutil, com reações mais orientais, capaz de entender a complexidade das contrapartes malgaxes das altas terras e saber se adaptar a elas.

Ele me lembra muitas vezes um elefante em uma loja de porcelana, quando as coisas não vão como ele quer, tem rompantes de fúria e grita muito. Além da má impressão, é muito desagradável.

Na metade da refeição, Martim achou que devia tomar a iniciativa e falar um pouco a seu respeito para não me dar a oportunidade de fazer perguntas embaraçosas.

A propósito, queria falar dos resultados que obtive na minha primeira tentativa de passar os grandes concursos nacionais de educação. Prestei o concurso para a *Agrégation* (Concurso de recrutamento de professores para o Ensino Secundário e Superior) e fiquei fora por meio ponto. Quanto ao CAPES (Certificado de Aptidão para o Ensino Secundário). Parou um instante, sem saber como continuar.

>>>>>>>>

E o que foi que houve com aquele outro concurso? Você chegou a prestá-lo? Martim me olhou, repentinamente sem graça, como que temendo a minha reação.

Não, como dizer? Na verdade, eu perdi a hora, e quando cheguei ao local do exame, os portões já estavam fechados. Mas quero voltar a prestar os dois concursos o ano que vem.

Eu estava tão chocada com o que ouvia que não sabia o que dizer e mudei de assunto. Então, agora Martim tinha trocado a redação da tese pela preparação de concursos e eu não duvidava que já tivesse arrumado um bom pretexto para continuar a sua vida de estudante por mais algum tempo.

Acabamos de jantar e fomos passear no Quartier Latin. Eu estava contente em voltar a fazer o passeio gostoso a pé quando voltava para Paris. Não tínhamos perdido o hábito adquirido na época em que estávamos na faculdade.

No domingo, fui para o hotel de minha tia, localizado no bairro dos Champs Elysées. Tinha pedido almoço no quarto, assim como o meu habitual suco de laranja. Tia Bia me recebeu com um abraço e sentou-se em uma poltrona do seu salãozinho, convidando-me a fazer o mesmo.

Madagascar é aqui na França uma ilha, que não tem muita visibilidade e da qual só se fala vagamente pelos desmandos do governo, da sua incrível mistura de populações e da sua natureza exótica. Mas aquele massacre recente dos Kung Fu Wisa foi tão brutal que teve ampla cobertura nos nossos jornais. Que coisa mais horrorosa! Dizem que os adeptos desta arte marcial não tiveram a mínima chance de se defender. Ainda bem que a capital está calma agora mesmo se o ressentimento da população ao encontro das autoridades parece ser ainda muito forte.

Sim, a senhora tem razão, respondi. Há mesmo muita revolta contra o governo com essa brutalidade desnecessária e a vida vai ficando cada vez mais violenta, com a grande pobreza em que vivem as pessoas. Diga-me outra coisa, continuou a tia. Agora que já trabalha lá faz algum tempo, tem alguma perspectiva de melhora da qualidade de vida da população, que parece estar entre as mais pobres e isoladas do planeta? Temos poucas informações sobre esse país de fim do mundo.

Fiquei muda, pensando: não sei bem o que responder, tia. Estou tentada a dizer que não, a curto e médio prazo pelo menos.

Vejo que o que está realmente se desenvolvendo são as máfias, os lobbies e grupos de pressão, que vão defender seus interesses de todas as maneiras possíveis e contribuir para enfraquecer e corromper ainda mais o governo que já é muito corrupto. Temos a presença dos tradicionais *dahalos* — os ladrões de gado malgaxes — acho que teremos outros grupos mafiosos que surgirão com organizações mais modernas, ligadas à madeira, às pedras preciosas ou qualquer outra riqueza.

Até o fato de Madagascar ser uma terra de imigração — que foi uma das chaves para o progresso do Brasil — vai jogar contra os interesses do país em um primeiro momento. Temos comunidades importantes de estrangeiros instaladas, como a francesa, a chinesa ou a indiana/paquistanesa.

Por exemplo, se falarmos da comunidade chinesa, é bem aceita no país e além de ser muito trabalhadora, é humilde mesmo se abastada. Se é bem representada na capital, vive essencialmente nas zonas rurais. Nada a ver, por exemplo, com a comunidade indiana/paquistanesa — que é localmente chamada de *karana* — e vive nas cidades. É riquíssima e ostenta a riqueza de uma maneira que poderíamos qualificar de indecente, quando vemos as condições em que vive a maior parte da população. Aliás, isso explica porque já foi vítima de roubos e pilhagens de bens e muitos dos seus representantes foram mortos.

Outro problema sério que vejo é a devastação do meio ambiente e dos recursos naturais. Andei viajando um pouco pelo país e em todo lugar é a mesma coisa, matas devastadas, morros com muita erosão, rios assoreados, queimadas para todo lado, solos exaustos, em que os nutrientes foram levados embora pelas chuvas. E aquela crosta de laterita vermelha improdutiva se expandindo por todo lado. É muito triste ver um lugar tão belo sendo explorado de maneira tão predatória assim, como o desaparecimento de espécies animais e vegetais raríssimas.

Neste contexto de pobreza generalizada, imagino que algumas tradições populares serão adaptadas à nova realidade. Penso particularmente no *famadihana* — a famosa viração dos mortos — da qual falei antes — e que me interessa muito. Creio que já começou a sofrer transformações pois as cerimônias em muitos lugares são celebradas de dez em dez anos, em vez dos tradicionais cinco ou sete.

Depois, existe a possibilidade dos malgaxes, sob a influência das diferentes seitas e religiões recentemente implantadas, passarem a valorizar mais a vida e dedicarem menos tempo à labuta e às privações para juntar dinheiro e construir túmulos suntuosos, por exemplo.

Agora, falando do povo malgaxe, ninguém se preocupa com ele, está cada vez mais abandonado e explorado tanto pelas comunidades de estrangeiros quanto pelas elites governantes, para quem não tem direitos, só obrigações.

Em resumo, creio que posso falar — sem muita chance de errar — que Madagascar e suas 18 etnias estão à deriva em um oceano de indiferença e preconceitos. E à nível mundial, ninguém se importa com o que acontece lá, é muito longe, desconhecido e isolado, mesmo se interessantíssimo.

Mudando um pouco de assunto, perguntou-me a tia. E este rapaz com quem está saindo? Ele trata bem você? Está feliz com ele?

Dei risada. Sim, não tenho a menor queixa dele, muito pelo contrário. Me trata como se fosse uma rainha e está muito apaixonado, o que me preocupa, pois não gostaria que sofresse com a minha partida. Está muito feliz, porque oficializei nossa relação quando começamos a sair juntos por várias razões.

Uma delas, sobre a qual já falamos antes, é que as moças estrangeiras não têm boa reputação pois arranjam um namorado malgaxe diferente a cada noite para gozar de sexo exótico. Mas no fundo, todos sabemos que não querem nada sério com eles, a ideia é só diversão.

Sair com uma pessoa da terra é muito bom, é uma maneira também de conhecer melhor o país. Ele me explica muitas coisas que eu nunca teria entendido. Ele também me apresentou pessoas às quais não teria acesso se não estivéssemos juntos. Mas não me entenda mal, não é uma relação interesseira. É apenas uma maneira adicional efetiva de conhecer melhor o país onde vivo.

Gosto muito dele, mas reconheço que não sou apaixonada e já o avisei de que o relacionamento terminará o dia em que eu for embora de Antananarivo. Mesmo que concorde com o arranjo, vejo com preocupação o seu apego. Não posso deixar de pensar em como reagirá quando for a hora de eu ir embora.

Bom, você terá tempo de sobra para pensar sobre isso em quatro anos, se é que o relacionamento dure todo esse tempo, respondeu a tia. Agora é mais fácil acostumar-se com um padrão de vida ascendente do que o contrário. Mas no seu caso, é possível até de vocês se separarem sem grandes crises devido ao fato do rapaz ter um bom nível de vida com seu próprio salário. Enfim, veremos mais para frente o que vai acontecer. E o Martim? Perguntou a tia.

Martim? Dei um suspiro. Ele continua exatamente igual ao que era só que agora tenho a impressão de que trocou a tese pelos concursos. Não conseguiu passar nos concursos por pouco, não tenho dúvidas de que mais cedo ou mais tarde vá conseguir — ele é brilhante — mas não parece nem um pouco estar com pressa de ganhar o seu sustento.

Consegui, todavia, colocar um termo na relação amorosa que tínhamos antes e somos agora apenas bons amigos.

E a sede? Vai querer mesmo que lá fique quatro anos? perguntou ela.

Esta é uma questão interessante, respondi pensativamente. Em princípio, quando me enviou para Madagascar era a mesma duração do posto do qual me tinha falado. Mas ultimamente, recebi notícias informais das minhas amigas da sede — Annette e Chuva — que há discussões confidenciais sobre uma proposta para me retirar e me enviar à Nova Iorque. Se isso se materializar, irei trabalhar na divisão de administração do pessoal para a África.

E como você reagiria a tal proposta? Quis saber a tia.

Não sei ainda, respondi. Se de um lado é sempre uma promoção ser convidada a trabalhar na sede — me daria a oportunidade de conhecer colegas tomadores de decisões —, sou, antes de mais nada uma pessoa de terreno. Outra vantagem, seria a de voltar para um lugar mais central no planeta, que me permitiria gozar férias ao mesmo tempo na França e no Brasil, sem viagens com durações vertiginosas.

De outro lado, gosto do meu fim de mundo e do meu namorado e prefiro ficar mais tempo em Madagascar. Já faz algum tempo que não converso com minhas amigas e talvez este projeto tenha sido abandonado. Vamos esperar para ver.

Eu ainda tinha algum tempo para ficar em Paris e aproveitei muito bem este tempo para ver as pessoas de quem gostava. E, como minha tia Bia me tinha avisado, tive novamente de comer aquele horrível rosbife cru com vagem, para ter o prazer de almoçar com tia Maria Adelaide e tio Roberto.

》》》》》》》

Fiz tudo o que tinha vontade, descansei bastante e embarquei feliz da vida de volta para Madagascar.

Capítulo 25

A SEPARAÇÃO DE ERIN

Estava me preparando para encerrar o expediente. Já passava das 18h e estava com vontade de ir para casa mais cedo. Enquanto guardava minhas coisas, não podia deixar de estranhar a mudança de comportamento de Dera em relação a mim. Desde sua volta da França, a velha senhora estava se comportando de maneira bem mais amigável, e Lalaïna, também muito espantado com a mudança de comportamento da mãe, me sugeriu convidá-la, de vez em quando, para um almoço a três.

Se no começo o passeio se desenrolara de maneira protocolar, aos poucos estava ficando mais descontraído, gostoso, e Dera mais relaxada e feliz com a ideia de partilhar um almoço com o filho e a namorada e dar um passeio depois. E o mais estranho é que até eu estava começando a gostar da experiência.

Que engraçado, pensei. Até agora não gostava de Dera, da sua maneira autoritária e das suas ironias. Mas agora tenho de reconhecer que gosto da sua companhia e até aprecio as suas tiradas um pouco cruéis, mas sempre cheias de humor e de inteligência. Creio que ela se sente valorizada e é bem possível ser sua maneira de agradecer. Que bom que estamos nos entendendo.

Estava para sair quando recebi um telefonema da minha amiga Erin, que trabalhava como perita voluntária no Programa de Proteção da Infância (PPI). Pensei que, como de costume, teria uma conversa prazerosa e talvez pudéssemos jantar fora, pois tanto Lalaïna quanto Peter, seu marido, viajavam muito a trabalho.

Quando atendi, a voz de Erin já indicava que algo de sério tinha acontecido.

— Erin, aconteceu alguma coisa? Você está com uma voz muito diferente. Posso ajudá-la de alguma maneira? Você sabe que amigos são para isso.

Ela hesitou e depois começou a chorar. É o Peter. Ele foi embora de casa esta tarde. Veio me avisar há pouco que se apaixonou loucamente por uma malgaxe e que ia me deixar. Já saiu para ir se instalar na casa da tal mulher. Estou desesperada. Senti que estava bem incomodado com o meu sofrimento, mesmo se determinado em ir embora. Falou-me que era melhor eu pedir o divórcio e me assegurou que faria tudo para que as formalidades transcorressem o mais rápido possível. Reconhece que a culpa pela separação é inteiramente dele e me confessou que está literalmente enfeitiçado por essa mulher. Estou destroçada. Eu até estava pensando engravidar, mas vai ter de ficar para outra oportunidade. E ela voltou a chorar.

Você quer que eu dê um pulo aí para ficar com você?

Se isso não for incômodo em demasia, quero sim, soluçou minha amiga. Nunca mais terei um relacionamento íntimo com homens de agora em diante! Não quero mais sofrer tamanha decepção. Estou muito, mas muito magoada.

— Calma, você diz isso porque acaba de sofrer uma grande decepção, mas tenho certeza de que mais para frente arranjará um companheiro à altura respondi com firmeza. Bom, vou desligar e já vou para aí.

Terminei de colocar ordem na minha mesa e fui para a casa de Erin.

Estava sentada, com os olhos inchados de tanto chorar. Não tinha desconfiado de nada, mesmo notando que Peter estava mais distante do que de costume. Mas ele acabava de perder um membro da família muito querido e estava mexido. Culpava-se de não ter visto nada, culpava-se de não ter sido capaz de segurar o seu homem — enfim — culpava-se de tudo.

— Amiga, pare com isso — disse em certa altura. — A responsabilidade é dividida entre você e Peter. Ele deveria ter avisado o que estava acontecendo e não sair assim de repente de casa após dar essa notícia de chofre. Isso não se faz. Mas você desconfia do que aconteceu realmente?

Não, foi a resposta. Mas o pessoal local do PPI sabia que ele via uma outra mulher, uma mestiça de pai malgaxe e mãe indiana, que parece ser jovem e linda chamada Tsilavo. Não me falaram nada porque a maior parte dos expatriados querem dormir com uma malgaxe, pela reputação que têm, mas acabam mantendo o seu casamento. Imaginaram que seria um caso passageiro. E de qualquer maneira é um assunto muito melindroso. Você não viu como Peter ficou. Até parecia enfeitiçado pela mulher da qual falava obsessivamente. Avisou-me que quer levá-la para um passeio romântico na ilha Maurício, antes de partir para Belfast e se casar tão logo quanto possível, você acredita?

Beatriz, ele planejou tudo. Contatou a firma para pedir transferência para a Irlanda, arranjou um visto para a namorada e não me disse uma palavra a respeito. Você entende o que estou falando? O meu marido vai se casar com uma aproveitadora que o tirou de mim e a trouxa aqui, nada viu e literalmente caiu do cavalo quando ele veio avisar que ia sair de casa.

E ela voltou a chorar. Eu tentei consolá-la e quando me dei conta da hora já era noite.

Vamos sair jantar fora? Vai lhe fazer bem dar uma volta. Conheço um lugar onde vão poucos internacionais, a comida é deliciosa e é muito tranquilo, propus.

Não, não tenho a menor vontade que outros me vejam neste estado, respondeu ela. Talvez você queira ir embora e jantar com Lalaïna, que se me lembro bem, volta para Antananarivo hoje à noite. Não quero interferir na sua rotina.

Ele entenderá perfeitamente que hoje resolva ficar com você até mais tarde, respondi. Mas tudo bem. Já que não quer ir jantar fora, vamos ver então o que tem na geladeira para fazermos um jantarzinho gostoso para nós duas.

Erin sorriu, frequentemente passávamos muito tempo cozinhando comidas exóticas e nos divertíamos muito.

Fomos para cozinha e, depois de ter longamente inspecionado o conteúdo da geladeira, dei uma risada satisfeita.

Vejo que tem aí todos os ingredientes para fazermos um excelente prato. Será sem dúvida menos gostoso do que poderia ter sido se tivesse ficado uma noite inteira temperado na geladeira, mas será assim mesmo muito saboroso.

Meu pai tem uma verdadeira loucura por este prato e quando vou ao Brasil, logo nos primeiros dias, me pede para ir à cozinha e preparar três coisas para ele: o lombo de porco que vou fazer agora, um frasco de maionese *aïoli*, que parece que preparo como no sul da França e ovos mexidos. Ele adora os meus ovos mexidos.

No que consiste exatamente o prato? Perguntou Erin, que tinha parado de chorar e parecia estar ficando cada vez mais interessada pelo que eu estava falando.

Muito simples. Vamos ter de descascar dentes de alho e dividi-los em pedaços cortados no sentido longitudinal. Depois será a vez de cortarmos pimentões verdes e pimentas vermelhas bem ardidas em tiras. Precisaremos fazer furos com faca naquele lombo de porco e enfiá-los na carne em três fileiras espaçadas, que cubram bem toda a largura e o comprimento do lombo. Depois temperamos e colocamos no forno para assar a fogo brando. E aí é só esperar que a delícia esteja pronta.

Fiquei um bom bocado de tempo na casa de Erin. A minha amiga, mais calma, começou em seguida a enumerar as ações que tinha de tomar para legalizar a separação de Peter e tocar a vida sozinha. Mesmo machucada, notava que ela estava mais firme e decidida sobre o que queria fazer.

E por falar em homens, continuou Erin, com uma certa amargura na voz, espero que tenha mais sorte do que eu e seja feliz com Lalaïna enquanto estiver aqui, pois você já me falou que não pretende continuar o namoro quando sair do país.

Suspirei, o relacionamento é muito bom até agora. Valeu a pena eu assumir perante a comunidade estrangeira aqui em Antananarivo, que me recriminava por sair com um negro. Tive de explicar um certo número de coisas, para que não houvesse mais ambiguidades e constrangimentos.

Como o quê? Indagou Erin, ocupada, descascando dentes de alho.

O pessoal não sabe fazer a diferença entre eventos profissionais e eventos sociais, apesar de eu reconhecer que em certos casos a diferença não é muito clara, respondi. Por exemplo, todos aqueles belos coquetéis que os doadores dão nos dias de semana, essencialmente, são de certa forma prolongamentos do trabalho. Para mobilizar recursos, fazer contatos, buscar informação ou pedir favores e só se fala de trabalho. Então, quando as pessoas me convidam, é a chefe de administração do PNSQV que convida. Nunca vou com o Lalaïna, ele estaria completamente deslocado nesses convívios.

Mas quando há eventos sociais nos fins de semana na casa de uns e de outros, onde os cônjuges são bem-vindos, aí levo o Lalaïna. Quando só eu sou convidada, entendo que aquele anfitrião não deseja a presença do meu companheiro na sua casa e recuso educadamente o convite dizendo que já tenho um outro programa e fico com Lalaïna.

Aconteceu outro dia com a embaixada da França que, muito sutilmente, me deu a entender que eu era bem-vinda em comparecer sozinha em um evento, em que os cônjuges seriam convidados. Eu respondi que agradecia muito o convite, mas que acabava de lembrar que já tinha outro programa no mesmo dia e na mesma hora, que eu tinha esquecido e do qual meu namorado também faria parte. Nos separamos com muitos sorrisos e não ficou chato para ninguém.

Agora, quando sou convidada nas embaixadas africanas, Lalaïna sempre vai, pois recebo um convite onde está marcado Sra. Beatriz de Val d'Or e Sr. Lalaïna Rakotonarivo. Esta segregação é uma pena, pois ele sabe se comportar perfeitamente em todas as ocasiões e em qualquer ambiente.

>>>>>>>>>

O que me preocupa desde já é o que vai acontecer quando eu for embora. Apesar de todos os meus avisos, ele está se apaixonando e nem quero pensar no que vai acontecer daqui a quatro anos.

É andei vendo, respondeu Erin. Mas muitas coisas imprevisíveis podem acontecer em quatro anos. Veja o que me aconteceu. Concordei e não disse mais nada. Vendo uma ruga começar a sulcar a minha testa, Erin imediatamente mudou de assunto. Ela estava muito grata a mim por ter vindo e não queria me aborrecer levantando assuntos que, aparentemente, me preocupavam. A espera valeu a pena, e o lombo, servido com arroz e legumes assados na chapa, estava maravilhoso. Vendo o deleite de minha amiga, sorri.

Ainda sobrou muito lombo e estará ainda mais gostoso depois de passar a noite na geladeira. Você terá amanhã um almoço de rainha e se puder comê-lo tomando uma taça do mesmo vinho, que acabou de servir, será, verdadeiramente, o paraíso.

Rimos as duas e atacamos com toda satisfação o prato de lichias, que Erin colocara na mesa como sobremesa e tomamos café.

Quando o jantar terminou, já era muito tarde. Liguei para casa e verifiquei que Lalaïna tinha acabado de chegar e estava ficando preocupado em não ter notícias do meu paradeiro. Eu contei rapidamente o que tinha acontecido com minha amiga e avisei que estaria em casa em menos de 30 minutos.

Espero poder retribuir um dia, tinha-me dito Erin, mais tarde enquanto me retirava, depois de lhe dar um grande abraço e avisar que, caso precisasse, não hesitasse em me contatar.

Quando cheguei, Lalaïna parecia desolado. Ele gostava de Erin, mesmo que desconfiasse da seriedade do compromisso de Peter para com ela.

É, parece que Tsilavo conseguiu o que queria desta vez. Escolheu a presa certa no rebanho, pois aquele homem não sabe com quem está se metendo. Aquela mulher não presta, mas acho que desta vez vai conseguir mesmo sair de Madagascar e até se tornar a Sra. Willows. Beatriz, não é a primeira vez que Peter se envolve com mulheres daqui. Já teve outras namoradas, mas com nenhuma o relacionamento chegou a ser tão sério quanto o que está mantendo com Tsilavo.

Vendo a minha cara surpresa, ele continuou, as notícias correm depressa na cidade e todos já sabem que Peter Willows abandonou o lar e foi morar na casa de Tsilavo. Pelo que entendi, eles querem fazer uma viagem romântica à ilha Maurício e, depois, morar juntos em Belfast, até que os papéis de divórcio saiam. E quando isso acontecer, pretendem se casar. Que lindo, não? A Erin, coitadinha, trabalha tanto que nem notou que o marido estava fazendo planos para voar longe do ninho. Fico triste por ela, sempre me pareceu ser uma mulher muito dotada e correta, além de uma grande trabalhadora.

Mas logo conseguirá sua vingança, Tsilavo não gosta de Peter. Ele é apenas um instrumento conveniente para deixar o país e depois ela vai fazê-lo gastar todo o seu dinheiro. E quando não tiver mais nada a oferecer, vai deixá-lo para arranjar outro trouxa rico na Europa, nos Estados Unidos ou em qualquer outro lugar que seja bem longe de Madagascar. Ela terá a vida feita e o Peter vai sofrer muito. Está loucamente apaixonado e creio até que ela recorreu à magia para deixá-lo deste jeito.

Eu não disse nada. Os dizeres de Erin — e agora de Lalaïna — confirmavam de que em Madagascar também havia, como no Brasil, magias de amarração. Sempre desconfiei quando via a paixão irracional e a excessiva dependência do representante do MSF em relação à mulher malgaxe. Será que o meu namorado também ia lançar mão deste recurso em uma tentativa de me manter em Antananarivo com ele?

Afastei estes pensamentos negativos da cabeça, dei-lhe um beijo e fomos dormir. À noite, acordada na cama, pensava no que Lalaïna tinha dito. Resolvi não dizer nada à Erin a respeito, para quê? Para deixá-la com um sentimento de culpa ainda maior?

A situação de minha amiga me fez pensar em como seria a minha própria separação do meu namorado. Seria pacífica ou traumática como a de Erin? Tive dificuldades de pegar no sono e resolvi não tentar adivinhar quais seriam as suas possíveis reações quando deixasse Madagascar. Afinal, era a melhor maneira de ser infeliz antecipadamente.

E como Lalaïna tinha falado, Peter e Tsilavo, depois de algum tempo juntos, foram viajar para a paradisíaca ilha Maurício e de lá foram morar em Belfast, onde ficava a sede da empresa em que trabalhava o agora ex-marido de Erin.

Capítulo 26

LAGO TRITRIVA E PARQUE DE RANOMAFANA

Com as férias em Madagascar se aproximando, fui conversar com Toyberg e entreguei as notas preparadas sobre o que deveria ser feito na minha área antes da viagem.

Lalaïna já havia começado, tempos atrás, a preparar um itinerário interessante e propusera me levar para o sudoeste e o oeste do país. Assim, a primeira parte do programa incluía conhecer o lago Tritriva — considerado mágico — na cratera de um vulcão e passar alguns dias em uma estação termal de águas, em uma reserva florestal tropical úmida reputada com fauna e flora únicas.

Tínhamos também aceitado o convite de Naivo Rabeza, um dos amigos comuns do Tênis Clube de Antananarivo, para visitar o seu vinhedo, situado na parte mais alta do país, perto do lago, e lá almoçar.

E assim, na semana seguinte, deixamos Antananarivo e dirigimo-nos para o sul do país. Estávamos empolgadíssimos em viajar e ver coisas belas.

Na periferia da capital, passamos pelas zonas dos arrozais e plantações de legumes, verduras, e dos invariáveis agriais e olarias (para o fabrico de tijolos de barro). Havia àquela hora matinal, um grande número de mulheres que se dirigiam para os sítios de construção em fila indiana, carregando na cabeça cerca de vinte tijolos! Cada vez que passava por elas, sentia muita admiração tanto pela habilidade quanto pela força. E Deus sabe quantas vezes elas deviam repetir o itinerário com a carga.

Pouco depois, saímos da cidade e começamos a rodar em uma estrada asfaltada de manutenção sofrível. O caminho era maravilhoso com uma paisagem de colinas e arrozais entremeados por aldeiazinhas com casas de tijolo vermelho e telhados de sapé. Os camponeses deviam ter um vasto conhecimento no cultivo da terra e na irrigação, para plantar arroz com tamanha maestria em terraços perfeitamente delineados, que desciam os morros até a estrada. Também observei o grande número de vendedores ambulantes de artesanato, na beira da estrada, que vendiam suas peças fabricadas com ossos e chifre de zebu, materiais de recuperação e fibras vegetais.

»»»»»»»»

Logo chegamos à Antsirabê, capital da região do Vakinankaratra e a terceira maior cidade do país, com um incrível número de riquixás.

Assim levaram-nos para ver as atrações da cidade, como a estação ferroviária e a catedral, resquícios da época colonial francesa, entre outras maravilhas.

Fiquei emocionada com a beleza da cidade alta (cerca de 1.500 metros), suas inúmeras araucárias, a pureza e o frescor do ar que me lembraram de Campos do Jordão. Era neste lugar de veraneio da serra da Mantiqueira, no estado de São Paulo, que minha mãe teve casa por muitos anos. Eu passara lá todas as minhas férias escolares desde criança — tirando 15 dias em dezembro, quando íamos para o Guarujá, antes do Natal. Eu gostava muito daquele lugar na montanha que considerava ser mágico, além de muito belo.

Antsirabê era uma cidade de águas, de inúmeras fontes termais, que existiam tanto na cidade quanto nos seus arredores, e também muito rica em minerais e pedras preciosas e semipreciosas.

Mamy, a irmã de Lalaïna, tinha uma casa de campo nos arredores imediatos da cidade e nós íamos pernoitar lá depois de comer na fazenda de Anko Andrianantenaina, um outro amigo de Lalaïna que tínhamos encontrado por acaso em Antsirabê e que nos convidou para jantar. O rapaz criava uma espécie de zebu, dotado de impressionantes chifres cuja carne era muito reputada.

Quando indaguei se o anfitrião ia nos oferecer um jantar romântico à luz de velas, Lalaïna começou a rir e me respondeu que Anko era um dos poucos fazendeiros que tinham um gerador, que assegurava iluminação até cerca das 22h. Ainda partilhei com ele o meu espanto de ter aceitado um convite para jantar em um lugar tão afastado da cidade, pois Anko morava a mais de 50 quilômetros de Antsirabê.

Lalaïna respondeu que a região era muito segura. E, fato importante, ele só aceitou o convite porque seu amigo disse que enviaria o capataz para nos acompanhar na ida e na volta, para não nos perdermos no caminho.

Quando a escolta chegou, não consegui disfarçar um sorriso. Anko destacou o capataz e seu auxiliar sob o pretexto de não correr o risco de nós nos perdermos em uma região sem sinalização alguma. Mas quando se apresentaram, eu notei algumas saliências muito características debaixo de suas roupas na altura dos rins, que sugeriam armas. Além disso, também observei de relance, rifles de cano serrado no chão, na frente dos assentos na parte dianteira do veículo. Talvez não fosse apenas o medo de nos perdermos no caminho que justificava o gesto de Anko.

Enquanto estávamos nos dirigindo para o local estipulado, verifiquei que tanto os arrabaldes da cidade quanto o campo estavam mergulhados na escuridão mais profunda, não havia uma única luz, apenas os faróis do carro e a lua cheia. A região era bem deserta, com colinas suaves, cobertas de grama e muitos rochedos e árvores. Não vi uma única habitação em todo o percurso.

Tão logo chegamos, havia muitas aldeias e aglomerados menores e algumas casas usavam velas para se alumiar.

O jantar foi maravilhoso e voltamos mais tarde para Antsirabê encantados com o programa e com a mesma escolta que nos trouxera. E notamos os dois, que o motorista e o auxiliar prestavam ainda mais atenção a tudo do que na ida e andavam também muito mais rápido.

Já notei este hábito que os malgaxes têm, Lalaïna inclusive, quando estão com estrangeiros, que é de sempre minimizar os riscos de segurança existentes, pensei. Sentem aparentemente vergonha de tocar no assunto, que me parece ser um problema cada vez maior, tanto nas áreas urbanas quanto nas rurais. Se fosse tão segura, por que não vimos habitações esparsas e aldeias isoladas e qual a razão que leva o pessoal das fazendas a viajar com rifles e revólveres? Esta história não me parece ser muito bem contada.

Chegamos sem incidentes em Antsirabê e logo fomos dormir. No dia seguinte, de manhãzinha, fomos para o lago Tritriva. Tivemos de fazer uma boa escalada pelas paredes íngremes do vulcão até chegar à cratera. Lá dentro, delimitado por paredes muito brancas, um dos lagos mais bonitos que vi na vida, além do lago boliviano-peruano Titicaca. O lago Tritriva tinha 160 metros de profundidade e as águas carregadas de enxofre davam-lhe uma cor verde opaca inquietante.

Segundo o guia que nos acompanhava, a lenda dizia que um casal de namorados se suicidou naquele local pois seus pais e parentes não aceitaram a união, pela diferença de casta e linhagem. O casal resolveu afogar-se para ficar sempre junto. E até a morte não conseguiu separar os dois apaixonados, pois duas árvores nasceram entrelaçadas nas rochas das margens, representando o amor sacrificado. A história me lembrou dos casais Tristão e Isolda, assim como Romeu e Julieta. Esta história de amor era mesmo universal.

Lalaïna escutava a narrativa, quando o guia parou um instante para recuperar o fôlego, apertou a minha mão e me olhou muito comovido, lágrimas brotando dos seus olhos.

Vim aqui várias vezes, mas hoje sinto uma grande emoção por estar com você e escutar mais uma vez a história dos Romeu e Julieta malgaxes. Parece que a ouço pela primeira vez e espero que, no nosso caso, haja um desenlace feliz e poderemos plantar no jardim de casa duas árvores que se entrelaçarão também, simbolizando o nosso amor. Espero que você se sinta como eu.

Ele ia falar mais, quando o guia, distraído, interrompeu o momento romântico para fornecer um complemento de informação. O lago tem outras particularidades, cada vez que um acontecimento de grande importância nacional vai acontecer, o lago fica vermelho. Ninguém sabe explicar a razão, continuou ele com a voz cansada de quem repetiu a mesma coisa milhares de vezes.

Também tem fama de ser sagrado e misterioso e, em vista disso, é proibido banhar-se após consumir carne suína. Conta-se que um chinês descrente tentou desafiar o mito e foi nadar depois de ter comido porco e desapareceu misteriosamente. Até hoje não se sabe do seu paradeiro. Finalmente, também é um local onde várias pessoas morreram, a maior parte delas por suicídio.

Dei graças a Deus pela interrupção do guia, pois não sabia o que responder à Lalaïna sobre as árvores entrelaçadas e tinha medo de magoá-lo. A tirada era muito bonita, mas não... Pensando bem, não me sentia como ele. Se gostava dele sem dúvida, não pretendia levar adiante a relação quando a sede resolvesse me mudar de posto. De qualquer maneira depois da longa explicação do guia, não tinha mais clima para voltar a falar sobre o assunto.

Continuamos os três a conversar sobre outras coisas enquanto dávamos a volta no lago e, ao final do passeio, descemos um dos flancos do vulcão.

Felizmente, Lalaïna não voltou a falar do futuro que esperava ter comigo, ele estava no momento todo animado em ir ao vinhedo de Naivo Rabeza.

Os vinhedos do país se concentravam na região montanhosa do país pelo clima ameno e as variedades de uva tinham sido, na maior parte, importadas da França. Mas havia uma particularidade interessante: muitas das videiras se intercalavam com pés de milho, soja ou feijão. A razão é que a terra é um bem raro e todo espaço precisa ser aproveitado. Além disso, as culturas verdes asseguram uma melhora agronômica da terra. Sorri com este detalhe, que teria provavelmente sido considerado um sacrilégio pelos grandes produtores de vinho franceses.

Continuei a escutar o meu namorado sobre os vinhedos, e nosso amigo comum, Naivo, era um personagem muito importante naquele ramo. Modesto, o rapaz não me tinha contado que era um dos primeiros produtores de vinho da região. Além de produzi-lo com uma técnica de fabricação tradicional, em que todo o trabalho era feito manualmente, também o engarrafava e vendia. O vinhedo tinha excelente reputação e os vinhos eram muito apreciados, tanto internamente quanto no exterior, para onde começava a exportar.

Após uma visita completa ao estabelecimento e às videiras plantadas em plena natureza, fomos todos almoçar e degustar vinhos. O ponto alto do vinhedo era a produção de um vinho tinto com aromas de morango e amora esmagados, que combinava maravilhosamente com a peça de carne bovina, que nos foi oferecida acompanhada de arroz e legumes. Provamos também os outros vinhos que Naivo produzia, um branco seco, um branco doce, um rosado e um delicioso vinho seco de abacaxi.

Depois de alguns licores, de uma boa prosa e vários agradecimentos, seguimos para Ranomafana, a famosa estação termal cujas águas têm propriedades reconhecidas para o tratamento de reumatismo.

Enquanto rodávamos felizes da vida, olhava atentamente para a paisagem.

— Como saberemos quando chegarmos ao país *betsileo*? Perguntei. Pelo que me disse até agora ainda estamos em terra *merina*, não é mesmo?

— Sim, mas preste atenção nas placas indicando o nome dos rios que atravessarmos, disse Lalaïna. Quando estivermos cruzando o rio Mania, o território *betsileo* tradicional começa na outra margem e estende-se no sul até o maciço do Andrigitra. Até chegarmos lá, ainda estamos em país *merina*.

»»»»»»»»

O grupo *betsileo* tem fama, entre outros, por entalhar lindamente madeiras e ser o povo mais intelectual de Madagascar.

Parecia ter-se originado da mestiçagem de negros da costa e da África oriental com asiáticos originários da ilha de Borneo, pois se tinham o tipo oriental, também eram bem mais escuros de pele do que os *merina*.

Calei-me e continuei olhando a paisagem. Era impressionante a intimidade entre o malgaxe e o zebu, um traço comum às diferentes etnias assim como o consumo de arroz. A presença do animal era avassaladora, além de haver uma cabeça de zebu na bandeira, havia zebus pastando em todo lugar, puxando carroças nas pistas em péssimo estado, acompanhados por cabras e bodes que saltitavam alegremente à sua volta. Também muitos dos artefatos eram feitos com couro, ossos e chifre de zebu e comiam a carne, bebiam o leite, usavam o couro e a gordura, com a qual confeccionavam velas. Realmente malgaxe e zebu eram uma coisa só. Além das utilizações terrenas, o animal também possui um grande valor simbólico, pensei. Além de ser um símbolo de nobreza e de riqueza, também parece exercer um papel de intermediário entre os ancestrais e os vivos. Assim, bois são sacrificados durante todas as cerimônias importantes, que marcam a vida do malgaxe, sejam lá circuncisão, casamento ou cerimônias funerárias.

E isso confirmava o que me dissera, um dia, a mãe de Lalaïna quando me resumiu a importância da relação malgaxe--boi com uma citação poética que dizia que "se a carne do zebu é servida na refeição dos vivos, a sua sombra volta de direito aos ancestrais".

Eu estava agora com pressa de chegarmos ao destino, queria parar um pouco e descansar da carga pesada de trabalho e do constante mal-estar, que sentia na capital. Falei à Lalaïna que queria ficar no parque de Ranomafana por quatro ou cinco dias, pois mesmo não sofrendo de reumatismos, sabia que a água tinha outras propriedades milagrosas.

Quando finalmente chegamos, ficamos decepcionados com o estado de abandono em que se encontrava a estação. As infraestruturas, criadas em 1973, tinham envelhecido e estavam prejudicadas por uma manutenção sofrível. O hotel também estava precisando de uma reforma urgente mesmo que os quartos proporcionassem um certo conforto e a comida era mais do que razoável.

Fiquei muito feliz em notar que parecíamos ser os únicos hóspedes de Ranomafana o que talvez justificasse a grande atenção que recebíamos por parte do pessoal, muito simpático. No começo, íamos tomar banho na piscina, ainda em relativo bom estado e ficávamos depois descansando nas espreguiçadeiras.

Muito rapidamente, adquiri o hábito de ir me banhar nas fontes e cachoeiras mais à montante na mata. Para isso, precisava encarar trilhos íngremes, desafiando mosquitos e sanguessugas, mas o esforço valia a pena, além dos banhos deliciosos, vi o raríssimo lêmure dourado, borboletas incríveis, espécies vegetais carnívoras e até antigas sepulturas tribais das etnias *betsileo* e *tanala* (aqueles que vivem nas florestas), perdidas no meio de bosques de bambus.

Lalaïna e eu sentíamos um grande bem-estar, e na maior harmonia, escolhíamos o programa que mais nos convinha fazer durante o dia, para relaxar e nos divertir. Invariavelmente, na hora do almoço, aproveitávamos o tempo para trocar impressões e discutir sobre o que tínhamos visto ou sobre o que ainda íamos ver.

Depois de alguns dias, tanto Lalaïna quanto eu já queríamos continuar a viagem. Tínhamos gostado imenso de Ranomafana e já estávamos pensando quando voltaríamos. A imersão prolongada nas águas milagrosas nos tinha feito um bem incrível e, renovados, seguimos para o sul, no dia seguinte.

Capítulo 27

O PAÍS *MAHAFALY*

Chegar ao país *Mahafaly* era o trecho mais longo e mais cansativo, tínhamos dividido o percurso em um certo número de etapas. Fianarantsoa, a capital do país *betsileo* e a segunda maior cidade do país, era a primeira parada.

Chegamos à tarde e resolvemos deixar as malas no quarto do hotelzinho, onde sempre ficava Lalaïna durante as visitas de trabalho. Fomos em seguida visitar esta urbe, que, como Antananarivo, se situa sobre várias colinas montanhosas e está encravada na região dos vinhedos. Pudemos verificar que a parte mais bonita é sem dúvida a cidade alta com velhos bairros históricos e um conjunto arquitetônico de caráter uniforme perfeitamente conservado com ruelas estreitas e escadarias.

Depois de um jantar delicioso regado a vinho e de uma boa noite de sono, retomamos a viagem de manhã cedinho e, no final da tarde, chegamos a Ambalavao, onde queríamos passar dois dias. A cidadezinha, na fronteira entre a região sul e a dos altos planaltos, se localiza no meio dos relevos montanhosos do Andringitra e é muito bonita, com casas típicas e varandas com grades de madeira em formatos geométricos. Lalaïna tinha também uma outra razão para ir lá, que era a presença das moças douradas que lá viviam e tinham grande reputação pela sua beleza. Era uma particularidade da região, segundo ele, e parecia que as mulheres locais tinham realmente olhos, cabelos e pele dourados. E eu, incrédula, tive de me render às evidências.

Voltei divertida em me concentrar no que via em Ambalavao, Lalaïna dirigia, mas nem por isso deixava de observar as moças e se derretia todo, vendo-as, enleado com a beleza das nativas, quase bateu em um poste, pois os seus olhos não estavam exatamente fixados na rua.

»»»»»»»»

Fomos ao mercado de zebus da cidade, que tem fama de ser um dos mais importantes de Madagascar.

Quando chegamos, a animação estava no auge. Os animais eram exibidos em grandes currais, os compradores podiam examiná-los em detalhe antes de começar as ruidosas pechinchas com os vendedores. Em um daqueles espaços, paramos maravilhados frente a animais belíssimos, gordos e raçudos, que eram muito mais destinados à reprodução do que ao abate.

Homens mal-encarados e fortemente armados, sentados nas bordas dos currais, após encarar-nos com ar de poucos amigos, desinteressaram rapidamente de nós e ficaram controlando novamente tudo e todos ao redor. Explicaram-nos que eram vaqueiros — que mais nos pareciam ser pistoleiros — que tinham assegurado a proteção do rebanho vindo do Sul infestado de ladrões.

Eu amava esses eventos que me lembravam daqueles que tinham lugar em Belvès Val d'Or ou Périgueux. Quando criança, ia com meu pai ao mercado de bois, ele próprio comprava animais e também vendia os que criava nas fazendas. Tudo era tão familiar ainda que em um contexto tão diferente, em Ambalavao também existiam o cheiro dos animais e do seu esterco, os mugidos, as negociações ruidosas no meio de nuvens de poeira, os quiosques onde fumegavam diferentes comidas, a animação.

Já era tarde quando saímos da grande feira para ir ao mercado central de Ambalavao. Eu queria comprar sabão preto — parecia que era ótimo para fazer uma esfoliação da pele do rosto e do corpo — e circular um pouco entre as barracas para sentir a vida local e comprar artesanato.

No dia seguinte, levantamos tarde e foram visitar algumas aldeias com arrozais em terraço, reputadas pela sua beleza. E só foi à tarde que seguimos para Ihosy, a porta do território *bara*, povo de origem banta, composto de pastores seminômades, proprietários de imensos rebanhos de zebus, onde pernoitaríamos. A cidade, um centro comercial, onde os táxis locais — *taxi-brousse* — fazem escala antes de seguir para o sul, ficava a cerca de 130 quilômetros de distância de Ambalavao.

Havia um grande número de pedestres em pistas, rodovias, estradas vicinais etc. Organizados em espécies de comboios, que carregavam produtos variados, e as peregrinações pareciam repetir-se no país desde a nossa partida de Antananarivo.

Quando comentei o fato com Lalaïna, ele sorriu: aqui não temos transportes baratos. Isso explica porque temos nas zonas urbanas como Antananarivo, Toamasina ou Antsirabê os riquixás e na zona rural os *taxi-brousse* apelidados de *taxi-bê*. São lotações utilizadas pelos camponeses mais abastados e representam o único modo de transporte nas zonas rurais. Mesmo o preço sendo baratinho para nós, a maioria da população não pode pagar, então, vai a pé em grupos, por razões de segurança.

As pessoas que vemos caminhando ao longo das estradas desde Antananarivo percorrem nesses comboios, centenas de quilômetros carregando os produtos de suas regiões de origem, que vão vender em outras. Pode ser tanto de produtos alimentícios como arroz, feijão ou sal quanto de produtos de contrabando (álcool, fumo). Estas últimas relações são particularmente intensas na região que liga as altas terras às planícies baixas costeiras.

Enquanto observava a multidão de pedestres, não deixava de admirar a paisagem do planalto do Ihorombe, de cujas bordas estávamos nos aproximando, o verde estava progressivamente desaparecendo, assim como a presença de rios, riachos e cachoeiras. Olhei a paisagem, os invariáveis zebus. Aos poucos estávamos entrando em uma zona mais seca, coberta por uma vegetação de savana, onde aqui e acolá via-se grandes ervas localmente chamadas de *dangues*, algumas árvores mirradas, retorcidas pelo vento e as *satranas*, que são um tipo de palmeira local com palmas rendadas.

Quando chegamos a Ihosy, localizada a cerca de 231 quilômetros de Ambalavao, o sol já estava começando a baixar e resolvemos procurar um hotelzinho simples. Estávamos cansados e queríamos dormir cedo para recomeçar a viagem em forma, no dia seguinte.

Ainda estava amanhecendo quando Lalaïna me acordou. Revirei-me na cama sem vontade de me levantar, ainda sentia muito sono.

Vamos, minha querida, disse-me ele. Terá tempo para descansar mais quando chegarmos à casa do meu padrinho, mas agora precisamos imperativamente levantar cedo para nos juntar ao primeiro comboio da manhã de carros e caminhões que vai para Toliara, a capital econômica do Sul.

E qual é a razão de termos de integrar um comboio para seguir viagem? Perguntei, enquanto me vestia.

Bem, essencialmente, por razões de segurança. Parece que houve um certo número de ataques levados a cabo por bandidos na própria estrada nacional 7, contra veículos isolados. Então o meu padrinho sugeriu que integrássemos um dos comboios, pois este trecho está incluído no que chamamos de zonas vermelhas. Esta é a expressão local para designar uma parte do território nacional sobre o qual o governo exerce pouco controle — ou seria mais certo dizer nenhum — e onde o banditismo é rei. Até agora, todavia, os bandidos não têm atacado estes comboios, pois sabem que também viaja muita gente armada.

Mesmo se não atacam, estão em toda parte. E é por isso que tive de cancelar a nossa visita ao espetacular parque do Isalo, pois o maciço do mesmo nome tornou-se o seu esconderijo. Graças à ajuda do meu padrinho, poderemos manter a visita aos túmulos *mahafaly* e *antandroy*, estão próximos de sua fazenda e poderá assegurar a nossa proteção. Já estávamos prontos e descemos para tomar o café da manhã que se limitava a pão com manteiga, rosquinhas com folhas de taro (um vegetal muito próximo da taioba) e *ranonampango* — a invariável água de arroz.

Dirigimo-nos a um posto de gasolina na saída da cidade, onde um grande comboio de caminhões e carros acabava de reabastecer para seguir viagem para Toliara.

Todos em fila indiana, conforme as indicações dos organizadores, e juntamo-nos a eles. Logo, começamos a nos movimentar lentamente como uma grande centopeia, até atingir a velocidade de cruzeiro.

Tão logo saímos de Ihosy, Lalaïna recomeçou a falar. Vamos com o comboio até Andranovory, onde gente do meu padrinho estará à espera para nos levar à propriedade nas cercanias de uma aldeia pitoresca chamada Betioky. Ele até teve a gentileza de colocar à disposição, um quarto na pousada, onde recebe turistas, e nos orientará quanto à visita dos túmulos *mahafaly/antandroy*. Ele também insiste em nos dar uma escolta para voltarmos em segurança a Ihosy.

Diga-me uma coisa, até agora você tem falado muito deste tal de padrinho sem mencionar o seu nome. Eu o conheço?

Não, ainda não. Mas vai conhecê-lo em breve, o meu padrinho é o general Rivo Rabesoa e sua fazenda é uma ilha segura localizada em uma zona vermelha. Além de ser meu padrinho, é um dos amigos próximos de minha mãe. Ninguém virá procurar encrenca com ele pois tem um poder de fogo considerável, e se provocado, não hesita em retaliar com muita violência. Até há quem diga, em voz baixa, evidentemente, que ele próprio é chefe de uma gangue de ladrões. É uma região sem lei e ele reina todo poderoso sobre as suas terras, assim tem direito de vida e de morte sobre tudo e todos que vivem por lá e não hesita em aplicar castigos físicos a quem o contraria.

Dizem as más línguas que é imprevisível, colérico e sabe satisfazer uma mulher melhor do que ninguém. Mas também tem a reputação de ser muito justo e homem de palavra. Mesmo sabendo o quanto é difícil, as moças jovens e bonitas não parecem ter medo dele e fazem tudo o que podem para chamar a sua atenção. Como é amigo de longa data da família além de ser meu padrinho, então não vou — e nem quero — investigar mais a fundo as alegações.

Entendo. Então, além de padrinho, o general também é um poderoso chefão. Estou curiosa para conhecê-lo, pois parece-me que você tem muito respeito por ele. Mudando um pouco de assunto, qual a distância entre Ihosy e Andranovory?

São cerca de 230 quilômetros, foi a resposta. Mas o comboio não é muito rápido e esta é uma das razões que explicam porque fomos obrigados a levantar tão cedo para viajar no primeiro comboio, não é indicado chegar tarde em Andranovory, parece que ainda teremos de rodar cerca de 100 quilômetros antes de chegar à pousada em uma pista de areia mal conservada, em área pouco povoada e perigosa.

Aos poucos estávamos entrando em uma região semidesértica, rude com uma paisagem vegetal estranha. Intrigante, composta de plantas e árvores vindas de outro planeta, desprovidas de carne, só músculos e nervos, cobertas de espinhos, cascas, pelos e raízes duras e luzidias, enrugadas como maracujá de gaveta. Até as cores vivas suculentas haviam sido como que esvaziadas do conteúdo para ficarem acinzentadas e opacas. Aqui tudo parecia quebrar, estalar, gretar, murchar e estorricar, incluindo a nossa pele, que repuxava incessantemente apesar de a ungirmos de creme hidratante.

Havia as espécies vegetais conhecidas como os mandacarus e os baobás, que vi nas minhas andanças pelo Nordeste brasileiro e por Angola. Aqui os baobás eram chamados muito respeitosamente de renialas, (em malgaxe mães da floresta) e se distinguiam por formas e posições pouco correntes como aqueles dois espécimes abraçados um ao outro, um espetáculo muito insólito. Outro detalhe que me chamou a atenção é que agora parecia que o invariável zebu era, aos poucos, substituído por cabras e bodes que se refestelavam com a vegetação seca.

Eu teria adorado ir ver mais de perto tanto os baobás quanto os caprinos, que via da estrada, mas não tinha como parar o comboio. Lalaïna, notando o meu interesse pelas árvores e animais, me avisou que veríamos muitos na propriedade do general.

Um pouco mais adiante, começamos a ver as árvores-polvo. São grandes cactos cujos braços longos e magérrimos se erguem para o céu, para logo se emaranhar e inclinar sob o efeito do vento dominante. Uma verdadeira procissão de cactáceas choronas, prostradas pelo desespero.

Virei-me para Lalaïna, daria para me falar alguma coisa a respeito dos túmulos *mahafaly* e *antandroy*, por favor?

Mas é claro, foi a resposta. Os *mahafaly* — assim como os *antandroy* — eram originalmente povos de guerreiros e hoje são pastores, que vivem em condições extremas. Como bons malgaxes, têm um grande amor pelos seus bois que lhes fornecem tudo o que precisam para viver.

Para eles, os mortos não desaparecem, mudam apenas de vida. O túmulo torna-se assim a nova moradia e simboliza a sua casa eterna, mais importante do que quando eram vivos. Também acreditam que, na maior parte, os defuntos se tornam ancestrais, intermediários entre Deus e os vivos, o que explica porque são tão reverenciados.

E é por isso que os seus túmulos são tão suntuosos. Os *an-*

tandroy são aparentados aos *mahafaly*, mas têm algumas características típicas. Em primeiro lugar, são de origem judia, árabe e indo-paquistanesa. Em segundo, distinguem-se das demais etnias por usar um chapeuzinho redondo, bem característico, com a parte superior pontuda, e são verdadeiros mestres no manejo da funda.

>>>>>>>>

Estou realmente muito curiosa em ver esses túmulos, respondi. O que acontece agora? Vamos diretamente para Andranovory?

Não, pelo que entendi, o comboio fará uma pausa para descanso e reabastecimento em Sakaraha e só depois é que seguiremos para Andranovory. O general avisou que lamenta muito, mas não vai nos receber pessoalmente como tanto queria. Mas mandará o capataz nos esperar na encruzilhada entre a nacional 7 e a pista para Betioky, para nos levar à fazenda.

Chegamos a Andranovory no meio da tarde e, como combinado, saímos do comboio. Fomos estacionar no local indicado, onde dois indivíduos armados nos esperavam de pé, encostados em um muro com o chapéu baixo sobre os olhos. Identificaram-se, eram homens do general e seguiriam na frente para nos mostrar o caminho.

Depois de cerca de 90 quilômetros de pista ruim, que serpenteava em uma paisagem arenosa, cinzenta e deserta com muitos cactos, chegamos ao destino. Fomos levados a uma pousada confortável, vizinha de uma casa de tijolos de laterita, ampla, bem construída e com alpendre, nas proximidades da aldeia de Betioky. Fomos descansar até a hora do jantar, previsto para às 20h, quando o general estaria de volta à fazenda.

    Na hora estipulada, depois de uma soneca e de um bom banho, descemos. Aina, uma linda mocinha de não mais do que 15 anos, supervisora da pousada, nos orientou para irmos à casa grande, onde nos esperava o anfitrião. O olhar de Lalaïna demorou-se nela com preocupação, sensual, bonita, morena com incríveis olhos azuis, a moça já devia ter chamado a atenção do general. Ele até a via, brevemente, engrossar o harém do general, se é que já não fazia parte.

Capítulo 28

AS EXCURSÕES NA REGIÃO

A<small>LTO, MAGRO, ATLÉTICO E ENÉRGICO</small>, traços finos e muita personalidade, o general Rabesoa cumprimentou-nos e deu um abraço em Lalaïna. Era um homem de cerca de 40 anos, distinto, com olhos inteligentíssimos e tratava todos, excluindo os convidados, de maneira seca e autoritária. Parecia gostar muito do seu afilhado e podia ser charmoso quando queria. Avisou-nos que no dia seguinte teríamos um guia que conhecia a região como ninguém para visitar os túmulos *mahafaly/antandroy* dos arredores. Ele, infelizmente, estava muito ocupado com os negócios e teria novamente de se ausentar nos dias seguintes. Mas tinha tomado todas as providências com Aina, para que nada nos faltasse e nos convidou para pernoitar o tempo que quiséssemos na propriedade. Também fazia questão de regressarmos a Ihosy escoltados por seus homens.

Após conversar conosco, agradavelmente, sugeriu que fôssemos descansar, pois vínhamos de longe e teríamos um programa carregado, devíamos nos recuperar e tomar antes de dormir um copo de *ranonampango*, que tinha mandado Aina preparar e levar ao nosso quarto.

Só foi chegar na pousada para eu notar que tinha esquecido a minha echarpe no salão da casa-grande e lá voltei buscá-la.

Estava no jardim, quase chegando, quando vi o general entrar, segurando Aina pelo braço. Ele estava muito irritado e a repreendia por alguma coisa que não entendi. Ela chorava, tentando se justificar. Mas, aos poucos, o interesse do dono da casa passou da bronca para a moça, o olhar foi ficando agudo e o choro parecia excitá-lo. Não era mais a funcionária que via, mas a fêmea ao seu alcance, naquele momento.

E como bom predador, não deixou passar a ocasião, avançou, de repente, rasgando a blusa com um único puxão, que deixou à mostra o seu seio. Também removeu com um gesto seco as presilhas que seguravam o seu cabelo preso em um coque. Depois fechou uma mãozona sobre um dos seus peitos, encostou-a contra a parede e começou a beijá-la. A cena era de uma incrível violência.

Aina tentou escapar e se debatia em desespero. O general, irado com a resistência, torceu-lhe um braço atrás das costas e empurrou-a escada acima sem amenidade parecendo ameaçá-la de algum castigo. Ela reprimiu uma careta de dor e parou de lutar, dirigindo-se docilmente para o quarto, enquanto ele removia com a outra mão a parte de cima de sua roupa.

Escondida atrás de um baobá no jardim, pertinho da varanda, tive ganas de voltar para a pousada, não queria testemunhar o castigo que Aina iria receber. Mas, para isso, precisava atravessar uma área extensa, fortemente iluminada do jardim, com vegetação rala e era quase impossível o general não me ver, caso olhasse pela janela. Resolvi ficar atrás da árvore, até que os dois entrassem no quarto. Tinha medo da reação do general caso descobrisse que eu vira como tratava os funcionários quando estava a sós com eles. Voltei a olhar para a casa-grande.

Chegando em um salãozinho que dava para o quarto, o general removeu o resto das suas vestes e Aina ficou nua na sua frente, pernas longas, mamas grandes e firmes, surpreendentemente desenvolvidas para uma menina-moça de apenas 15 anos. Ele olhou-a longamente, enleado pela perfeição das suas formas. Meu Deus! Pensei, ao vê-lo tocando, excitado, o corpo da moça. Parece que está avaliando um animal antes de comprá-lo. No momento é, praticamente, o que ela é para ele. Vai fazer com ela o que bem quiser esta noite. Que homem mais bruto!

Logo em seguida, amarrou-a, rudemente com as mãos atrás da nuca e sentou-se em uma cadeira segurando-a no colo. Começou então a brincar com seus seios. Dava tapinhas para logo em seguida sorver, torcer e mordiscar os seus mamilos. Em uma certa altura, Aina começou a gritar de dor, retorceu-se toda de tão agoniada que estava e suplicou, aos prantos, que a tortura parasse, faria o que ele quisesse de agora em diante sem questionamentos.

»»»»»»»

Mas o general, aparentemente perdido no mundo de sensações que devia experimentar, continuou a bolinar os peitos da moça, alheio aos seus gritos.

Em seguida, passou uma corda em volta dos seus pulsos amarrados e lançou a outra extremidade por cima de uma das vigas do salãozinho, prendendo firmemente as duas pontas para impedi-la de cair.

Retirou de um gancho no muro um chicote com tiras de couro e começou a açoitá-la. O general estava atento a não machucá-la muito, sem dúvida para que pudesse participar plenamente do sexo mais tarde. Quando parou a punição, levantou-lhe a cabeça brutalmente com o cabo do chicote e conversou com ela brevemente. Aina, assustada, parecia concordar com tudo o que o seu algoz falava.

Apesar do comportamento submisso de Aina, a irritação do general não amainava. Aproximou-se então da moça por trás e agarrou os seus seios. Apertou-os com força (ele parecia ter uma fixação por esta parte) enquanto gritava, liberando-se de toda a raiva que ainda estava dentro dele e mordeu-lhe o cangote, um pouco como os garanhões fazem com as éguas durante a cobertura. Ela voltou a chorar enquanto o general, aliviado, respirava fundo, com as mãos sobre seu peito e a boca em seu pescoço.

De repente, a incrível tensão que reinava no ambiente se dissipou e Rivo Rabesoa caiu em si dando-se conta do abuso de poder que estava cometendo. Era mais do que na hora de parar com este castigo sem sentido. Afinal, que crime Aina tinha cometido para ser maltratada daquela maneira?

Desamarrou as mãos da moça e examinou atentamente as marcas que as chibatadas tinham deixado em sua pele. Os machucados não eram graves.

Ele a fez sentar e vendo que ela tremia, deu-lhe uma manta para se cobrir.

Não me espantaria que agora ele estivesse envergonhado pelo seu comportamento, pensei. Vai ver não sabe lidar com esses sentimentos, que não devem ser habituais.

Ele ia começar a falar algo quando Aina deixou-se cair de joelhos na sua frente, beijou uma das suas mãos e pediu perdão por tê-lo contrariado. Em seguida, sempre ajoelhada, puxou os braços do dono da casa para junto dela, colocou os seus seios nas suas mãos e encostou a cabeça no seu colo em uma entrega tão comovente quanto inesperada. Ele ficou sem ação por uns minutos, muito emocionado — e também surpreso — de ver uma pessoa que ele acabava de torturar se comportar daquela maneira, confiante e espontânea.

A sua atitude em relação à moça mudou completamente. Parecia agora que ele via na sua frente uma menina-mulher inocente, machucada e assustada, e se enterneceu, levantou-a e acomodou-a contra o seu peito com cuidado, conversando com ela em voz baixa.

Enquanto falava, começou a acariciá-la e ela se sobressaltou e começou a gemer. Rivo Rabesoa tomou-a então nos braços e levou-a para o quarto. A casa ficou silenciosa e escura. O único lugar onde havia luz era o quarto do general.

Atrás do baobá, estava pasma com o comportamento do padrinho de Lalaïna, que oscilava entre um animal no cio e um psicopata. Pensei que se uma mulher podia trazer de volta a uma certa normalidade um homem problemático como Rivo Rabesoa seria certamente Aina, por quem eu não podia deixar de sentir admiração. Aquela mocinha tinha conseguido o feito de desmontar o general e tocar profundamente o seu coração. E de fato, se esta noite ele fora violento, sádico, passara a tratá-la com o maior carinho e respeito, e eu pude testemunhar a incrível reviravolta.

Retirei-me tomando o maior cuidado para não fazer barulho e preferi não comentar o que tinha visto com Lalaïna. Ele adorava o seu padrinho e sem dúvida ficaria chocado com a maneira inadmissível com a qual tratara a funcionária.

No dia seguinte, logo de manhã cedinho, estávamos muito curiosos em começar a visita aos túmulos.

E quando o guia chegou, fomos para uma área mais ao sul da fazenda, onde dava para ver um túmulo magnífico à beira da estrada. Fiquei muda, uma das coisas mais imponentes que me tinha dado ver.

O túmulo, onde estava reunida possivelmente toda uma família de diferentes gerações, em um grande espaço quadrado de uma dezena de metros, cercado por um muro de um metro e cinquenta de altura, onde se destacavam lindas pinturas coloridas. Havia uma grande quantidade de pedras brancas empilhadas umas sobre as outras, que deviam ter cerca de um metro de altura. Sobre elas, depositados os *bucrânes*, isto é, as caveiras dos zebus sacrificados durante as cerimônias funerárias, encimadas por chifres impressionantes.

》》》》》》》》

Comecei a tentar contar os pares de chifres e cheguei à conclusão de que várias centenas de animais tinham sido sacrificados e comidos naquela ocasião.

E Lalaïna e o guia me diziam que havia túmulos em que os zebus mortos podiam chegar a um número até mais elevado. Eles citavam alguns casos de enterro de pessoas abastadas em que a totalidade do rebanho dos defuntos fora sacrificado, o que tinha exigido o prolongamento da festa fúnebre por dias e dias a fio.

Voltando ao túmulo em questão, acima das pedras, numerosos *aloalos* tinham sido edificados. Os aloalos, típicas obras de arte *mahafaly* e *antandroy*, são postes de madeira esculpida com motivos geométricos que podem atingir alturas de até um metro e oitenta. Em seus topos, são esculpidos figuras, cenas ingênuas da vida do morto, cabeças de zebu e zebus de corpo inteiro, evidenciando mais uma vez a importância daquele animal na cultura local. Parei para admirá-los, impressionada pela delicadeza do trabalho da madeira e pela sua altura.

É um túmulo familiar de gente rica *antandroy*, murmurou o meu namorado nas minhas costas. E a qualidade das pinturas, assim como a quantidade e beleza dos *aloalos,* também podem dar-nos alguma informação a respeito. Veja como são altos, numerosos e como o trabalho de entalhe foi cuidadosamente realizado. Hoje em dia, estes postes de madeira não são mais tão grandes nem tão bem esculpidos e falta cada vez mais madeira para confeccioná-los. Você sabia que os túmulos precisam ser vigiados, pois há turistas que ainda vêm aqui com o único propósito de roubá-los? Virei-me para olhá-lo interrogativamente quando Lalaïna caiu na gargalhada.

Olha só para o que dizem estes *aloalos* daqui. Deve ter neste local um morto muito mulherengo, pelo que eles nos dizem: só há aqui representações de casais fazendo sexo, e neste aqui se vê um homem perseguindo mulheres. Impressionante, não?

Depois de termos parado e observado de perto vários túmulos na beira de estradas, cuja maioria pertencia à gente abastada, embrenhamo-nos em estradinhas secundárias onde havia outros tipos de túmulos como aqueles *mahafaly* — mas também *antandroy* — que mais se pareciam com casas, cercadas por muros altos, com pinturas multicoloridas de grande beleza. Ali, também, podia-se ver um grande número de caveiras de zebus e aloalos. Se, invariavelmente, apareciam naqueles postes de madeira os zebus e cenas cotidianas dos mortos, em muitos jazigos havia diferenças notórias no que dizia respeito à quantidade e beleza das cores, ao tipo de material utilizado, qualidade do entalhe dos aloalos, número de zebus abatidos etc. Pensei que até na morte aparecia a questão das castas.

Notamos que o guia tinha ficado mais atento depois de estarmos circulando por caminhos vicinais. Se mantinha o seu invariável sorriso e deixava-nos descer à vontade para ir ver os túmulos, o tempo concedido para admirar os detalhes era menor.

Algum problema? Perguntei, interessada pela súbita mudança de comportamento do guia. Você acha que ainda é possível vermos mais túmulos localizados nas pequenas estradas vicinais?

Ainda dá para vermos alguns, sim, se a senhora quiser. Mas não aconselho ficarmos muito tempo mais nestas estradinhas.

Esta região não é segura. Bandidos ficam escondidos e atacam os turistas quando estão ocupados, admirando as obras de arte funerária, roubando o que deixaram nos carros e até os valores que carregam, ameaçando-os com armas. É claro que comigo aqui não farão, pois não querem problemas com o general. Mas não precisamos tomar riscos inúteis que podem ser entendidos como provocações.

Hoje à tarde visitaremos mais túmulos em uma área mais segura, que tem alguns maravilhosos. Depois desta segunda expedição, vocês terão uma excelente amostra da nossa arte funerária *mahafaly* e *antandroy*.

Manobramos então em uma parte mais larga da estrada e voltamos à casa do general para um almoço tardio a dois. Aina estava a postos e veio nos ver com sua costumeira gentileza para saber se estava tudo bem e se precisávamos de alguma coisa. Agradecemos muito sua preocupação e asseguramos que estava tudo ótimo. Ela sorriu e se afastou. Não apresentava marcas aparentes dos maus-tratos da véspera. As únicas coisas que me chamaram a atenção era um lenço que cobria uma parte do pescoço e as imensas olheiras. Com certeza a noite passada com o general fora muito intensa, sem muito tempo para descansar.

À tarde, como previsto, fomos ver mais exemplares de túmulos e voltamos, exaustos e radiantes para jantar.

A noite estava linda e eu tinha saído no jardim para ver a beleza do céu estrelado longe das luzes da cidade grande e aproveitar um pouco a paz do lugar. Lalaïna se tinha recolhido para tomar banho antes de dormir e eu queria ficar um pouco sozinha no meio da natureza tão bela. Já devia ser muito tarde e tínhamos ainda uma excursão interessante para fazer no dia seguinte. Quando levantei para me recolher, vi o general chegar. Ele não me viu e foi reto para seu quarto após ter dado instruções ao capataz.

Logo em seguida, ouvi um barulhinho de passos na alameda que levava à casa-grande. Era Aina que ia para o quarto do general. Imaginei que de agora em diante seria a sua rotina noturna e talvez até diurna, pois o general tinha fama de ser insaciável neste quesito. Lalaïna me dissera também que o padrinho se cansava rápido das suas mulheres e o rodízio de moças bonitas na fazenda era intenso. Mas algo me dizia que não aconteceria com Aina, pelo menos não tão cedo. Ela sabia lidar com ele, surpreendê-lo, comovê-lo e era muito diferente sem dúvida das outras mulheres que ele seduzia.

No dia seguinte, fiquei emocionada em ver que tanto Lalaïna quanto o padrinho tinham organizado na parte da manhã um programa ecológico maravilhoso para a geógrafa que eu era. Visitar uma zona de brousse — uma área de matagais cerrados, única no mundo — com uma grande variedade de flora e fauna (nomeadamente aves), de grande beleza.

E após termos almoçado, voltamos encantados para Ihosy, com alguns homens de Rabesoa. Fizemos um caminho diferente do da ida e passamos por algumas aldeias paupérrimas.

Capítulo 29

A VIRAÇÃO DOS MORTOS (*FAMADIHANA*)

Veja, disse Lalaïna, esta região não é muito habitada e as poucas aldeias pelas quais passamos, além de perto umas das outras, estão cercadas por árvores e cactos com grandes espinhos. Estas cercas são multifuncionais, de um lado protegem os camponeses da poeira levantada pelos fortes ventos sazonais, e de outro, dificultam o roubo de animais. Você deve ter visto na casa do meu padrinho, lá no fundo, uma cerca similar protegendo a propriedade dos ventos dominantes.

Então, se entendi bem, esta região é ao mesmo tempo turística e insegura. Mas então como fazem os operadores de tours para se assegurar que nada aconteça às pessoas que eles trazem aqui? Perguntei.

Bem, respondeu Lalaïna, pouco à vontade, eles recrutam guias locais e até usam discretamente alguns batedores ou policiais de confiança para vasculhar a área e garantir alguma segurança. Mas há sim um dispositivo invisível montado para proteger os turistas. Com a miséria crescendo nestas zonas rurais, a minha terra vai ficando mais perigosa e os bandidos cada vez mais audaciosos. Aliás, hoje em dia, os *dahalos* ou ladrões de gado, não são mais o que eram antigamente, estão se modernizando, os ataques, e o armamento se parecem cada vez mais com os do crime organizado.

Conversei com meu padrinho e ele nos ajudará a organizar, talvez no ano que vem, uma visita ao parque do maciço de Isalo e poderá até vir conosco, pois gosta muito deste passeio. Também incluirei antes disso uma visita às comunidades de etnias descendentes de comerciantes e navegadores árabes que estão no sudeste da ilha, como as *antambahoaka* (aqueles com muita população) e *antaimoro* (aqueles da costa). Se não representaram uma imigração numerosa, deixaram muitas marcas no país entre as quais posso citar os nomes malgaxes das estações, dos meses e dias, a prática da circuncisão ou o consumo da carne *halal*.

≫≫≫≫≫≫≫≫

Enquanto estávamos viajando, fiquei reparando o quanto aquela terra era seca, nada a ver com as florestas úmidas e luxuriantes de Ranomafana.

Lalaïna sorriu, talvez a paisagem tivesse sido mais acolhedora se tivéssemos vindo fazer esta visita na época das chuvas. Mas aí teríamos tido problemas para circular em estradinhas de terra.

Tínhamos planejado dormir novamente em Ihosy e seguir depois para Betafo, via Fianarantsoa e Antsirabê. Despedimo-nos com muitos agradecimentos dos homens do general e pagamos uma refeição para que comessem antes da viagem de volta. Resolvemos ficar no mesmo hotel, onde nós tínhamos ficado na ida.

A propósito, precisamos agradecer o general pelo belo programa e hospitalidade que nos reservou, disse. Gostei dele, do seu carisma, da sua inteligência, mesmo convencida que deve estar mergulhado até o pescoço em negócios não muito claros.

Lalaïna caiu na gargalhada. A minha mãe tem as mesmas dúvidas do que você. Ela acha que o general está envolvido em contrabando e outras associações lucrativas pouco legais com membros do governo e máfias. Pretende viver na casa em Betioky da renda que arrecada de turistas e da venda dos bovinos e caprinos, mas todos nós imaginamos que é uma fachada. Não conseguiria manter o nível de vida que tem se só sobrevivesse dos aportes destas atividades. Soube que ele vai vir a Antananarivo o mês que vem, então poderíamos, ou convidá-lo para jantar em casa, se você não estiver a fim de cozinhar um dos seus maravilhosos pratos brasileiros, levá-lo a um bom restaurante.

No dia seguinte chegamos à tarde à Betafo e logo fomos para o hotelzinho, reservado por Dera para nós. Ela até havia deixado lá para mim um *lambamena* — que é uma espécie de xale de seda crua — era imprescindível usar para assistir a uma viração dos mortos.

No dia seguinte seria o dia de abertura do *famadihana*, marcado pela chegada de todos os membros da família. Fomos os dois andar em Betafo, assim como nas margens do lago Tatamarina e constatamos que toda a aldeia estava ocupada com os preparativos da cerimônia. Eu estava tão interessada pelo que via, que, sem me dar conta, enveredei por um caminho quando vi Lalaïna chegar correndo e agarrar-me pelo braço.

Eu não recomendo que siga por este caminho, avisou ele, pois mais abaixo há um local específico, onde estão sacrificando os zebus para alimentar os convidados de amanhã, que são muito numerosos. Minha mãe me falou de cerca de quatro mil pessoas.

E você certamente desmaiaria se visse como é feito. Tem gente especializada para esta tarefa com muita habilidade e se preocupa em matar os animais da maneira mais indolor possível.

Vendo-me interrogativa, ele completou, parece que tem um ponto certo vulnerável na cabeça do animal. Quando o zebu é atingido naquele local, não sente mais dor e morre logo. Mas é meio brutal assim mesmo, pois os matam a marteladas.

Fiquei branca como um lençol e afastei-me correndo. Homens passaram por nós levando uma nova leva de bovídeos para o abate. Estavam com pressa, havia ainda muitos animais a sacrificar.

Voltamos para onde outros preparativos mais amenos estavam sendo feitos. A aldeia fervia com todas aquelas atividades e expectativas e havia muitos sons, os grupos folclóricos que iam tocar até o final da festa, estavam afinando os instrumentos e fazendo o último ensaio.

Fomos para a cama tarde e não tínhamos vontade de dormir. Enquanto tomava banho, perguntei ao namorado:

Como e quando vocês sabem que é preciso fazer um *famadihana*?

Lalaïna olhou-me com carinho: é o Mpanandro que decide quando é necessário fazer a cerimônia. Ele é um adivinho e uma figura altamente respeitada que desempenha o papel de astrólogo em nossa sociedade. E está presente tanto nas grandes cidades quanto nas aldeias. Aliás, ele desempenha um papel essencial na vida das pessoas, é consultado em eventos importantes como o *famadihana*, o casamento, a circuncisão etc. Ele até é chamado a opinar no caso de viagens.

Você consultou o Mpanandro de Antananarivo antes da nossa viagem?

Lalaïna respondeu sem graça, mas é claro. Vinte dias já é uma viagem longa e sinto-me mais tranquilo tendo consultado o adivinho antes de sair da capital.

E o que foi que ele disse? Interessei-me quando estava saindo do chuveiro, embrulhada em uma toalha.

Ele me disse que a viagem transcorreria bem e que íamos aproveitá-la bastante. Só disse coisas boas, respondeu ele. E fomos dormir.

No dia seguinte, os membros da família próxima e distante de Lalaïna começaram a chegar e a aldeia vivia sob o ritmo dos tambores, das flautas, dos acordeons, trombones e clarinetas. As bebidas alcoólicas começaram a ser distribuídas à vontade aos convidados.

Eu circulava no meio de toda aquela multidão com meu *lambamena*, sendo apresentada, sorrindo bastante e socializando. Eu sempre tivera um pânico de multidões, então fazia das tripas coração para que o namorado não percebesse o meu desconforto em estar junto de tanta gente. E ainda estava chegando mais. Assim passei o dia, comendo, bebendo, conhecendo pessoas, escutando música etc.

À noite, Lalaïna veio ter comigo, uma personalidade da aldeia ia, daqui a 15 minutos, ao túmulo familiar para chamar os mortos aos gritos e pedir que viessem para serem homenageados no dia seguinte. Só um grupo seleto de pessoas iria para o túmulo familiar e Dera fez questão de Lalaïna e eu estarmos presentes.

Depois deste passeio inusitado, quando já nos tínhamos recolhido, Lalaïna disse, aqui nas altas terras, os malgaxes acreditam que quando uma pessoa está morta, seu espírito sai do corpo e continua a levar uma outra vida. É por esta razão que pedimos aos espíritos para estarem presentes no local onde seus corpos foram enterrados, na vida anterior, para serem homenageados.

No dia seguinte, acordamos tarde e estávamos nos vestindo, sempre na conversa.

Não precisa correr tanto, disse-me Lalaina. O adivinho não autoriza a ida ao túmulo antes do meio-dia. É preciso que o sol se incline para o oeste para podermos nos dirigir ao mundo dos mortos, e tudo foi planejado para que o banquete coletivo se encerre antes das 14h, no mais tardar.

Quando chegamos, o banquete já estava sendo servido, era uma cena impressionante ver todas estas pessoas comendo na maior alegria e circulando no meio das orquestras.

Quando o sinal foi dado para ir ao túmulo, já havia muita gente reunida no cemitério e o clima era de festa. Até havia uma banda tocando.

Chegaram os pedreiros para retirar a porta de pedra da estrutura baixa de tijolos do túmulo. Dentro do jazigo, havia várias camas de pedra sobre as quais repousavam os avós, os pais e a irmã de Hasina, aquela parente próxima de Lalaïna, enrolados em uma mortalha de seda crua. Cada corpo foi carregado com cuidado para fora do jazigo e depositado sobre tecidos especiais, pois não podem ficar diretamente no chão.

Neste momento, a banda parou de tocar e caiu um silêncio. Hasina abraçou os corpos e permaneceu mais tempo segurando a mãe junto dela. Todos os familiares foram homenagear seus parentes mortos, Lalaïna inclusive, e, em seguida, as mortalhas foram removidas e substituídas por novas. Em seguida, os corpos foram levantados na altura dos ombros e o momento de recolhimento foi interrompido pelas risadas dos familiares que começaram a gritar de alegria enquanto os carregavam, dançando com eles ao redor do túmulo e levantando-os ainda mais alto. Havia uma verdadeira multidão de parentes, que confraternizavam, dançavam, tocavam os corpos que eram bastante chacoalhados.

Meu Deus, pensei enquanto olhava a cena, com estes trancos tão violentos, os ossos daqueles pobres mortos devem estar totalmente desconjuntados dentro dos panos de seda. Mas pelo menos os defuntos não devem se importar. A cerimônia fúnebre parece ser bem cara com o grande número de pessoas comendo e bebendo fartamente. Vejo também muito tecido lamba, e sei que é caro, sobretudo aqui no interior. Não é de espantar que a festa tenha lugar de cinco em cinco ou de sete em sete anos, o custo é altíssimo, mesmo com as despesas repartidas entre os diferentes membros da família. Agora entendo o que Lalaïna quis dizer quando me avisou que seriam os parentes mais abastados da família que iriam organizar o *famadihana* e arcar com os maiores custos.

Agora os mortos tinham sido sentados em cadeiras e pessoas estavam enfiando nas suas mortalhas novinhas, bilhetinhos, cédulas de dinheiro, fotos e até garrafas de rum. A festa estava ficando cada vez mais animada e já havia muita gente embriagada, mesmo assim continuavam a beber e comer. E as orquestras tocando e se revezando para alegrar o ambiente.

Depois de ter festejado muito seus ancestrais e os ter recolocado no túmulo familiar, a multidão foi partilhar pedaços das mortalhas antigas que tinham sido removidas e possuíam, segundo rezava a tradição, propriedades particulares de proteção e cura.

Dera ficou contente em constatar que tínhamos ficado na cerimônia praticamente do começo ao fim. Mas agora eu queria sossego. Acabei me recolhendo antes do meu namorado para tomar banho e ir dormir mais cedo.

A festa ainda ia continuar no dia seguinte e para quem não compareceu à solenidade mais cedo. Os mortos não seriam retirados novamente do túmulo, mas pedaços das mortalhas já tinham sido separados para presentear os convidados recém-chegados.

≫≫≫≫≫≫≫≫

Como tínhamos participado plenamente da cerimônia nos dois primeiros dias, pretendíamos seguir viagem no terceiro dia da viração.

Fiquei encantada de participar do evento, disse a Lalaïna enquanto entrávamos cedinho no carro. Dá-me uma oportunidade incrível de conhecer o país e sua gente e fiquei impressionada pela fé das pessoas e o apego à tradição. Realmente, Lalaïna, estou muito grata a você e à sua família por me permitir viver uma experiência tão intensa.

Ele, satisfeito, acrescentou, de forma maliciosa, o *famadihana* é mais interessante do que a experiência de canibalismo funerário, que viveu no Brasil com seus amigos índios?

Eu achei graça na comparação e retruquei, é difícil dizer

qual é a mais interessante. Os contextos são muito diferentes. Digamos que são duas celebrações funerárias que têm em comum homenagear os seus mortos, e amei participar de ambas.

Capítulo 30

A ALAMEDA DOS BAOBÁS

Estávamos saindo da aldeia e fiquei olhando a paisagem muito bela. O meu olhar demorou-se na igreja luterana norueguesa do século XIX — um dos cartões postais de Betafo — que desaparecia atrás das colinas cobertas de arrozais. Estes desciam o morro em suaves terraços com fileiras de pés de arroz bem ordenados, parecendo militares disciplinados desfilando em um dia de festa.

Depois do *famadihana*, você ainda vai ver alguma coisa de excepcional, disse Lalaïna. Sabia que o único lugar no mundo onde encontra florestas de baobás é em Madagascar? E seis das oito espécies existentes no mundo só crescem aqui. Há ainda uma variedade presente na África e outra na Austrália.

Refleti um momento sobre o que o meu namorado acabara de dizer. E via agora que se em Angola havia muitos baobás, eles sempre apareciam em espécimes isolados, enormes e majestosos, perdidos no meio da savana. E por mais que tivesse viajado no país, nunca os vira em grupos.

E tenho uma última curiosidade a contar, continuou Lalaïna. Você já viu as flores?

Não, respondi. Cheguei a ver os seus frutos, são marrons,

grandes, mais ou menos quarenta centímetros de comprimento por quinze de diâmetro e sei que a sua polinização é assegurada por morcegos e borboletas nectarívoros.

O nome angolano desta árvore é imbondeiro e as frutas lá são chamadas de *múkuas*. Você pode fazer sucos e batidas maravilhosos, mas para consumi-las precisa fervê-las e depois coar o suco, pois são frutas secas. Para sua informação, as folhas também podem ser consumidas, além das sementes que são muito nutritivas e podem ser utilizadas para substituir o café em certos lugares. E saiba que também se pode extrair delas um óleo alimentar.

Você teve então mais sorte do que eu, nunca vi nem as floradas e nem os frutos, respondeu Lalaïna. Parece que as flores são extraordinárias e em forma de vários estames com cores variadas que vão do branco, ao amarelo, passando pelo vermelho, dependendo da espécie.

Enquanto viajávamos, Lalaïna ia me contando que havia no passado na região, densas florestas tropicais onde se encontravam muitos baobás. Com o passar do tempo as florestas foram sendo desmatadas, para a agricultura. A alameda dos Baobás, segundo ele, não estava em um parque nacional e não gozava de proteção de espécie alguma. Apesar da sua popularidade como destino turístico, a área não tinha nem centro de visitantes nem taxa de entrada. O maravilhoso patrimônio estava em risco, pois tanto o governo quanto os moradores da vizinhança não pareciam se importar muito, pois gerava pouca renda.

Desculpe a interrupção, eu disse. Vejo que a paisagem mudou bastante, assim como o uso do solo. Além do invariável zebu, há agora muitas culturas de subsistência como milho e mandioca, além do arroz. Também notei uma grande diferença nas roupas da população e há um número impressionante de crianças que circulam nas aldeias, as habitações são bem diferentes do que vimos até agora. Parece-me que são feitas de madeira e de uma espécie de taboa.

Você está certa, minha querida. Esqueci de falar que já faz algum tempo estamos rodando no país *sakalava* (aqueles dos grandes vales), que é uma das 18 etnias malgaxes. Saiba que praticamente toda a parte oeste de Madagascar é ocupada pelo território desde Toliara até Sambirano. É uma etnia interessantíssima e precisaremos voltar para que a conheça melhor. Tem costumes um pouco diferentes das demais, por exemplo, se os homens têm o direito de ter várias esposas, as mulheres também podem ter vários maridos. E outra coisa que sem dúvida vai interessá-la, os seus túmulos são completamente diferentes dos que vimos até agora, pois são construídos em madeira e decorados por artes funerárias.

Fiquei muito interessada em vir nas próximas férias descobrir as particularidades do povo *sakalava*. Enquanto escutava o meu namorado falar, voltei a me concentrar nos baobás cuja presença estava se intensificando à medida que nos aproximávamos da região do Menabe, entre Morondova e Belon'i Tsiribihina.

»»»»»»»»

A viagem era longa e a
estrada, se era muito pitoresca,
não era boa.

O asfalto desmanchava, havia grandes buracos e valetas que nos obrigavam a andar devagar para não estragar o carro. Isso me dava a oportunidade de olhar com atenção para a paisagem.

Eu amava baobás. Gostava do seu aspecto maciço dominante e muito original, do seu tronco como que polido e dos galhos que pareciam raízes e davam a impressão, como alguém dissera de maneira muito feliz, de que a árvore estava do avesso. Os contos e as lendas locais rezavam que os deuses ficaram irritados um belo dia com o orgulho exagerado do baobá e decidiram castigá-lo, plantando-o do avesso!

O fato é que o baobá dispõe de importante reserva de água no tronco inchado de cerca de trinta metros de circunferência que permite resistir sem problemas a condições climáticas muito desfavoráveis. Além disso, é muito bem adaptado ao meio ambiente e tem folhas apenas durante a estação mais úmida. Logo depois, ele as perde para limitar a perda em água.

Estava pensando no milagre de adaptação que representava esta árvore, quando chegamos em uma alameda de cerca de 400 metros com várias fileiras e grupos de baobás cuja idade, segundo Lalaïna, tinha sido estimada em mais de 800 anos. Era um lugar mágico, de grande beleza e paz e decidimos parar um pouco e comer um lanche no local, em perfeita comunhão com a natureza. A alameda hoje não estava frequentada nem pelos camponeses e nem por turistas e estava imersa em um silêncio profundo.

Era começo de tarde e, feliz da vida, poderia ter passado o dia. Havia nos arredores da alameda baobás abraçados, que são chamados de "baobás enamorados". Eu nunca tinha visto antes em outro país e queria ficar algum tempo perto das árvores. Passeamos por ali sem nos dar conta do tempo que passava de tão felizes que estávamos de estar juntos em um lugar tão maravilhoso. Um camponês passou por nós a pé levando um grande zebu preto e branco por um cabresto improvisado. Parou uns minutos para conversar com Lalaïna e me cumprimentou educadamente com um gesto de mão antes de seguir viagem. Depois deste encontro, meu namorado já não parecia mais tão empolgado em demorar--se na alameda dos Baobás.

Aproximou-se de mim e disse: sabia que se trata de uma única árvore e não de duas como parece? É uma das nossas originalidades locais. Bem, acho que já deu para vermos tudo o que tínhamos de ver aqui. Vamos continuar a viagem.

Sei que a hora mais bela para estar na alameda é no pôr do sol, continuou ele. Mas infelizmente é muito perigoso para fazermos isso, não dispomos dos recursos de que as excursões organizadas lançam mão para se proteger e não beneficiamos mais da proteção do meu padrinho. E não existe nas vizinhanças nenhuma opção decente de hospedagem.

Perguntei: o que aquele camponês disse para que mudasse tanto sua atitude? Antes de falar com ele você estava risonho e feliz da vida. Agora parece estar preocupado e até um pouco tenso.

De fato, ele me deu notícias preocupantes. Avisou-me que teve, há pouco, um incidente na estrada por onde viemos com turistas em plena luz do dia. Estes tiveram de entregar tudo o que tinham a bandidos para não serem mortos. Faremos então um outro caminho para ir à pousada recomendada pelo amigo Hajao, um pouco além de Miandrivazo. É muito pitoresco, atravessaremos um rio com uma balsa velha e existem trechos de estrada de terra em mau estado de conservação. Mas logo poderemos voltar a usar a estrada nacional 34.

Tem outras coisas bonitas para ver nos arredores, mas pela hora e o incidente com turistas, acho melhor deixar esses passeios para alguma outra ocasião, afinal, você vai ficar aqui mais tempo e poderemos voltar para cá quando quisermos. Agradeci às árvores gigantescas mentalmente por nos ter proporcionado um espetáculo tão belo e pela paz que nos tinham feito sentir com sua proximidade.

Algum tempo depois chegamos às margens do rio e só havia duas carroças e um punhado de camponeses na nossa frente. A travessia se passou relativamente bem, com Lalaïna apavorado, que já nos via afundando pelo estado precário da balsa. Chegamos sãos e salvos do outro lado do rio, com a ajuda dos camponeses e até dos zebus para o carro sair da balsa e subir na estrada na outra margem.

Poderíamos ter ficado mais tempo viajando pelo país e conhecendo as suas belezas, mas as férias estavam acabando e tinha chegado a hora de regressar a Antananarivo. Eu também estava um pouco farta de conviver com meu namorado 24 horas, mesmo gostando muito dele. Não que brigássemos ou discutíssemos, mas eu precisava de vez em quando de silêncio, de estar um pouco sozinha comigo mesma. Na capital, devido ao trabalho, Lalaïna tinha de viajar muito, então eu desfrutava ao mesmo tempo das vantagens dos solteiros e daquelas dos casais que vivem em união estável.

Estava mergulhada nas minhas reflexões quando ouvi que Lalaïna estava falando comigo. Voltei a prestar atenção ao que ele dizia: É uma pena que tenhamos de voltar para capital por Antsirabê seguindo o mesmo itinerário que já fizemos na ida. Mas a verdade é que Madagascar tem um grande problema com a malha viária nacional. No tempo da colônia, tínhamos uma rede rodoviária muito boa no país inteiro, mas depois da Independência faltou dinheiro para a manutenção e sobretudo interesse das autoridades em investir no setor, e hoje o Estado só assegura a manutenção mínima dos eixos mais utilizados. O resto está abandonado e muitas vezes as próprias comunidades são obrigadas a fazer mutirões para introduzir melhoramentos nas vias e pontes vitais para sua sobrevivência.

Mas eu circulo pelo país e vejo que onde há falta de Estado, ele é imediatamente substituído pela bandidagem, que até começou a se transformar em um verdadeiro Estado Sombra. E esta tendência infelizmente é crescente. O caso do Parque do Isalo é um bom exemplo, aquela região não foi sempre zona vermelha.

Sorri, mas não respondi. No Brasil os grandes chefões do tráfico no Rio de Janeiro não tinham substituído o Estado em muitas favelas cariocas? E o Rio era uma das grandes metrópoles brasileiras. Este fenômeno não era novidade para mim. E pessoas do tipo do padrinho de Lalaïna eram os perfeitos representantes do novo Estado Sombra. Não achei que fosse indispensável partilhar esta última impressão com meu namorado, afinal, eu gostara do general Rabesoa — mesmo depois de ter visto o tratamento que reservara a Aina — e ele ficaria chateado com esta observação, mesmo se fosse verdadeira.

Quanto ao itinerário, não me importava muito em rever paisagens e lugares bonitos, e a estrada nacional 7 atravessava regiões espetaculares. Estava me sentindo muito bem apesar da viagem longa. O carrinho tinha tido um excelente desempenho e chegamos mais rápido do que esperávamos ao hotelzinho de beira de estrada recomendado por Hajao. Para nós, a pousada simples, mas limpa e aconchegante, era mais do que bem-vinda.

»»»»»»»»

Tomamos um banho frio (não havia água quente, e com o calor foi bem-vindo) e fomos jantar romanticamente à luz de velas, pois o gerador estava avariado.

O atendente era muito agradável e o *ravetoto*, excelente. Ao final da refeição, pedimos água de arroz e fomos sentar no terraço para tomar a fresca da noite.

Voltaremos certamente para aqui em uma próxima viagem, disse-me Lalaïna com empolgação. Tem um programa lindo que gostaria que fizéssemos juntos, que é uma viagem no rio Tsiribihina e a ida a vários parques dos arredores. Você vai gostar muito.

Enquanto conversávamos sobre novas aventuras a serem vividas durante futuros feriados prolongados e férias, bebíamos o nosso *ranonampango*, felizes da vida, na quietude da noite, admirando um luar maravilhoso.

No dia seguinte, tomamos o café da manhã e não tínhamos pressa de voltar. Queríamos inclusive passar o dia visitando os arredores de Antsirabê, pernoitar na cidade e só voltar à capital malgaxe no dia seguinte.

Capítulo 31

PLANOS DA SEDE

Acabava de voltar do almoço mais cedo e não havia ainda muita gente no PNSQV. O representante residente ainda não tinha voltado para casa e Faly estava de prontidão no saguão. Resolvi ir ao primeiro andar para ver Toyberg quando ouvi uma conversa zangada de Perella em sua sala. Curiosamente, desta vez, ele não estava gritando como de costume. Parei na escada e escutei a conversa em inglês.

Estou muito contente com ela, resmungava ele. Todos gostam dela aqui e ela tem um excelente relacionamento com o pessoal da administração, que não é nada fácil. Não quero que a removam de Antananarivo. A outra moça também é boa? Mas eu creio que não se deve mexer em um time que está ganhando.

Ele estava progressivamente ficando cada vez mais alterado. Logo tive a confirmação do que estavam falando. Era de mim ,sem sombra de dúvida.

Acácia, voltou a falar Enzo, por que não mandam aquela outra moça da qual me falou para esta posição na sede, se é tão boa? Ah sei. Vocês querem que ela tenha uma experiência de terreno. Mas por que tenho de ser o representante residente premiado?

Ele escutou mais um pouco o que Acácia falava. Reconheço que é uma grande oportunidade para Beatriz fazer parte dos quadros do PNSQV e deveríamos apoiá-la, mas estou relutante em perdê-la. E o que faria exatamente na sede?

Depois de alguns minutos de silêncio, Perella voltou a falar: , se entendi bem, trabalharia com Lucélia Ramos, da divisão de administração do pessoal para África. Seria o seu segundo posto em administração, não é mesmo?

Agora que eu sabia o que queria saber, desci silenciosamente para minha sala. Estava um pouco chocada. Não tinha dúvida que iriam me remover de Madagascar. Perella não parecia ser um representante residente que tinha muitos apoios na sede e não poderia se opor aos seus desejos, sobretudo quando emanavam de uma mulher voluntariosa e cheia de artimanhas como Acácia Summers.

Eu tinha pensado muito no meu chefe durante a viagem para o Sul e me parecia cada vez mais que Perella devia estar em fim de carreira e talvez até Madagascar fosse o seu último — ou penúltimo — posto na organização.

Notava com certa tristeza o quanto estava desgastado pela experiência malgaxe pouco prazerosa, envelhecera bastante, estava mais curvado e tinha uma aparência cansada, com olheiras fundas e azuladas e uma cor de pele amarelada pouco saudável. Sem dúvida, a sede quisera, ao mesmo tempo, fazer um gesto de reconhecimento pelos seus bons e leais serviços à organização, nomeando-o representante residente e agradar o governo italiano, só que tinha errado feio o país para onde o tinha enviado.

Sentei-me e fiquei pensando sobre o que tinha ouvido.

Sabia que nunca era boa política dizer não à sede, ainda mais quando se está pretendendo entrar no quadro de funcionários da organização. E aí fiquei pensando como me sentia sabendo que em breve deveria deixar tudo o que gostava em Madagascar.

O primeiro pensamento que tive foi para Lalaïna. Ele estava muito feliz comigo. Como deveria abordar o assunto com ele? Sentia-me muito dividida e me surpreendi em querer chorar.

Resolvi dar tempo ao tempo. Queria ver, em primeiro lugar, se eu seria notificada. Quando ocorresse, veria como lidar com os outros assuntos. Mas uma coisa era certa, se a sede formalizasse mesmo a proposta, eu deveria avisar Lalaïna imediatamente, pois, se não o fizesse, outros no escritório o fariam.

Pelo menos, no momento, ninguém, a não ser eu, tinha ouvido a discussão sobre minha eventual transferência para Nova Iorque. Eu ia então dispor de mais algum tempo para pensar em como apresentar esta notícia ao namorado e amigos.

≫≫≫≫≫≫≫

Os dias foram passando e nada de a sede se manifestar. Eu até estava me perguntando se a ideia de me transferir não fora abandonada. No fundo, não sabia o que era melhor.

Fui trabalhar, mas o trabalho não rendia. O telefone tocou e me tirou da minha reflexão, era Lalaïna. Ele acabava de ser informado pelo seu chefe que tinha de voar imediatamente à Mahajanga, uma importante cidade portuária da costa noroeste do país para conversar com um cliente muito influente. Ficaria fora de Antananarivo cerca de três dias.

Tinham lhe apresentado uma pessoa interessante que era de Fianarantsoa e que conhecia tudo sobre a região do Isalo por ter morado vários anos no parque. Ele prometera dar dicas valiosas para que pudéssemos fazer no ano que vem uma viagem naquele maciço e até ficara interessado em juntar-se a nós. Para ir em segurança, todos com quem tinha falado diziam que a expedição precisava ser muito bem planejada e requeria a tomada de uma série de providências anteriores à viagem. Após felicitá-lo, desejei-lhe uma boa viagem e nada mencionei referente à transferência.

Pensei no que Lalaïna acabava de me dizer, viagem no ano que vem? Mas eu não tinha nem mais certeza de quantos meses ainda ficaria em Madagascar.

Recebi logo depois uma ligação de Dera para me pedir uma informação e aproveitei para comunicar a viagem do filho à Mahajanga. O nosso relacionamento tinha ficado cada vez melhor e agora até podia-se dizer que éramos amigas. Até Lalaïna estava surpreso com a amizade, porque tanto Dera quanto eu éramos muito parecidas e igualmente difíceis.

Sim, eu já sei. Obrigada por me avisar. Ele me telefonou do aeroporto, disse-me a velha senhora. Você conhece Mahajanga? Não? É uma cidade muito cosmopolita, seus habitantes são originários da África, da Península Arábica, da Índia, da Europa e da Ásia. Um verdadeiro mosaico de povos... Você e Lalaïna deveriam ir nas próximas férias. Mas você está com uma voz diferente... Aconteceu alguma coisa de desagradável? E eu, espontaneamente, contei o que ouvi na conversa entre o meu chefe e a sede.

Dera marcou um tempo de silêncio. Não é uma boa notícia para nós que gostamos de você e menos ainda para Lalaïna. Estou preocupada com ele, pois o vejo apaixonando-se cada vez mais por você e temo que sofra muito com a separação. Sei que você o avisou muitas vezes de que a sua carreira no PNSQV era a sua preocupação principal. Você já falou a este respeito? Não, foi a resposta. Vou esperar ser notificada oficialmente. Mas quando acontecer, eu o avisarei em primeiro lugar. Não é justo que saiba da minha partida por outras pessoas.

Ainda bem que você é uma menina direita, ponderou a mãe de Lalaïna, Mas vou dizer-lhe uma coisa, talvez seja melhor você ir embora agora do que daqui a quatro anos. Isso causaria um imenso sofrimento ao meu filho. Ele é muito intenso em seus sentimentos e até capaz de cometer loucuras. Mas se vai sofrer como um cão agora com sua eventual partida, conseguirá ultrapassar no prazo de um ano, creio eu, pois é jovem e tem a vida inteira pela frente. E também sabemos as duas o quanto ele é mulherengo. Puxou isso do lado do pai.

Dei risada, Dera não perdia uma ocasião de falar mal do seu ex-marido, que vivia agora em Paris. Eu o tinha conhecido em uma das minhas últimas viagens à França, Soulouf Rakotonarivo era um homem atraente, superficial, mulherengo e querendo a todo custo passar a impressão que era um homem rico e influente na sua terra, o que era longe de ser o caso.

Mesmo assim, ele me tinha convidado para almoçar em um restaurante caro e esbanjara charme, comportando-se como um homem para o qual dinheiro não contava. Fisicamente, pude constatar que Lalaïna era parecido com o pai e herdara o seu *savoir-faire* com as mulheres. Mas, graças a Deus, ele não puxara as outras características.

Concordo com a senhora, respondi. Sempre o avisei que quero levar uma vida livre e descompromissada com muitas viagens e amo a minha vida de nômade. Talvez um dia me torne sedentária, mas certamente não será para constituir família. Isso nunca fez parte dos meus planos. Pediria à senhora para não dizer nada a ele nesse momento. Talvez a sede nem venha a formalizar a minha transferência pois o representante residente expressou claramente o seu desagrado em ver-me ir embora.

»»»»»»»»

Se você for à Nova Iorque, quer dizer que deixará de ser uma profissional estagiária para fazer parte do quadro de funcionários do PNSQV? Perguntou Dera.

Imagino que será a isca para me convencer a ir para lá. No momento, ainda estou sendo financiada pelo governo francês e meu contrato vence o mês que vem. Então o trato já está claro para mim, ou vou para Nova Iorque e me torno um membro efetivo das Nações Solidárias, ou recuso a oferta e quando vencer o contrato, ele não será renovado e terei de procurar emprego em outro lugar.

Você precisa ir, Beatriz, se a sede lhe propuser este arranjo, disse Dera. Não perca a oportunidade. Sei que não deveria estar lhe falando isso, mas gosto de você e quero que tenha uma vida feliz mesmo que implique deixar o meu filho.

Conversamos mais algum tempo e senti-me aliviada. Depois, fechei a porta da sala e liguei para tia Bia.

Passaram-se algumas semanas e já tinha esquecido a conversa entre Perella e a sede, quando Toyberg me chamou.

Beatriz, precisamos conversar, tenho em mãos uma proposta interessante da sede para que se torne funcionária efetiva do PNSQV. Mas terá de deixar Madagascar e ir para Nova Iorque trabalhar na divisão do pessoal da África, com Lucélia Ramos. É uma promoção rápida e pelo jeito, tudo acontece com muita rapidez no seu caso.

Eis que em três anos, você passa de um posto de estagiária em programa, para um posto de encarregado de administração que tem muitas responsabilidades e agora recebe uma proposta para ser assistente da encarregada de administração para África. É um posto importante em que terá de lidar em um determinado setor com todo o pessoal nacional e internacional dos escritórios PNSQV de um continente inteiro.

E Toyberg continuou a falar, um pouco espantado em ver que eu não reagia.

Henrik, eu disse, agradeço muito a você pela apresentação da proposta da sede. Eu já tinha entendido que Nova Iorque queria me transferir, pois ouvi parte da conversa com o Perella outro dia. Sei que é irrecusável, mesmo se não tenho a menor vontade de ir. Lamento muito que vá, disse-me em um tom mais baixo. Você aprende depressa, estava fazendo um ótimo trabalho. Além disso, gosto de você. Vai ser complicado trabalhar aqui sem a sua alegria e bom humor, sobretudo com uma pessoa que virá substituí-la e poderá não ter a sua habilidade para lidar com o pessoal daqui. Além disso, você sabe que o ambiente no governo em relação ao Perella não anda nada bom e vem piorando.

As autoridades nacionais não gostam de lidar com ele e vários representantes de agências não param de difamá-lo, além do Sandro Visconti do MSF. Também deve saber que os dois representantes da Organização das Nações Solidárias para o Trabalho (ONSPT) e do Programa de Proteção da Infância (PPI), que acabam de chegar à Antananarivo — e são negros continentais — deram-se, de cara, muito bem com o governo. Eu os conheci outro dia e tenho de dizer que fiquei impressionado, além de extremamente sofisticados, têm o mesmo raciocínio tortuoso dos malgaxes e entendem como ninguém a mentalidade daqui. Também sei que bajulam o governo — sobretudo o representante PPI —, que não param de falar mal de Perella, com o qual não se dão.

Para agravar ainda mais a situação e segundo o que ouço dizer, o pessoal da administração não esqueceu a humilhação a que foi sujeitado por nosso chefe sobre as supostas fofocas durante a festa do seu aniversário. Ouvi dizer que Hery e, em menor medida Antra, não perdem uma oportunidade de tecer comentários depreciativos sobre Enzo, que estão sendo levados em conta em altas rodas do governo. Aqui está ficando uma panela prestes a explodir e até estou contente, que não fique para ver o que vai acontecer.

Ele baixou a voz ainda mais, do meu lado, também tenho novidades. O governo dinamarquês me contatou outro dia com uma proposta de transferência interessante para Copenhagen para trabalhar no ministério da cooperação. Confesso que estou muito tentado em aceitar, mas se o fizer, Perella estará sozinho entregue às feras. Preciso consultar Anna e decidir sobre um curso de ação, mas meu primeiro impulso é não o abandonar. E o governo dinamarquês está disposto a esperar um pouco, caso eu queira ficar aqui mais tempo.

Ele marcou um tempo, espero que não se ofenda com o que eu vou dizer agora, mas se o faço é porque você tem o potencial para chegar aos mais altos postos da organização, um dia. Mas para isso acontecer, vai ter de mudar um pouco o seu gênio orgulhoso. Eu sei que você é de uma impressionante diplomacia e paciência com os membros do governo e fornecedores. Mas não é o caso com a sua hierarquia. Outro dia Perella foi desagradável quando a encontrou no corredor, e você, em vez de se afastar, virou uma resposta que o deixou sem voz. Você foi educada sem dúvida, mas ele ficou furioso com você dias. Você precisa parar de fazer isso e de ser impaciente com as pessoas quando não entendem rápido o que você fala. Também tem de saber se calar de vez em quando, senão vai se antagonizar com muitas pessoas influentes, que se comportam como primas-donas e podem quebrar a sua carreira a mais longo prazo. Não digo que deva aceitar tudo o que dizem e fazem, mas antes de reagir, leve em conta os seus próprios interesses. Você tem tudo a perder ao se indispor com os mandarins do sistema.

E por último, também notei que você não tem padrinhos, nem no sistema, nem no governo francês. Até agora só progrediu na carreira por seus resultados. Saiba que isso não basta. Quanto mais se sobe na hierarquia, mais é a parte política que conta. Então, vá visitar o ministério dos negócios estrangeiros francês em suas próximas férias em Paris. Tente se aproximar do embaixador francês em posto aqui. Em síntese, seja mais visível e teça, desde já, à sua volta, uma rede de pessoas influentes que vão apoiá-la e se lembrarão de você quando surgir uma posição interessante. Esta rede de contatos vai também ajudá-la — e até defendê-la — em caso de problemas ou desempenhos sofríveis. Você terá uma oportunidade de ouro de fazer isso se for trabalhar em Nova Iorque.

Conversamos mais algum tempo. Agradeci muito pelos conselhos e Toyberg entregou-me o telex da sede, em que estava detalhada a proposta de transferência. Fui me sentar para ler a mensagem com muita atenção.

Capítulo 32

DESESPERO DE LALAÏNA

Estava para voltar para casa quando Marie-Jeanne, uma das amigas da embaixada da França me telefonou. Não nos víamos muito, mesmo gostando uma da outra. Éramos muito ocupadas durante a semana e ela, sistematicamente, ausentava-se da capital nos sábados e domingos.

Marie-Jeanne Larquier era originária da ilha da Reunião, filha de pai francês e mãe malgaxe e estava radicada em Antananarivo. Alta, bonita, com tipo asiático e farta cabeleira castanho-escura, trabalhava na embaixada da França como tradutora autônoma malgaxe/francês/inglês e também era uma artista plástica renomada. Logo entendi pela voz que ela tinha algo importante a me dizer.

E de fato, Marie-Jeanne indagou se eu não queria tomar um café com ela antes de voltar para casa, naquela tarde.

Aceitei o convite e ao final do expediente fui para Ambohipotsy, um bairro antigo privilegiado da cidade alta com uma vista maravilhosa sobre Antananarivo inteira, de este a oeste. Quando ela me viu, veio me dar um abraço e me perguntou alegremente como estava e quais eram as novidades do meu lado. Respondi educadamente que estava tudo bem, com bastante trabalho como sempre.

Você vai mesmo ficar aqui quatro anos como me falou quando chegou? Perguntou ela.

»»»»»»»»

A previsão é essa, mas há conversas na sede sobre a oportunidade de me transferirem mais cedo.

Você sabe que sou muito amiga da família de Rivo Andrianana, não sabe? Continuou Marie-Jeanne. Sei que ele aprecia você, mas este não é nem um pouco o caso de Volana, sua mulher. Ela está infeliz de ver que trouxe Lalaïna — que não é da mesma casta ou linhagem do que ela e seu marido — para viver com você no seu apartamento. Ficou também aborrecida em saber que ele é praticante de artes marciais.

Em síntese, ela está procurando pretextos para tirar vocês daquela casa, só que ainda não achou a melhor maneira de proceder. É claro que o Rivo não gostou nada de saber, mas ele aprecia você e creio que não faria nada contra você. Ela parou de falar e me olhou muito sem graça.

Eu escutava tudo com muita atenção: amiga, quero antes de mais nada agradecer pelas informações. Na verdade, nunca imaginei que a casta ou linhagem à qual pertence meu namorado tinha tanta importância para eles. Mas, pensando melhor, os Andrianana têm muita visibilidade, então imagino que o que fazem — ou deixam de fazer — os inquilinos, possa ter alguma importância para eles. Mas tenho como evitar situações desagradáveis para todos nós.

Se você for nesse fim de semana para a casa de campo dos Andrianana, como sempre faz, avise-os assim, *en passant*, de que acabo de receber um convite da sede para seguir um curso em Nova Iorque de seis meses a um ano. Há a possibilidade depois, de um novo trabalho em outro país ou voltar à Antananarivo, não sei ainda dos planos a meu respeito.

Eu pretendia entregar a casa antes de minha partida e mesmo se voltar, procurarei outra residência pertencente a pessoas com menos visibilidade. Deverei sair daqui em princípio no mês de maio. Marie-Jeanne sorriu e se desculpou muito.

Não, não se desculpe, disse sacudindo a cabeça. Os Andrianana têm todo direito de querer — ou não querer — certos inquilinos nas suas casas. Não posso me contrariar e realmente deveria ter pensado, eu mesma, que o fato de sair com Lalaïna podia desagradá-los.

Mudamos de assunto para discutir coisas mais prazerosas e até ganhei de presente um quadro dela. Voltei para casa e fiquei feliz de ver que Lalaïna não tinha chegado ainda. Estava certa de que Marie-Jeanne não me dissera tudo o que sabia, perguntei-me se por acaso alguém vira o Grão-mestre Anko Bê e seu discípulo saindo de casa no dia em que a polícia os perseguia e se a informação não vazara para os Andrianana.

O dia já estava escurecendo. Sabia que Lalaïna voltaria para casa daqui a pouco e que deveria falar a respeito da minha partida. Decidi não mencionar a conversa com Marie-Jeanne. Afinal, eu indo embora, o problema estaria resolvido.

Quando ouvi a chave rodando na porta de entrada, esqueci-me de tudo o que tinha ensaiado dizer e fiquei sem saber ao certo como começar: O que aconteceu? Perguntou-me um Lalaïna alarmado. Não me diga que vai embora! Confirmei e vi o meu namorado literalmente murchar.

Mas você não disse que ia ficar aqui quatro anos? Balbuciou ele. Então como é possível que fique tão pouco tempo em um posto?

Por mais que eu falasse, eu o via totalmente inconformado. E, de fato, para ele era uma verdadeira catástrofe. Ele tinha se habituado a viver comigo, gostava muito da experiência. Quis saber todos os porquês, os comos e os quandos e parecia estar certo de que eu ia recusar a oferta.

Você já deu uma resposta à sede? Perguntou-me com um fio de esperança. Não, respondi. Queria antes falar com você e explicar porque vou aceitá-la. Indo para Nova Iorque, você entrará para os quadros de funcionários da organização como tanto quer? Perguntou ele.

Sim, foi a resposta. Essa é a única vantagem de me mudar para lá. Não gosto muito de Nova Iorque, mesmo que reconheça que é uma cidade fabulosa, tem tudo o que se possa imaginar, mas as pessoas são frias como lagartixas e só pensam em dinheiro. A vida também é muito cara e não tenho ainda um salário que me permita levar uma vida confortável. Enfim, veremos. Além disso, eu não gosto do chamado *american way of life*, que todo bom americano acha que é a oitava maravilha do mundo e quer ver a Terra inteira adotar. Mas só serão quatro anos e depois, além de me ter tornado funcionária da organização, poderei voltar ao programa no terreno como gosto. Quero manter a independência financeira, Lalaïna, e fazer carreira no PNSQV. Nunca foi a minha intenção morar definitivamente em Antananarivo, mesmo que seja um lugar interessantíssimo, onde tenho agora muitos amigos e um ótimo namorado. Mas a minha vida é a de uma nômade, além disso, estou cada vez mais inclinada a me especializar em países em guerra. Então, neste contexto, como submeter o meu companheiro a ter de mudar comigo para estes postos tão difíceis de dois em dois anos e obrigá-lo a se refazer, continuamente, para arranjar trabalho e se integrar minimamente em países tão diferentes? Essa é a razão principal atrás dos divórcios entre membros da organização e cônjuges que não fazem parte dela.

>>>>>>>>>

Você não sentiu ainda o problema em Madagascar, porque aqui é a terra onde tem família, trabalho e amigos e fala a língua. Em outro lugar seria bem diferente.

Por exemplo, mandaram Victoria McKenzie, uma das minhas amigas, para o Afeganistão, na Ásia central. O país está em guerra civil e há sérios incidentes na própria capital, os toques de recolher vigoram cada vez mais cedo e o sistema das Nações Solidárias não propõe empregos aos cônjuges dos membros do pessoal. Último detalhe, ninguém — ou quase ninguém — fala inglês, mas sim dialetos complicados pouco falados fora daquele país. Como o marido de Victoria é um corretor de imóveis bem-sucedido, ele já avisou a esposa de que pretende ficar em Nova Iorque e há muitas fricções entre os dois por esta razão.

Esta noite Lalaïna não quis sair. Queria ficar pensando sobre a péssima notícia. Fiquei contrariada. Quando Erin ligou para saber se queríamos sair para jantar com ela, suspirei aliviada e aceitei imediatamente. Lalaïna não queria ver gente, nem mesmo Erin, de que gostava muito. Avisou-me que iria jantar na mãe e que não o esperasse, pois voltaria tarde.

Mais os dias passavam e mais inconformado o meu namorado ficava com minha partida. Eu me sentia triste e impotente, mas estava intimamente convencida de que a decisão certa era aceitar o posto em Nova Iorque.

Chegou uma hora em que resolvi não mais ficar falando sobre o assunto. Avisei Lalaïna que tinha aceitado o posto e deveria partir em quatro meses, lá pelo mês de maio, para gozar todos os meus dias de férias antes do término do meu contrato de estagiária com a França.

Quanto mais pensava na situação, mais eu entendia que havia, sem dúvida, subestimado a paixão que ele sentia por mim. Mas, mais do que isso, não avaliara corretamente a importância que o fato de estar vivendo comigo exercia no seu status em relação aos seus pares e na maneira como ele próprio passara a se ver. E eu achava que era sobretudo por esta razão que ele estava tão inconformado. Se ele nada fizera para merecer a consideração adicional, não queria perdê-la de jeito nenhum.

Tivemos uma discussão mais acalorada à tarde e eu então obtive confirmação do motivo principal que deixava o meu namorado tão revoltado com minha transferência quando ele se virou e perguntou, em um tom agressivo:

E o que vou falar aos meus amigos e parentes a respeito de sua partida?

Bem, não sei o que você lhes falou, para começo de conversa, respondi secamente. E nem vejo o que uma coisa tem a ver com a outra. Mas se esta questão o preocupa tanto, diga a eles que fui selecionada para fazer um estágio ou seguir um curso de seis meses em Nova Iorque e que depois deverei regressar a Antananarivo.

Fiquei decepcionada. Entendia agora que namorar uma funcionária das Nações Solidárias que ocupava um posto de responsabilidade lisonjeava bastante o meu namorado. E, em segundo lugar, se Lalaïna ganhava muito bem para os padrões malgaxes, ele se tinha acostumado a usufruir comigo de um padrão de vida superior àquele que poderia manter unicamente com seu salário. E estava resolvido a envidar todos os esforços para que a sua situação socioeconômica não mudasse.

Quis fazer um teste para confirmar o que vinha sentindo e no fim de semana avisei-o que deixaria o carrinho Renault 4L com ele. Portanto, ele poderia desde o começo da próxima semana, ocupar-se dos papéis necessários para transferir a propriedade do veículo para seu nome. Ter um carro em Madagascar, como em qualquer outro lugar, é um símbolo de status social. Além do mais, a marca daquele carro em particular era muito valorizada no país.

A reação de alívio e de prazer de Lalaïna confirmou que havia mesmo uma questão material envolvida em nosso relacionamento e que tinha muita importância. Machucada, me limitei a disfarçar meus sentimentos. Agora entendia melhor o que tanto Antra quanto a própria mãe de Lalaïna tinham tentado me dizer com a sutileza malgaxe, que eu não tinha imediatamente entendido. Havia muito amor envolvido em nossa relação, isso era um fato, mas também havia algo mais, que tinha a sua importância e este algo mais se referia a status e bens materiais.

Então, meu amigo, dou a você de presente o meu carro em troca de todos os seus bons e leais serviços durante todos estes agradáveis meses de vida em comum, pensei com uma certa amargura. Faça bom proveito dele.

Mas a decepção eu a guardaria somente para mim. Nem queria partilhá-la com Erin para preservá-la, ela própria acabava de ter um final traumático com o marido. Portanto, fiz das tripas coração e tentei manter com Lalaïna o mesmo tipo de relacionamento que tinha com ele antes de receber a oferta da sede. Queria me separar sem traumas nem escândalos.

Algum tempo antes da minha partida, resolvi fazer um grande churrasco de despedida, convidaria todos os meus amigos para comer espetos de porco, carne servida em Madagascar nos dias de festa. A do zebu, consumida no dia a dia era para aqueles, evidentemente, que tinham um certo poder aquisitivo.

Lalaïna tinha um amigo que preparava churrascos maravilhosos, temperados de diferentes maneiras e forneceu um orçamento para a organização da festa e o churrasco. Viriam os meus colegas das Nações Solidárias, amigos malgaxes e contrapartes com as quais tinha mantido relações mais próximas.

Acabamos encontrando um sítio grande perto de Antananarivo, onde poderíamos acomodar o evento e todos estavam entusiasmados com a perspectiva de muita diversão, assim como comes e bebes saborosos.

E de fato, a festa foi linda. Ao final do dia, quando estávamos regressando para casa, Lalaïna teve uma crise de choro e parecia mais inconformado do que antes. Completamente descontrolado e até falava coisas sem nexo. Ele fez uma cena e eu comecei a me perguntar se ele não ia fazer uma besteira de tão alucinado que estava com a ideia de eu sair da sua vida.

Agora eu entendia melhor todos esses crimes passionais de que ouvira falar ou lera nos jornais e de como se montava o quebra-cabeça de fatos que levava a desenlaces trágicos. Quando via no que Lalaïna se tinha transformado com a notícia de minha partida, era obrigada a admitir que eu vivera um ano ao lado de alguém que não conhecia. Entendi que precisava tomar muito cuidado com o que eu fosse falar ou fazer de agora em diante.

Liguei para Dera e conversamos longamente. Ela também estava preocupada com o filho pelas mesmas razões do que eu. A velha senhora também estava triste em me ver ir embora, tinha se apegado a mim e tinha certeza de que faria uma belíssima carreira nas Nações Solidárias.

Um belo dia, esqueci as minhas boas resoluções de poupar Lalaïna. Depois de uma nova crise de desespero, perdi a paciência com ele e o confrontei, mesmo conseguindo manter a calma, disse algumas poucas verdades das quais, evidentemente, não gostou. Mas ficou envergonhado com a falta de controle e prometeu fazer o seu melhor para não incorrer mais no erro.

Sentira que eu ficara decepcionada e queria — até o fim — me impressionar na esperança que eu mudasse de ideia.

Pelo desenvolvimento da minha relação com Lalaïna, eu só podia me congratular com a decisão que tinha tomado. E além do mais, estava cansada de morar junto com alguém.

Entendera que se era ótimo ter namorados, não era nem um pouco uma boa ideia viver com eles no dia a dia. Eu nunca tinha vivido com ninguém antes de Lalaïna e cheguei à conclusão de que não gostava de ter de partilhar o mesmo quarto e o mesmo banheiro — em suma, a mesma casa — 24 horas com outra pessoa. E agora também, as suas reações totalmente imprevisíveis estavam começando a me assustar. Queria mais do que nunca, colocar um fim ao relacionamento. E sabia muito bem que se voltasse para Antananarivo, seria impossível escapar do seu assédio e morar em paz na mesma cidade que ele.

A firma que iria empacotar os meus pertences devia chegar em pouco tempo. Enquanto supervisava o que os homens faziam, pensava no meu namorado e lamentava o sofrimento que eu lhe impunha enquanto tentava, do melhor que podia, orientar o pessoal. Quando foram embora, notei com tristeza que esquecera de incluir Pepe. Nossa funcionária o tirara do lugar para fazer a última faxina e não o colocara de volta. E eu tão ocupada e com a cabeça cheia de pensamentos contraditórios, não me lembrei dele.

»»»»»»»»

Quando Lalaïna passou em casa, encontrou-me desacorçoada, sentada em uma das poltronas de Volana Andrianana.

Aconteceu alguma coisa de desagradável além de sua partida? Perguntou-me ele, angustiado.

Sim, a nossa funcionária tirou Pepe do seu lugar habitual e eu não o vi. Na verdade, o esqueci completamente e ele não foi incluído em minha bagagem, disse-lhe. Só agora que fui à cozinha que notei que ele estava lá.

Foi a vez de Lalaïna sorrir, então a providência trabalhou bem a meu favor. Adoro aquela estátua. Deixe Pepe comigo. Cuidarei bem dele e você o levará a próxima vez que vier visitar Madagascar. Está bom assim? Sim? Que ótimo! Adoro ele!

Capítulo 33

ÚLTIMOS PREPARATIVOS E VIAGEM

Faltava levar a cabo a última formalidade, que era entregar a chave da casa à esposa de Rivo Andrianana e fazer a vistoria em sua companhia. Já a tinha avisado por carta de minha partida e paguei adiantado o que devia. Minha funcionária tinha deixado a casa impecável e, às 14h em uma bela tarde de sábado, vi Volana chegar com seu motorista.

Tinha preparado para nós duas um café brasileiro com biscoitos. Volana se sentou, com os olhos procurando riscos, fendas, rasgos e manchas. Como nada encontrou, tomou o café com prazer e eu a vi relaxar.

Estamos realmente todos aborrecidos de vê-la ir embora tão depressa, disse ela. Os nossos amigos do primeiro andar me disseram que é ótima vizinha, silenciosa e prestativa. Estamos todos torcendo para que volte logo. E, realmente, Volana parecia ser sincera. Se Marie-Jeanne não me tivesse avisado, nunca poderia imaginar que ela estivesse fazendo tamanho teatro.

Entrei no seu jogo e também teci elogios sobre a casa e meus vizinhos. Afinal, sabia que uma colherzinha de café de hipocrisia é indispensável a uma boa educação. Já estávamos passando daquela medida e usando agora uma concha para o efeito. Qual era o problema, dizia-me com meus botões, se eu pudesse encerrar todos os vínculos que tinha com a família Andrianana na paz e na amizade?

Fizemos a volta da casa em que só permaneciam os móveis da proprietária desde que aluguei a casa semimobiliada e entreguei-lhe as chaves. Já tinha aprontado minhas malas e mudado para a casa de Erin, de manhã, onde passaria a minha última noite em Madagascar. No dia seguinte, às dez, pegaria o voo para Paris. Lalaïna queria que eu ficasse na casa de Dera, mas, educadamente, recusei, não achava correto ficar com ele na casa da mãe e também não queria ouvir mais choradeiras e queixumes. Pelo contrário, precisava muito da amizade e da tranquilidade de Erin.

No escritório, todos estavam pesarosos, eles se tinham apegado a mim e se perguntavam com alguma preocupação como seria a minha sucessora. Eu fora informada havia pouco tempo que seria substituída por uma das minhas antigas colegas do curso de administração — Gabriela Mattys — um dos fortes egos que tínhamos de aturar durante o curso de administração em 1984, em Nova Iorque, por seus altos relacionamentos e pretensão. Preferi me calar e nada dizer a respeito da moça pela qual não tinha o menor apreço mesmo reconhecendo que ela era muito bem-dotada intelectualmente. Apenas partilhei minhas preocupações com Henrik Toyberg. Avisei-o que a minha vulcânica colega podia ter mudado para melhor, ouvira dizer que ela já estava trabalhando em um posto importante na sede, onde geria um grupo grande de pessoas.

Eu acabava de voltar do almoço quando Andry apareceu e pediu-me um encontro no final do expediente, pois queria conversar sobre um assunto pessoal. Concordei e sorri pensando que mais uma vez ele devia ter tido uma briga séria com Fitia, sua esposa, por ser um irrecuperável mulherengo.

Mas quando Andry veio me ver, não era sobre seus problemas conjugais que queria conversar. Ele entrou na sala com a testa franzida e parecia preocupado com alguma coisa. Fechou a porta atrás dele e sentou-se.

Eu queria pedir à senhora se pode me ajudar a sair de Madagascar como membro internacional do PNSQV. Eu sei que pareço uma das mulheres que só tem esta ideia fixa na cabeça, mas concordo com elas, isso aqui não tem futuro e quero dar algo de melhor para minha mulher e filha.

Eu pretendo me candidatar para uma vaga de chefe de administração ou assistente financeiro internacional e ser enviado em algum país francófono, de preferência. Para sua informação, não tenho vínculo nenhum que me prenda aqui. A minha mulher não tem parentes velhos para cuidar e Ramiara, minha filha, também estaria encantada em vir conosco e poderia sem problemas completar a escolaridade em francês ou inglês.

Como a senhora vai para a divisão do pessoal, eu me perguntava se daria para me ajudar a conseguir esta promoção. Sempre tive avaliações de desempenho ótimas, então ninguém poderia falar que a senhora me favoreceu.

Andry, disse depois de refletir por alguns minutos, acho que você daria um excelente funcionário internacional por sua competência e dedicação. Faça o pedido, sim, à sede, mas espere alguns meses até eu chegar à Nova York e estar mais familiarizada com o novo trabalho.

Fique tranquilo. Eu não o esquecerei. Vou falar com o Henrik e o Enzo para que eles possam apoiá-lo também quando chegar a hora da sede se debruçar sobre novos recrutamentos.

E voltei para a preparação de minhas notas. Tinha agora mais uma razão para sair feliz de Madagascar e ir para Nova Iorque. Estava convencida de que conseguiria ajudar o meu colega e o PNSQV ganharia mais um membro do pessoal internacional de qualidade.

Lalaïna continuava muito inconformado, mesmo sem fazer grandes demonstrações de desespero e acabou resolvendo não ir ao aeroporto. Tinha medo de perder as estribeiras, chorar e dar outras manifestações do seu profundo pesar. Preferia se despedir de mim antes que eu fosse para casa de Erin.

Concordei com a decisão, ainda preferia isso a um escândalo no aeroporto. Eu descobrira uma pessoa desconhecida, tão intensa em seus sentimentos, que podia até chegar a ser perigosa para mim e ele próprio e, no momento, não o queria por perto.

Afastou-se descontente e surpreso, achava-me de repente fria, distante, indiferente. Segundo ele, parecia que antes do meu corpo deixar o país, o meu espírito já estava longe, tanto dele quanto da terra.

Algum tempo depois, resolvemos que iríamos jantar juntos na véspera de minha partida e que depois ele me levaria para a casa de Erin e seguiria para a residência de sua mãe.

Depois dessa conversa, eu saí para ir trabalhar como se fosse um dia como os outros, precisava acabar as minhas notas para Henrik Toyberg e sabia que o pessoal do escritório tinha preparado uma festinha para me homenagear. Ao final da tarde, fui me despedir dos colegas.

Lalaïna veio me buscar no serviço, como sempre fazia e pude notar o esforço que fazia para se conter. Avisei-o de que a separação tinha grandes chances de ser apenas um até logo, pois a sede tinha ligado hoje, para avisar de que estava inclinada, depois do curso, a me mandar de volta para Madagascar. Não era verdade, mas tornava a separação mais fácil. E vi que, logo depois, Lalaïna estava bem mais feliz e esperançoso. Levou-me para a casa de minha amiga todo satisfeito e despediu-se de mim com um forte abraço e um "até logo".

Erin que saíra para vir me receber, cumprimentou Lalaïna, e voltou para casa sob um pretexto qualquer, deixando-nos sozinhos para as despedidas. Depois de muita conversa, entrei na sala da minha amiga com uma cara de alívio e fechei a porta.

Até logo? Foi isso mesmo que ouvi você dizer a ele? Perguntou minha amiga, espantada com o que acabava de ouvir. Então alguma coisa mudou desde ontem?

Erin notou a tristeza dos meus olhos. Não, disse. Não mudou nada. Simplesmente inventei a história para que ele ficasse mais calmo. Confesso que surtiu efeito como você pôde ver e pelo menos agora está mais tranquilo e não tive de ficar aguentando as suas choradeiras e ameaças veladas durante o nosso último jantar. Lalaïna é muito intenso e imprevisível e confesso que cheguei a sentir medo de estar sozinha na mesma casa, durante as suas crises de desespero.

Erin não respondeu, mas conversamos longamente aquela noite, eu estava genuinamente sentida de sair de Antananarivo pois gostava do escritório, dos meus amigos e da cidade.

E no dia seguinte, foi com alívio que cheguei com Erin e o motorista do PNSQV, ao aeroporto, onde estava o pessoal do escritório, os amigos mais próximos das outras agências e embaixadas, além de contrapartes malgaxes e fornecedores com os quais tinha tido relações mais próximas. Até Marie-Jeanne e o Sr. Yu, o mecânico chinês que nos ofereceu o banquete dos oito pratos, estavam presentes. As despedidas foram muito amigáveis, mas muito controladas, pois nas altas terras malgaxes não era de bom-tom demonstrar sentimentos com exuberância como em Angola.

Emocionada, após ter me despedido de todos, passei a alfândega agradecendo os meus protetores por me terem permitido sair do país mais experiente e sem ter sofrido decepções ou danos maiores no meu relacionamento com Lalaïna.

Sentada no avião, pensei com meus botões que seria muito difícil regressar ao país. Se tinha gostado muito de Madagascar, ia exigir muito tempo de férias para ir, por ser tão longe de tudo e havia ali Lalaïna, que no momento não fazia questão nenhuma de rever.

Tentei pensar em outra coisa. No dia seguinte, estaria na cidade-luz e iria ver Martim e os meus outros amigos. Tia Bia tinha avisado durante a última conversa telefônica, que me veria alguns dias depois de minha chegada, pois estava, como de costume, passando férias na casa de campo da grande amiga Rassette d'Ar-Men, na Bélgica. Cansada emocionalmente, encostei a cabeça na cadeira e adormeci.

Quando cheguei a Paris, se me sentia exausta, também estava aliviada, pois passara por um estresse muito grande. Era sempre difícil sair de um posto e deixar para trás pessoas de quem se gostava muito, assim como um país maravilhoso. Estava sobretudo feliz em não ter mais de aguentar as queixas e choros contínuos de Lalaïna depois que descobriu que eu ia deixar o país.

Sem dúvida pensaria diferente a seu respeito daqui a alguns meses, pois ele tinha muitas qualidades. E também, eu devia a ele momentos maravilhosos passados juntos. Mas o que mais queria no momento era estar longe dele. Peguei um táxi e cheguei com muita alegria à casa dos meus pais na Rue de l´Université. Liguei imediatamente para Martim, que ficou muito feliz em me ouvir.

Quando conversei com ele, senti que algo de importante devia ter acontecido pelo seu tom de voz.

Após ter feito as perguntas usuais sobre minha saúde e as condições de minha viagem à Paris, ele marcou um tempo de silêncio e continuou:

Bom, hoje você tem de descansar e ir dormir cedo, a viagem deve ter sido estafante. Mas quero convidá-la amanhã à noite para jantarmos e depois irmos ao cinema para comemorar. Você será minha convidada nos dois eventos.

Nossa! Ri, toda interessada. Mas que boa notícia! E, o que vamos festejar? Você ganhou por acaso na loteria?

Não. O motivo da minha alegria é outro, acabei de passar o CAPES. Estou muito, mas muito feliz! Nas próximas férias em que virá à Paris, estarei dando aulas de filosofia para turmas de colégio. Não é maravilhoso?

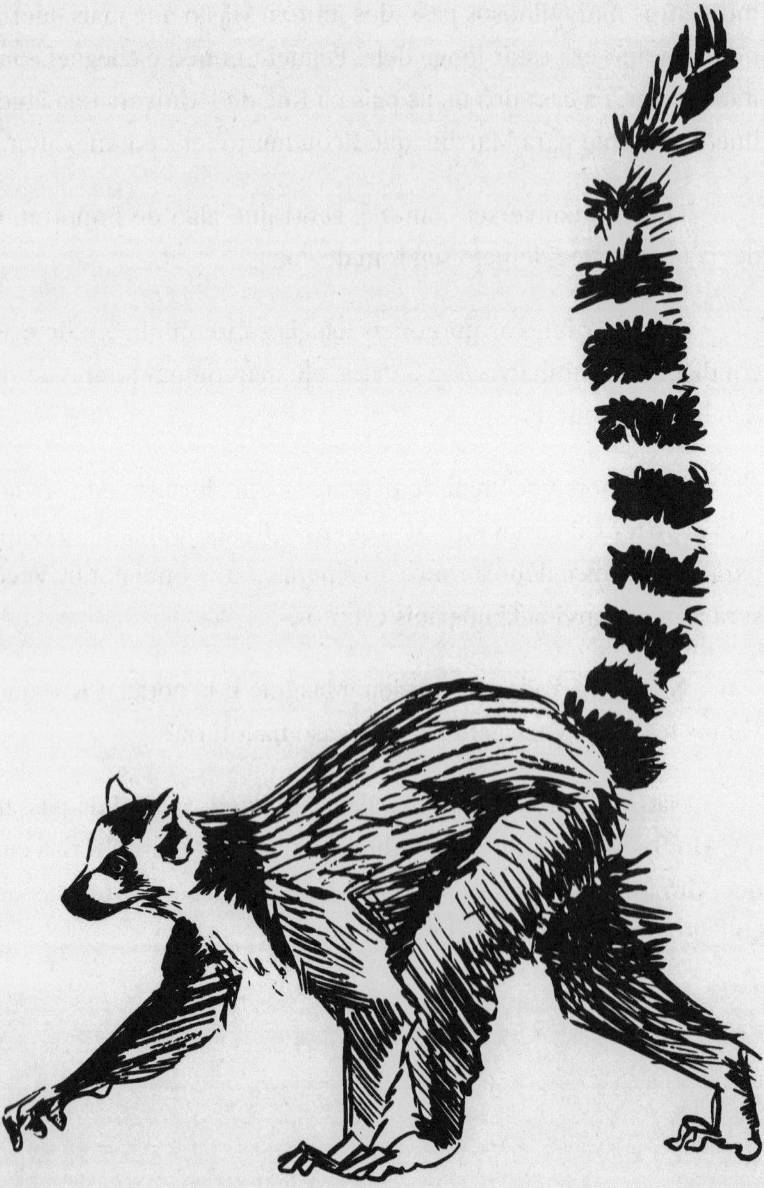